AUTHENTIC

红发安妮系列 之

Goods

安维利镇的安妮

[加]露西·莫德·蒙格玛丽 / 著

李华彪 / 译

四川文艺出版社

图书在版编目（CIP）数据

安维利镇的安妮 /（加）露西·莫德·蒙格玛丽著；
李华彪译. — 2版. — 成都：四川文艺出版社，2019.3
（红发安妮系列）
ISBN 978-7-5411-5223-8

Ⅰ.①安… Ⅱ.①露…②李… Ⅲ.①儿童小说—长
篇小说—加拿大—现代 Ⅳ.①I711.84

中国版本图书馆CIP数据核字（2019）第026026号

ANWEILIZHENDEANNI

安维利镇的安妮

[加] 露西·莫德·蒙格玛丽　著

李华彪　译

责任编辑　郭　健
封面绘图　江显英
封面设计　叶　茂
内文设计　史小燕
责任校对　段　敏
责任印制　唐　茵

出版发行　四川文艺出版社（成都市槐树街2号）
网　　址　www.scwys.com
电　　话　028-86259285（发行部）　　028-86259303（编辑部）
传　　真　028-86259306

邮购地址　成都市槐树街2号四川文艺出版社邮购部　610031
排　　版　四川胜翔数码印务设计有限公司
印　　刷　三河市华东印刷有限公司
成品尺寸　203mm×140mm　　开　　本　32开
印　　张　10.5　　　　　　　　字　　数　240千
版　　次　2019年3月第三版　　印　　次　2019年3月第一次印刷
书　　号　ISBN 978-7-5411-5223-8
定　　价　22.00元

寻访露西·莫德·蒙格玛丽

◎ 李文俊

1989年的6月，我寻访了一位女作家。这次走得还真够远的，一直去到大西洋西北角圣劳伦斯湾的一个海岛上。这一次我寻访的是加拿大儿童文学作家，《绿山墙的安妮》(*Anne of Green Gables*)一书的作者露西·莫德·蒙格玛丽(Lucy Maud Montgomery)。

我最早知道这位作家的名字，还是得自1986年我国某份报纸上的一篇报道。那篇《渥太华来讯》里说："加拿大青年导演凯文·沙利文将加拿大著名女作家露西·莫德·蒙格玛丽的名著《绿山墙的安妮》改编为电视连续剧，该剧在加拿大广播公司电视台播放，收看人数达550万，超过了其他电视片。"报道里还提到：小说《绿山墙的安妮》发表于1908年，写的是一个孤女的故事。马克·吐温读了这部小说后曾说："安妮是继不朽的艾丽丝之后最令人感动与喜爱的儿童形象。"

1988年的夏天，我出乎意料地看到了《绿山墙的安妮》一书的中译本，马爱农译，中国文联出版公司出版。

我也曾注意过一些书评报刊，却从未见到有文章提到《绿山墙的安妮》的中译本，哪怕是一句。小安妮在中国的遭遇太可怜了。要知道这本书不但在英语国家是一本历久不衰的畅销书，而且被译成数十种文字，拍摄成无声、有声电影，搬上舞台，又改编成音乐喜剧。我一直为安妮在中国的命运感到不平，正因如此，在一次加方资助的学术考察活动中，我报了去蒙格玛丽故乡参观并写介绍文章的计划。

我动身之前仔细阅读了莫莉·吉伦(Mollie Gillen)所著的蒙格玛丽的传记《事物的轮子》（*The Wheel of Things*，1976）一书。下面的叙述基本上都取材于这部著作。

蒙格玛丽出生于1874年11月30日。她出生的地点是加拿大最小的省份爱德华王子岛北部一个叫克利夫顿的小村子。她的父亲是个商人，经常在加拿大中部经商，母亲在小莫德出生21个月后就去世了。莫德只得与外祖父母一起生活，她来到卡文迪许，这也是一个小村庄，离她出生地只有几英里。莫德对大自然的热爱贯穿了她的一生，也在她的作品中得到强烈的表现，这是与她在海岛上度过的童年生活分不开的。这个小女孩在森林、牧场与沙滩间奔跑。美丽的景色也培养了她对美好事物的追求。

母亲早逝，父亲经商在外，她没有兄弟姐妹，无疑有些孤独，她有时会对着碗柜玻璃门上自己的影子诉说心事。小莫德9岁时开始写诗，用的是外公邮务所里废弃的汇单。莫德15岁时写的一篇《马可·波罗号沉没记》在一次全加作文竞赛中得到三等奖。这是她根据亲眼所见的一次发生在海岛北岸的沉船事故写成的。1890年8月，莫德由外公带着来到父亲经商的艾伯特王子城。继母要她帮着带孩子。她不能上学，自然觉得很痛苦。但是她能通过写作把痛苦化解掉。她写了一首四行一节共三十九节的长诗，投稿后居然被一家报纸头版一整版登出来。当时她还不到16岁。她继续投稿，报纸上当时已称呼她为"lady writer"（女作家）

了。不久，她的短篇小说又在蒙特利尔得奖。1891年，父亲把她带回到故乡，此后，在父亲1900年去世前的几年里，父女很少见面。莫德幼年丧母，又得不到父亲的抚爱，她作品中经常出现孤儿形象与孤儿意识，便不是一件偶然的事了。

莫德回到爱德华王子岛后进了首府夏洛特敦的威尔士王子学院，1894年毕业，得到二级师范证书。在岛上教了一年书后，她又进了哈利法克斯的达尔胡西大学学文学。在大学念书时，她仍不断投稿。

1895年7月，莫德得到一级师范证书，她教了两年书。1898年3月，外祖父去世，莫德为了不使外祖母孤独地生活，回到故乡。从这时起除了当中不到一年在哈利法克斯一家报馆里当编辑兼记者兼校对兼杂差，直到1911年外婆去世，她都过着普通农妇的生活。但是不管在什么情况下，莫德都没有停止写作。她仍然不断向加、美各刊物投稿。有时，发表一首诗只拿到两元钱。

说起《绿山墙的安妮》之所以能写成，还得归功于莫德的记事本，她平时看到什么想到什么，就喜欢往本子上涂上几行。有一天她翻记事本，看到两行不知何时写下的字："一对年老的夫妻向孤儿院申请领养一个男孩。由于误会给他们送来了一个女孩。"这两行字启发了她，使她开始写小孤女来到一个不想要她的陌生家庭的故事。莫德把"一对夫妻"改成"两个上了年纪的单身的兄妹"，因为单身者脾气总是有点孤僻，这样，与想象力丰富、快言快语的红头发、一脸雀斑的小姑娘之间的冲突就越发尖锐了。小说的第一、二、三章的标题都是"×××的惊讶"，使读者莫不为小孤女的遭遇捏了一把汗。小安妮也确实因为性格直率、不肯让步与粗心大意吃了不少苦。但是最终的结局还是令人宽慰的。儿童文学作品总不能没有一个"快乐的结局"嘛。

《绿山墙的安妮》在1908年出版，很快就成为一本畅销书，到9月中旬已经4版，月底6版。到1909年5月英国版也印行了15版。1914年，佩奇公司出了一种"普及版"，一次就印了15万册。以后的印数就难以统计了①。

在这样的形势下，读者都想知道"小安妮后来怎么样了"，出版社看准了"安妮系列"是一棵摇钱树，蒙格玛丽自然是欲罢不能了。其结果是她一共写了8部以安妮与其子女为主人公的小说。它们按安妮一家生活的年代次序(而不是按出版次序)为：《绿山墙的安妮》(1908年出版，写安妮的童年)、《安维利镇的安妮》(1909，写安妮当小学教师)、《小岛上的安妮》(1915，写安妮在学院里的进修生活)、《白杨山庄的安妮》(1936，写安妮当校长时与男友书信往来)、《梦中小屋的安妮》(1918，写她的婚姻与生第一个孩子)、《壁炉山庄的安妮》(1939，写她又生了五个孩子)、《彩虹幽谷》(1919，孩子们长大的情景)、《壁炉山庄的里拉》(1921，写安妮的女儿，当时在打第一次世界大战)。这样的创作方式自然会使真正的艺术家感到难以忍受。出了第一部"安妮"之后莫德就在给友人的信里说："这样下去，他们要让我写她怎样念完大学了。这个主意使我倒胃口。我感到自己很像东方故事里的那个魔术师，他把那个'精怪'从瓶子里释放出来之后反倒成了它的奴隶。要是我今后的岁月真的被捆绑在安妮的车轮上，那我会因为'创造'出她而痛悔不已的。"

尽管莫德自己这样说，她的"安妮系列"后几部都还是有

---

① 笔者本人就见过中国出版的一种"海盗"影印本，上面没有任何说明。从版式、纸张、封面推测，大约是20世纪40年代上海印制的。

可取之处，其中以《小岛上的安妮》更为出色。作者笔下对大自然景色的诗意描写，对乡村淳朴生活的刻画，对少女的纯洁心态的摹写，还有那幽默的文笔，似乎能超越时空博得大半个世纪以来各个阶层各种年龄读者的欢心。这样的一个女作家不是什么高不可攀的哲人与思想家，而像是读者们自己的姑姑、姐妹或是侄女甥女。给莫德写信的除了世界各地的小姑娘之外，还有小男孩与白发苍苍的老人，有海员，也有传教士。两位英国首相斯·鲍德温与拉·麦克唐纳都承认自己是"安妮迷"。一位加拿大评论家在探讨"安妮"受到欢迎的原因时说，这是因为英语国家的人民喜欢小姑娘。不说英语的民族又何尝不是如此呢？人们在生活与艺术中对天真幼稚避之唯恐不及。但是率直的天真，不扭扭捏捏的天真，却又是一种难以企及的美的境界了。凡人都有天真的阶段，当他们处在这个阶段的时候莫不希望早日脱离，避之唯恐不及；但是一旦走出天真，离天真日益遥远，反倒越来越留恋天真，渴求天真，仰慕天真了。也许正是基于这种心理，连城府极深的政坛老手也希望能有几分钟让自己的灵魂放松放松？也许正是由于这个原因，71岁的马克·吐温给34岁的莫德写去了那样的一封"读者来信"？

美学家们对这样的现象可能早已有极为透彻的论述，还是让我回到莫德生平上来吧。她的外祖母于1911年逝世，莫德不愿一个人住在空荡荡的大房子里，搬到几英里外另一个村子去与亲戚一起住，不久便与埃温·麦克唐纳牧师结婚。他们恋爱已有8年，订婚也已有5年了。婚后除了做妻子和母亲(她生了三个儿子，活下来两个)需要做的一切家务事外，她还要担当起牧师太太的一切"社会工作"。

除了8本"安妮系列"之外，莫德还写了自传性很强的"埃米莉"三部曲。当然，还有其他长篇小说、短篇小说集和诗歌、自传之类的作品。莫德是1942年4月24日去世的。丈夫和两个儿子把她的遗体送回到卡文迪许小小的公墓，她的墓碑与如今已成为"蒙格玛丽博物馆"的"绿山墙房子"遥遥相望。

此后便是我去"绿山墙的房子"朝圣的日子了。

"绿山墙的房子"不算大，呈曲尺形，两层，每层也就有四五个房间。我们听完讲解员的话便拾级而上，到楼上去看"小安妮的卧室"。房间里沿墙放着一张硬板床，旁边是一只茶几。

莫德就葬在西边不远的地方。小说里写到的"情人巷""闪光的湖"和"闹鬼的林子"也都在附近。每年都有数以千计的游客慕名而来，其中不少是来验证自己读小说时所留下的印象的。

第二天，我冒着蒙蒙细雨，步行了几英里去看爱德华王子岛大学。校园的气氛有点像旧时上海的沪江大学或圣约翰大学。我在楼里楼外漫步了近1小时，几乎没有见到一个人，似乎是苍天有意安排，让我可以独自与莫德的幽灵相处，细细体味一个未踏进社会的女学生的多彩幻想与美丽憧憬。

我在岛上住了3夜之后按原定日程经由哈利法克斯飞往多伦多。我唯一感到遗憾的是未能看到音乐剧《绿山墙的安妮》，它要到7月才开始上演。

目录

怒火冲天的邻居

这是八月的一个宜人下午，阳光和煦，在爱德华王子岛上的一个农庄前，一位十六岁半的少女正坐在红砂岩台阶上。她身材高挑，显得很纤瘦，一双深邃的灰眸里透着严肃，她的长发的颜色，朋友们都称之为"红褐色"。眼下，她正下定决心，要把《维吉尔诗集》里的诗句，一行行地理解透彻。

在八月的下午，即将丰收的斜坡庄稼地上，氤氲缭绕，阵阵微风吹过，有如小精灵在白杨树间轻声低语。在樱桃果园的一角，生长着幽暗的小冷杉杂树丛，而与之相应的是罂粟花绽放出来的火红光辉，鲜艳的花朵随风起舞。在如此浪漫的情景下，最适合的就是做做白日梦，而不是研读那些死板的话语。不知什么时候，《维吉尔诗集》从膝盖上滑落到了地上。安妮·雪莉双手相扣，托着下巴，抬头望着那一朵朵绚丽轻柔的白云，如同是一座白色的大山，正好停留在哈里森家的屋顶上。她的心越飞越远，飞向另一个遥远而美好的世界，在那里，有一位工作非常出色的教师，一生致力于塑造年轻一代的美好心灵，培养年轻一代健全的心智和人格，使他们一个个都有着崇高的理想抱负，以成为社会的栋梁。

但是，如果我们静下心来仔细想一想，便能很清楚地看到，安妮面临着一个残酷的现实：大家公认的是，安维利学校并不是多么有名望，不是一个大有作为的地方。可是安妮很少想这个问题，没有谁能够预测，假如一个教师用真心去影响和感化学生，将来会发生什么。安妮心里有一个玫瑰色般的理想，她相信只要她沿着这条正确的人生道路走下去，她就会有辉煌的成果。她的心中勾勒出令人心驰神往的幸福美景，四十年以后，会有一个众所周知的大人物出现在她的身边。安妮想用合适而模糊的方式去肯定，这个人反正就是赫赫有名，不过她更愿意假设，这个大人物就是一个大学校长，或者就是内阁总理。这个人俯下身，把额头靠在安妮那满是皱纹的双手上，恭敬地对她说，正是她，第一次点燃他的雄心壮志，他人生中所取得的所有成就，都要归功于很久以前在安维利学校里安妮对他的谆谆教导。

可是，这样一个美妙的白日梦，很快被不愉快的状况搅得乱七八糟。

一头泽西种小奶牛从小路惊慌失措地飞奔过来，转眼间，尾随其后的哈里森先生也到来了——"到来"这个词太温和了，不能准确形容他的举动：他破门而入，直闯进来，他根本等不及有人来为他打开院门，便飞身越过篱笆，怒气冲冲地飞奔而至。眼前的安妮惊讶万分，站起身来，不知所措地看着哈里森先生。

哈里森先生是他的新邻居，虽然安妮见过他一两次，但从来没有正面打过交道。早在四月上旬，那时安妮还没有从奎恩高等专科学校回家来，那位原本住在绿山墙西边的邻居罗伯特·贝尔先生，卖掉了农场，举家搬迁到夏洛特敦去了。新来的农场买主就是这个叫哈里森的先生。大家只知道他叫哈里森，是新不伦瑞克人，至于其他的一概不知。可是，他在安维利镇住了不到一个月时间，就以行为古怪而声名远扬了。

"怪家伙！"这是林德太太对他的称呼。雷切尔·林德太太是个心直口快的人，凡是跟她打过交道的人都熟悉这一点。而哈里森先生确实在某些方面与众不同，林德太太对他的这个称呼，能恰如其分地形容这个人的特征，大家都这么认为。

首先，哈里森先生的怪异表现在，他孤身独居，一个人住在大房子里，并且扬言说，他根本不想让愚蠢的女人和他一起生活在这幢房子里。这激起了安维利镇女性居民的强烈不满，她们到处传播关于他的各种恐怖传言，说他料理家务乱七八糟，烹调的食物难以下咽。他雇用了白沙镇的小孩约翰，那些传言都是从约翰嘴里传出来的。据约翰透露说，哈里森没有固定的用餐时间，只有他感觉饿了，才会"随便吃点儿什么"。如果小约翰恰巧这时候在场，他就可以进来一起跟着哈里森吃点儿，要是他刚巧没在那儿，那就只能等到哈里森先生下一次感觉饿了的时候才有机会吃东西，而且只能是恰巧在场才行。可怜的约翰绝望地宣称，幸好他每个星期天能回趟家，狠狠地填满肚子，而且他妈妈在星期一早晨总让他带一篮子食物回哈里森先生家，要不是这样，他早就给饿死啦！

至于洗碗的事情就更加夸张，据说哈里森先生从来不愿意洗碗，他自己一点儿也不想掩饰，除非等到星期天正好下大雨，他才会勉强洗一下，他用大桶接满雨水，把碗盘一类的餐具全部丢进桶里洗一洗，然后扔在一边，等它们自己晾干。

另外，哈里森先生是个抠门儿的家伙。当有人请他给艾伦先生捐助薪水时，他就会宣称，他得等一等再说，他要先听完艾伦先生的布道，看看自己能从他的布道中得到多少好处。他信奉这样一个信条：决不"隔山买老牛"，也就是说，不看货色决不付钱。当林德太太前去为布道活动劝募时，她看到哈里森正在屋子里，她进去了，可是哈里森对她说，在安维利镇，那帮老女人乱嚼舌头，到处传播他的流言蜚语，在他看来，这些人的异教徒色彩比任何地方的人都要浓厚。只要林德太太能够教化她们，让她们皈依基督教，他就很乐意为这样的布道慷慨捐款。林德太太气得掉头就走，说这栋房子的原房东，可怜的罗伯特·贝尔太太如若泉下有知，那真会伤心难过，因为她生前一直以这栋干净整洁的房子为荣，可是现在被弄得一塌糊涂。

"哎呀，那时候她隔天就会擦洗一次厨房地板呢。"林德太太义愤填膺地对玛莉拉说，"可你知道现在房子是什么样子吗？我从那边过的时候，都不得不把裙子提起来，里面肮脏无比呀！"

还有一件让人不能忍受的事情，哈里森先生养了一只名叫"姜黄"的鹦鹉。以前安维利镇从未有人养过这种鸟儿，所以大家都认为养这种鸟儿是没有风度的。而哈里森先生的这只鹦鹉绝对是恶劣无比！借用约翰的话来说，他从来没有见过如此邪恶的鸟儿，它整天都在恶狠狠地咒骂别人。甚至有一次，约翰站在鸟笼下，离姜黄近了点儿，这只可恨的鸟儿居然一口啄在约翰的后颈上，生生扯下一块肉来！每当倒霉透顶的约翰星期天回到家里，他的妈妈卡特太太总会把这块伤疤展示给每个人瞧瞧。卡特太太现在不停地在为约翰寻找新的雇主，只要有合适的去处，她会让约翰马上离那个烂地方，一刻也不愿意多待啦。

就这短短的片刻时间里，关于哈里森先生的所有传闻都在安妮头脑中一一闪过。现在，哈里森先生一声不吭地站在安妮面前，脸上带着明显的怒气。说真的，就算是在他表现得最和蔼的时候，他也绝不能算得上英俊，他身材矮小，体态臃肿，头顶光秃秃的。而眼下，他怒火冲天，滚圆的脸涨成了猪肝色，向外凸出的蓝眼珠几乎从眼眶里挣脱出来。安妮心想，这人果真算得上是最丑陋的男人，她可从来没有见过！

突然之间，哈里森先生发声了。

"我再也无法忍受了，"他气急败坏地说着，唾沫四溅，"一分钟也不能忍受啦！给我听着，小姐。上帝保佑啊，这都是第三次了，小姐。第三次啦！忍耐是一种美德，可我的忍耐已经到了极限，小姐。上次我已经警告过你姨妈了，别让这种事情再次发生——可她没听进去，她又这么干了。真搞不懂她到底想干吗呀。这就是我到这儿来的目的，小姐。"

"你可不可以给我解释一下，到底发生了什么事？"安妮用十分威严的语气问道。她现在总是要不断练习用这种语气说话，准备开学后对付学生能派上用场，不过拿这种语气来对付这位怒火万丈的哈里森先生，一点儿效果也没有。

"发生了什么事？老天啊，这还能不算一桩事吗？小姐，这事是这样的，就在半个小时前，我又看见你姨妈家的那头泽西奶牛跑到我的燕麦田里了。你要记住，这是第三次啦。我上个星期二看见它在我的燕麦田里，昨天又看见它了。我还专门来这儿，给你姨妈打过招呼，别让这事再发生。可是，她根本听不进去，这事又发生了。小姐，你姨妈在哪儿？我得见见她，哪怕就一分钟也好，我要向她表达我的一点儿抗议——哈里森先生的小小抗议，小姐。"

"如果你指的是玛莉拉小姐，我得提醒你，她不是我姨妈，而且她也没在这儿，她到格拉夫顿东部看望一位病重的远房亲戚去了。"安妮一板一眼地说，每个字都藏着无比的威严，"至于那头跑进你燕麦田的奶牛，我真诚地对你说，非常抱歉——那是我的奶牛，不是玛莉拉小姐的。早在三年前，当它还是一头小牛犊时，马修就从贝尔先生那里买下来，送给了我。"

"一句抱歉就够啦，小姐？光说抱歉是无济于事的。你最好去我的燕麦田瞧瞧，那畜生让我的燕麦遭遇了一场浩劫——每寸土地都给践踏了，简直是一塌糊涂啊，小姐。"

"我真诚地向你道歉。"安妮语气坚定地回答道，"不过，我看问题出在你家的那段篱笆上，要是你能把篱笆修补结实点儿，把你的燕麦田和我的牧场很好地隔开，我的奶牛多莉也许就没法闯进去。我好些天前就注意到了这个问题，篱笆看起来不是很牢固。"

"我的篱笆牢固得很！"哈里森先生厉声叫道，他怒发冲冠，简直就像要冲进敌国去展开一场战争，"就算是监狱的铁栏杆也抵挡不住这头恶魔般的奶牛。我警告你，你这个红头发的小丫头，你真是个不知天高地厚的家伙。要是正像你说的那样，这头奶牛是你的，那你最好把它看紧点儿，别再让它去糟蹋别人的庄稼，不要老是坐在一边，看这些一文不值的破书。"他鄙夷地瞥了一眼安妮脚边那本可怜的《维吉尔诗集》。

提到红头发，这可触痛了安妮内心最柔弱的地方，刹那间，她不仅头发是红的，而且连脸也涨得通红了。

"红头发怎么啦？红头发总比某人的秃顶好看吧，哦，那不是秃顶，脑袋上还留了一小圈头发呢。"安妮眼里闪着亮光，反唇相讥。

这句话非常有力量，把哈里森先生打击得一下傻了眼，因为他对自己的秃头非常敏感。他气得一句话也说不出来，只能横眉怒视着安妮。安妮这时火气消下去了，不过她要把这种优势保持下去，乘胜追击。

"我能体会你的心情，哈里森先生，我有足够的想象力。我能轻易地在头脑中模拟出当时的场景，当你发现奶牛在你的燕麦田里大肆践踏，你心里的怒气我能感受到，所以我也不会计较你刚才对我说的气话。我向你保证，奶牛多莉再也不会闯进你的燕麦田里了。我以我的名誉担保，这一点绝对能做到。"

"那好吧，你就多留心点儿。"哈里森先生嘟囔着，语气缓和下来，不过，他在转身离开时，脚步重重地踏在地上，表达着心中强烈的不满，安妮听到他大声地自言自语，直到他远去，再也听不见为止。

美好的心情被这事搅乱了，心里感觉很不痛快。安妮穿过院子，把那头惹祸的泽西奶牛关进挤奶棚里。

"它不可能是从这里溜出去的，除非它能弄断这个围栏。"安妮仔细思量着，"它现在看上去是多么安静啊，这一定是在燕麦田给吃撑着了。上个星期希尔先生要买它，我没卖，现在想来真是后悔。不过，一旦举办牲口拍卖会，我就把它们都卖掉算了。大家都说哈里森先生是个怪家伙，我看形容得一点儿没错。我跟他在志趣上没有一个共同点，就好像是生活在不同世界的人。"

安妮时刻在关注着，寻求一位跟自己情投意合的知音呢。

安妮从挤奶棚回屋来，玛莉拉恰好把车赶进院子里。安妮赶快去准备茶点。她们一边喝茶，一边谈起这件事。

"如果能参加拍卖会，那正合我意。"玛莉拉说，"我们养

的牲口太多了，圈棚不够，人手也不够，只有一个不称职的马丁
在照看它们。这个马丁昨天向我请假的时候，还信誓旦旦地说，
只要我同意他去参加他婶婶的葬礼，他一定在昨天天黑前赶回来
的。你瞧瞧，都过了一天了，他现在还没回来。我简直数不清楚
他到底有多少个婶婶。自从我一年前雇用他以来，这是他第四个
婶婶去世了。这些活把我们都忙得喘不过气来，等今年的庄稼收
割后，要是贝瑞先生能把这些田地接管过去，我真要谢天谢地
啦。在马丁回来之前，我们只好先把那头惹是生非的奶牛多莉关
进围栏里，本来应该把它圈到屋后的牧场上去，可是那里的篱笆
早就该修补了。我敢说，这个世界真是糟糕透了，林德太太也这
么说。今天我去探望了可怜的玛丽·凯西，她病得不轻，眼看就
要不行了，可她那两个孩子该怎么办呢？我什么办法也没有。玛
丽有个哥哥在英属哥伦比亚，她写信向他求助，可是直到现在都
没有收到回信。"

"这两个孩子怎么样？多大了？"

"六岁多吧……他们是双胞胎。"

"哦，自从哈蒙太太生了很多对双胞胎以后，我一直就对双
胞胎特别感兴趣。"安妮急切地问，"他们是不是很可爱呀？"

"天啊，这叫我怎么形容呢……他们实在是太脏啦。我去的
时候，戴维正在外面玩泥巴，拿泥巴做饼子。朵拉出去叫他，让他
进屋来。可戴维把她一头按进一个最大的泥巴饼子里，朵拉号啕大
哭起来，戴维说，这有什么值得哭的？他自己干脆跳进泥潭里，还
在里面打几个滚，向她表示这没什么好哭的。玛丽说，朵拉真是个
好孩子，可戴维则是个只知道捣蛋的家伙。你可能觉得戴维没有什
么教养，那是因为在他刚出生不久，他爸爸就去世了。差不多从那

时起，玛丽也一直重病缠身，没有精力管教戴维。"

"对这些没有受到良好教育的孩子，我感到非常难过。"安妮很严肃地说，"你也知道——在你收养我之前，我也没有受过什么教育。我真希望他们的舅舅愿意收养他们。玛丽和你是什么亲戚关系呢？"

"你是说玛丽？我跟她什么亲戚关系都算不上。只是她的丈夫……是我的三表哥。林德太太到我们院子来啦，我想她一定是来打探有关玛丽的事。"

"别跟她讲有关哈里森先生和奶牛的事。"安妮叮嘱玛莉拉道。

玛莉拉答应了下来，可是这个承诺很快就被证实毫无必要。林德太太也一屁股坐下来，开口就说道："我今天从卡莫迪回来的时候，恰巧看见哈里森把你的泽西奶牛赶出他的燕麦田。我看他都快给气疯了，他是不是过来和你大闹了一场？"

安妮和玛莉拉偷偷交换了一下眼神，会心地笑了。只要是发生在安维利镇的事情，没有一件能逃得过林德太太的眼睛。今天早上安妮还这样说过："就算你半夜待在自己家里，锁紧房门，关上窗户，然后打个小小的喷嚏，到了第二天，林德太太也一定会问你感冒严不严重！"

"我想他肯定闹得很厉害的。"玛莉拉承认说，"可我当时不在家。他冲着安妮发了一顿脾气。"

"他真是个让人生厌的人。"安妮愤愤地说，甩了甩她的红头发。

"你的话说得可真含蓄呀。"林德太太一本正经地说，"早在当初贝尔要把这房子和土地卖给这个新不伦瑞克人时，我就知道有大麻烦了。你瞧，果然是这样吧。越来越多的陌生人急急忙忙搬到这里来，我真不知道安维利镇以后会变成什么样子。我看再这么下去，要不了多久，我们恐怕连个安稳觉都睡不成了，什么都不安全啦！"

"怎么啦？还有很多陌生人要搬来住？"玛莉拉问。

"你还没听说过吗？告诉你，首先是叫冬尼尔的一家搬来，他们租下了彼得家的老房子，彼得还雇用了一个冬尼尔家的人在磨坊干活。大家只知道他们是从东部过来的，可没有人清楚他们的底细。还有迪摩希·科顿一家，这家人蠢得像废物，也准备从白沙镇搬过来，他们只会是大伙儿的负担。这个迪摩希·科顿不偷东西的时候就假装有肺痨，他的老婆是个大懒虫，懒得手指头都不想动一动，连洗碗都要坐着洗。而乔治太太收养了一个孤儿，是她丈夫的侄子，叫安东尼。这个小东西会到学校上课的，安妮，他会给你带来无尽的麻烦，就是这么回事。陌生的学生不止这一个，还有保罗·艾文，这个孩子从美国来，要和他奶奶一起生活。玛莉拉，你一定记得他的爸爸……叫斯蒂芬·艾文，就是那个在格拉夫顿抛弃了拉文达·刘易斯的人，想起来没有？"

"斯蒂芬抛弃了拉文达？我可不这样认为。他们之间大吵了一架……我觉得双方都有错。"

"那好吧，不管怎么说，斯蒂芬没有娶她，然后拉文达从那以后变得孤僻怪异，听说她独身一人，住在一个小石头房子里，她把这个房子叫作'回音蜗居'。而斯蒂芬回到了美国，跟着他的叔叔一起做生意，娶了个美国女人。从那以后，他就再没有回过老家，不过他妈妈去看过他一两次。两年前，他老婆死了，他把孩子送回来，让他妈妈帮着照看一段时间。这孩子十岁了，他

010.

是不是个讨人喜欢的好学生，我没法下结论。那些美国佬的事，你永远也弄不明白。"

在林德太太看来，所有爱德华王子岛上的原有居民都是好样的，就连这里的空气都好得无与伦比，而所有在外地出生或者长大的人，都糟糕透顶，她根本看不起他们。当然，他们有可能是好人，可是"防人之心不可无"，这才能保证自己的安全。她尤其对美国人带有很大的偏见，那是因为她的丈夫曾经在美国的波士顿工作过，他竟然被老板骗走了十块钱。不管是天使，还是国家，或者是权势，统统都不能改变雷切尔·林德太太的这种偏见，在她看来，所有的美国人都是不可靠的。

"安维利学校不会因为来了几个新学生就变得很糟糕，"玛莉拉淡淡地说，"要是保罗·艾文这孩子有点儿像他爸爸，那倒也不错呀。他的爸爸斯蒂芬是我们这里成长起来的最优秀的年轻人，虽然有些人说他骄傲自满。我想，艾文太太一定很乐意照顾她的这个孙子。自从她的丈夫去世后，她的生活一直孤独寂寞。"

"呃，也许，这孩子会是个讨人喜欢的家伙，可是，他跟我们安维利的孩子肯定有不同。"林德太太说，听起来她仍然认为这个孩子将会是个麻烦。林德太太总是这样，不管什么人、什么事、什么场合，她一定要为自己的观点找到正当的理由。"安妮，我听说你们准备发起一个'乡村促进会'，有这回事吗？"

"只不过是在最近的一次辩论会上，我和一些年轻人提出过这个想法，"安妮红着脸说，"他们都觉得这个想法很不错，艾伦夫妇也很赞成这个提议。现在很多村庄都有这种协会呢。"

"是吗？你们真要这样干下去，这可是件麻烦事，恐怕你们坚持不下去吧。依我看，最好还是放弃这个打算，安妮，没有人喜欢被你们'促进'的。"

"哦，我们不是要去促进居民，而是要改进安维利镇。我们有很多事情可以做，以使安维利变得更漂亮。比如，李维·鲍尔特先生的农场上那幢老房子已经破旧不堪了，要是我们能劝说他拆掉那幢房子，这样不就可以美化周围的景观了吗？"

"这确实是一个不错的想法。"林德太太承认道，"这么多年来，这幢房子又破旧又难看，真是很碍眼啊。要是你们不用给李维·鲍尔特补偿些什么东西，能劝说他为这里的居民作些牺牲，我倒是乐见其成呢，真的。不过，我倒不是要故意打击你的积极性，安妮，有些想法很好，我猜想你的这些想法是从那些无聊的美国杂志中学来的吧，但是你别忘了，学校里的一堆事就够你忙的啦，我以一个朋友的身份劝告你，别让什么促进会的事来扰乱你的生活，那是一件费力不讨好的事。当然我很清楚，按你的脾气，只要你认定的事，九头牛都拉不回的。你总能用各种方法，最终把事情干好。"

安妮的嘴唇抿成一条平直有力的线条，显示出林德太太对她的评判基本属实。安妮一门心思地思考着促进会的事，决心要做下去。吉尔伯特对这件事也非常热心，虽然他要去白沙镇教书了，不过从星期五晚上到星期一早晨，他都待在这边，发挥很大的作用。还有很多年轻人愿意来做点儿事情，促进会要开展活动，就意味着能经常聚会，时不时还会有"娱乐"。至于这个"促进"到底是什么意思，除了安妮和吉尔伯特，所有的人都对它没有一个清晰的定义。

安妮和吉尔伯特经过仔细讨论，认真策划，终于在心里勾勒出了一个理想的安维利镇的蓝图，这个蓝图其他的人都不知晓。

林德太太还带来了另外一个消息。

"我还听说卡莫迪学校聘请一个叫普里西拉·格兰特的女教师，安妮，你在奎恩高等专科学校是不是认识这个姑娘？"

"是啊，我当然认识啦。真想不到，普里西拉来卡莫迪学校教书了！这真是太好啦！"安妮欢呼起来，她那灰色的眼眸里变得闪亮，犹如夜空里闪耀的星光。这一下触动了林德太太的心，她要重新评判安妮是不是一个漂亮的姑娘，这让她的心久久不能平静下来。

拍卖匆匆，后悔无穷

第二天下午，安妮驾着车前往卡莫迪，去采购一些东西，戴安娜·巴里也跟着去了。不用介绍大家也能想到，戴安娜也是促进会的一名忠实成员。毫无疑问，在她们去卡莫迪的路上，两个姑娘谈论的话题全是关于促进会的事，在回来的路上仍然是这个话题。

"在我们的协会开展工作之前，首先要做的事情就是把协会的会堂重新粉刷一遍。"当她们路过安维利会堂时，戴安娜说。这是一栋破旧不堪的老建筑，坐落在树木丛生的山谷里，周围簇拥着高大的云杉树。"这地方看起来真是太没面子啦，我们一定要先处理这个问题，然后才是想办法劝说李维·鲍尔特先生拆掉那间破屋子的事儿。不过我爸爸说过，劝说李维是不可能成功的，李维·鲍尔特非常自私，他根本不可能花时间去干这种事。"

"不过，要是让我们的男孩子帮他拆房子，然后把木板拖回来，再给他劈成柴火，他也许会同意的。"安妮满怀希望地说，"我们一定要尽最大的努力去做，刚开始慢慢来，不要太急躁了，不能指望一下子就把每件事情都干得很漂亮。我们首先应该引起大家的关注，把声势造起来。"

戴安娜没有完全明白"把声势造起来"是什么意思，不过听起来还是蛮不错的。这个协会有着如此大的气魄，如此宏伟的目标，自己就要成为这个协会的成员了，她感到无比自豪。

　　"安妮，昨天晚上我想到了一些我们能够做的事。你知道卡莫迪镇、纽布瑞切镇和白沙镇的三条路交会的那块三角地吧？那里长满了小云杉树。你看，要是把这些小树苗全都拔掉，只留下两三棵大点儿的白桦树，是不是很好看？"

　　"真是好极啦！"安妮很兴奋，附和她说，"我们还可以在白桦树下放一张乡村风格的木凳子，等春天到了，在这块地的中间砌个花圃，种上天竺葵，那真是美妙无比呀。"

　　"是啊，可是我们先得想个办法，让海拉姆·斯劳尼老太太管好她的奶牛，别跑到大路上来，不然它会把天竺葵啃得精光。"戴安娜笑着说，"我开始明白你所说的'把声势造起来'是什么意思了，安妮。看，鲍尔特的老房子就在那儿。你看那像不像是个贫民窟？而且它离道路实在是太近了。每次经过这幢没有窗户的破房子时，总让我联想到被挖掉眼珠的死尸。"

　　"我一想到这幢被人遗弃的破房子，仿佛就看到一幅悲伤的画。"安妮沉浸到了梦幻中去，"我总感觉到它在回忆往昔的时光，叹息着逝去的快乐与繁华。玛莉拉说过，很久以前，那幢房子里住着一个很大的家庭，那该是个多么漂亮的家园啊！这儿一定有个迷人的花圃，到处都能看到盛开的玫瑰花。小孩子们在院子里嬉戏打闹，到处都飘荡着欢声笑语。可是如今，一切都消失了，四处空荡荡的，只有冷风在这里盘旋。冷风一定能感受到房子的孤独与哀伤！也许，在月光皎洁的午夜，这个家庭的人都会重新回到这里——很久以前的那些孩子们、玫瑰花以及昔日歌声的幽灵——于是，这幢老房子再次回到从前那段美好的时光，重温着它的年轻，它的欢乐。虽然这个美梦非常短暂。"

戴安娜摇了摇头。

"安妮，别胡思乱想啦。我现在不会对这个破房子想些乱七八糟的事情。你还记得吗？以前我们想象'闹鬼的树林子'里有鬼魂出没，结果把我妈和玛莉拉气坏了，狠狠地修理了我们一顿。直到现在，我都很害怕，天黑以后一个人不敢走过那片丛林，一想到那儿我就感到毛骨悚然。要是我现在又像你一样，幻想鲍尔特的老房子里有鬼魂出没，那我以后一定不敢从这里经过了。其实，在这里生活过的那些孩子都活得好好的，全都长大成人了——其中一个还是个屠夫呢。而且，玫瑰花和歌声怎么可能会有魂魄呢？"

安妮心底里忍不住发出一声小小的叹息。她深爱着戴安娜，从以前到现在，她们都是形影不离的好朋友。可是，她很早就知道了，每当她漫步在想象的王国里时，只能是独自一人。通往幻想国度的小路被施加了魔法，就算是她最心爱的人也没法跟着她同去。

这两个姑娘在卡莫迪遇到了雷阵雨。不过，雷阵雨没有持续太久。当她们驾车回家时，路边的树枝上垂挂着晶莹的小雨珠，在绿叶覆盖的山谷里，湿漉漉的蕨草散发出浓郁的芳香，令人心旷神怡。可是，就在她们的马车转到卡斯伯特小路时，眼前出现的一幕把安妮一路上欣赏美景的好心情全破坏掉了。

在她们的右手边就是哈里森先生家宽阔的燕麦田，晚播的燕麦沾着雨水，郁郁葱葱，绿色覆盖着整片田地。在燕麦田的正中央，一头泽西种奶牛若无其事地漫步着，在茂盛的麦田里只露出它的背脊。它正津津有味地嚼着燕麦，一边悠然自得地冲着她们眨巴着眼睛！

安妮扔掉手里的缰绳，咬着嘴唇站起身来，从她铁青的脸色来判断，这头偷吃成性的畜生就要倒大霉了。还没等戴安娜搞清楚是怎么回事，安妮就已经一声不吭地从车上翻身跳了下来，敏捷地跃过篱笆，直冲过去。

"安妮，怎么啦，回来！"戴安娜在惊讶中慢慢回过神来，大声喊道，"刚下过雨，麦田里很湿，你的衣服会弄湿的！嘿，你到底听到我的话没有？哎呀，你一个人怎么可能抓到那头牛呢？我过来帮帮你。"

安妮像疯了一样，从麦田里猛冲过去。戴安娜轻巧地跳下马车，把马拴在一个木桩上，再把自己漂亮的方格棉布裙子的下摆撩起来，卷着打了个结，然后翻过篱笆，开始追赶她那位发了疯的好朋友。戴安娜跑得比安妮快，因为安妮的裙子被麦田里的露水湿透了，粘在一起，阻碍了她的速度，很快就被戴安娜追上了。她们践踏着燕麦，在身后留下了一串脚印，要是被哈里森先生看到的话，肯定会伤心欲绝！

"安妮，拜托你啦，停下来。"可怜的戴安娜喘着粗气说，"我都快透不过气来了，你浑身都湿透啦！"

"我一定要……赶在哈里森先生……看到这该死的畜生前……把它拖出去，"安妮急促地喘着气，"只要我能抓住它……就算是被水淹死……我都……无所谓。"

可是，这头泽西奶牛看起来实在是太喜欢这甘美的燕麦啊，根本没打算离开这儿。那两个快透不过气来的姑娘刚一靠近它，它就转过身来，迅速地逃到麦田对面的角落里，死活不愿离开。

"拦住它。"安妮尖叫着，"跑快点儿，戴安娜，快点儿！"

戴安娜用尽全身的气力狂奔过去，安妮也紧追不舍，可是这头可恶的奶牛仿佛中邪似的，在麦田里到处乱跑乱撞。戴安娜心底里真相信它就是中邪了。足足追了十分钟，她们才把这头牛拦住了，把它从篱笆的缺口赶到卡斯伯特小路上来。

不可否认，在忙完这些后，安妮没法保持着天使般温柔的脾气，她肺都快给气炸了。所以，当她看到一辆马车停在小路边，卡莫迪的希尔先生和他的儿子正开怀大笑时，安妮仍然没法平静下来。

"安妮，我在想，要是你上个星期把奶牛卖给了我，就没有今天的麻烦事啦！"希尔先生轻声笑着说道。

"只要你想要，我现在就可以卖给你。"安妮满脸通红，头发凌乱，"你马上把它牵走，我不想再看到它。"

"好，一言为定。还是上次我出的那个价钱，二十块钱，吉姆马上就把它赶到卡莫迪去。晚上把它和别的货物一起运到城里，布灵顿的里德先生正想要一头泽西种奶牛呢！"

五分钟后，吉姆·希尔牵着奶牛顺着大路走远了，显得很冲动的安妮这时正怀揣着二十块钱，赶着马车回绿山墙去。

"怎么跟玛莉拉交代呢？"戴安娜问。

"哦，她不会在意这事儿的，奶牛多莉是我的。再说了，就算在拍卖会上，价钱也不可能高过二十块钱的。哎呀，老天！要是哈里森先生看到他的麦田的话，一定能想到又是多莉闯进去了，可是我已经用我的人格担保过，决不让这种事再发生了！唉，这件事又给我好好上了一课，那就是千万别用人格去给奶牛担保。奶牛居然能跳过挤奶棚的围栏，把它关在哪儿都让人放心不下。”

　　玛莉拉去林德太太家了，当她回到家时，已经听说了多莉被卖掉的事。因为林德太太从她的窗户里看到了整件事情的发生过程，这桩交易的细节她也猜得八九不离十。

　　“把它卖了也好，不过你做事太轻率冲动了，安妮。可我真搞不懂它是怎么跑出挤奶棚的，它肯定撞断了好几块木板。”

　　“我也不清楚，当时没去看看。”安妮说，“不过现在就去察看一下。马丁到现在都还没有回来，可能又是他的哪个婶婶死掉了吧。这让我想起彼得·斯劳尼，像她说的那种‘欧特金蓝’①。有天晚上斯劳尼太太正在看报纸，对斯劳尼先生说：‘我读到了一则新闻，说有一个欧特金蓝死了，彼得，你知道欧特金蓝是什么东西吗？’彼得·斯劳尼回答说他也不清楚，不过经常听到关于这种生物死掉的消息，可以肯定的是，这种生物一定体弱多病吧。依我看，马丁的婶婶就是这种欧特金蓝吧。”

　　“马丁就像那些法国佬一样，”玛莉拉带着厌恶地语气说，“根本就不值得信任！”

　　当玛莉拉忙着收拾安妮买回来的东西时，突然听到从后院里传来一阵刺耳的尖叫声。没过多久，安妮冲进厨房来，气急败坏地搓着双手。

　　“安妮，出什么事啦？”

　　“啊，玛莉拉，我该怎么办呢？太糟糕啦。这全是我的错！唉，我怎么总是干些莽撞的傻事？我到底能不能学会干傻事前停下来动动脑子呀？林德太太老是对我说，我总有一天会干些不可

———————————

① 欧特金蓝：octogenarian，八十岁到八十九岁的人。

思议的蠢事，现在我真这么干啦！"

"安妮，你总喜欢夸大其词！到底出了什么事？"

"我把哈里森先生的一头泽西奶牛给卖啦，就是他从贝尔先生那里买回来的那头，现在卖给了希尔先生！我们的多莉正规规矩矩地待在挤奶棚呢！"

"安妮，你是在说梦话吧？"

"我真想这是在做梦。可是现实就是这样，这真像是场噩梦。哈里森先生的奶牛这会儿已经到夏洛特敦了。噢，玛莉拉，我原以为自己不会再干些莽撞的事了，可这下捅出了天大的娄子，这是我有生以来干过的最糟糕的蠢事。我该怎么办啊？"

"怎么办？没有别的办法，孩子，我们只能去找哈里森先生说清楚。要是他不想要钱，我们可以把多莉赔给他，我们的多莉不比他的那头奶牛差。"

"我想他一定会气得发疯，根本不会同意这个解决办法的。"安妮抱怨着说。

"我想也是，他本来就是个脾气暴躁的人。如果你愿意，就让我代替你去给他解释吧。"

"不，不用了，我还不至于这么胆怯，"安妮大声说道，"这都是我的错，就让我自己去解决，怎么能让你代我挨骂呢？我马上就动身。问题解决得越快越好，时间拖长了会变得更加棘手。"

可怜的安妮说完了，戴上帽子，拿上二十块钱往外走。正要跨出大门时，她无意间从打开的厨房门瞥进去，看到餐桌上摆放着早上烤制的果仁蛋糕，上面裹着一层粉色的糖霜，中间点缀着核桃仁，让人真想吃上一口。这块蛋糕是安妮为星期五晚上的活动精心准备的，安维利镇的年轻人准备在绿山墙农庄正式成立"乡村促进会"。不过，把这块蛋糕送给哈里森先生是不是更合适呢？安妮觉得，这块蛋糕能够打动任何人的心，尤其是那种不得不自己做饭的男人。于是，她把蛋糕放进一个盒子里，准备拿它当作向哈里森先生赔礼道歉的礼物。

"我真希望他能给我一个解释的机会。"安妮很懊恼地想着，翻过篱笆，从草坪上抄近路走过去，在这个梦幻般的八月傍晚，金黄色的夕阳映照着大地，"我终于体会到那些走上绞刑台的犯人的感觉了。"

拜访哈里森先生

　　哈里森先生的房子是栋老式的建筑，屋檐低矮，外面的墙壁刷得雪白，在房屋周围一片茂密的云杉树林的映衬下显得格外醒目。

　　哈里森先生穿着一件长袖衬衣，正坐在门口的台阶上，悠闲地抽着烟，头上的葡萄架为他遮挡着太阳。可是，当他看清从小路上走来的是安妮后，猛地跳起来，转身冲进屋子，关紧了大门。其实，他之所以做出这样的举动，是因为昨天对安妮大发脾气后，心里感到非常羞愧。不过，这个举动却让安妮大受挫折，她的最后一丝勇气也消失得无影无踪了。

　　"他现在都气成这个样子了，要是等会儿知道我干的好事，不知道他会怎样大吼大叫呢？"安妮敲门的时候，心里忐忑不安。

　　可是，哈里森先生为她开了门，还腼腆地对她笑了，友善地邀请她进屋去，语气很温和，同时带着一丝紧张。他放下烟斗，穿上外套，彬彬有礼地给安妮搬来一张椅子，椅子上全是灰尘，不过毕竟是一片好意。本来对她的欢迎会非常愉快地进行下去，可是哈里森先生的那只搬弄是非的鹦鹉"姜黄"很不安分，用金色的眼睛恶狠狠地盯着外边。安妮刚一落座，姜黄就叽叽喳喳地叫嚷起来：

"老天啊，这个红头发的家伙来这里干吗？"

真不知道哈里森先生和安妮谁的脸更红。

"别理会那只鹦鹉，"哈里森先生一边说着，一边狠狠地瞪了姜黄一眼，"它……它总是胡说八道。这是从弟弟那儿弄来的，我弟弟是个水手，你知道，水手说起话来总是很粗野，口无遮拦，而鹦鹉的模仿能力很强的。"

"没关系，我也这么想。"可怜的安妮说道。她一想起此行的目的，就只能强压着内心的愤懑。她很清楚，自己不能在这种情况下得罪哈里森先生的。她告诉自己，你没有取得奶牛主人的同意，甚至是在主人毫不知情的情况下，居然自作主张，卖掉了奶牛，那么就算是鹦鹉一遍遍地说着没礼貌的话，你也不可以生气。可是，"红头发的家伙"听起来实在是让人不舒服。

"我这次是专门来向您道歉的，哈里森先生，"安妮鼓足勇气开口说，"就是……是关于……那头泽西种奶牛的事。"

"天啊，"哈里森先生立刻变得拘谨不安，惊叫起来，"它又到我的燕麦田里去了？哎，没关系……没关系的，它进去了也无所谓。没事的……真没关系。我……我昨天太暴躁了，确实是这样。它跑进去了也没事，别放在心上。"

"哎，如果只是这样就好了，"安妮叹口气说，"可是问题比这个糟糕十倍，我不……"

"天啊，你该不是说它闯进我的小麦田里了吧？"

"不……不是……不是小麦田，可是……"

"那肯定就是白菜地了！它闯进我专门为展览会而栽培的白菜地去了，是不是？"

"也不是白菜地，哈里森先生。我把详细情况告诉你……这是我来这里的目的——但请不要打断我，不然会让我很紧张的。你先等我把整个经过完整地告诉你好吗？然后你再说，你想说多久就说多久。"安妮一口气说完，让哈里森先生根本插不上嘴。

"好吧，我一句话也不说，听你先说。"哈里森先生说道，他确实没有再开口。不过，姜黄没承诺保持沉默，它一点儿也不受制约，依然叫嚷着"红头发的家伙"，老是打断安妮的讲述，弄得她都快发疯了。

"昨天，我把泽西奶牛关进了我家的围栏里。今天早上，我去了卡莫迪，等我回来的时候，看到一头泽西奶牛正在你的燕麦田里，我和戴安娜赶紧合力把它赶出来，你简直想象不出来我们费了多大的劲儿。我浑身湿透了，又累又气。碰巧就在那时候，希尔先生从路边经过，提出要买下这头奶牛，我爽快地答应了，当场把它卖掉了，卖了二十块钱。当然，这都是我的错。我本来该冷静下来想一想，和玛莉拉商量后再说。可是我这毛病实在太糟糕了，每一个了解我的人都告诉过我，说我做事总是不经过仔细考虑。希尔先生立刻把奶牛带走了，下午就把它运上了火车。"

"红头发的家伙！"姜黄用轻蔑的语调大声叫嚷着。

这时候，哈里森先生站起来，凶狠地瞪着它，这种眼光足以吓死其他的鸟儿，可对姜黄来说并没有产生多大的效果。哈里森先生于是把鸟笼子提起来，丢到隔壁的房间里，然后砰地把门关上。姜黄仍然用它一贯的作风，在里面不停地尖叫、诅咒，它最后终于发现，只有它独自待在房间里，这才慢慢安静下来。

"真是抱歉，你继续说吧，"哈里森先生又坐下来，"我那个水手弟弟没教过它任何礼节。"

"我回到家，饮过茶后，就去挤奶棚看一看，哈里森先生……"安妮向前探着身子，双手紧扣，就像她小时候的习惯那样。她那双灰色的眼睛带着哀求的神色，凝视着困惑不解的哈里森先生，"我看到我的奶牛仍然在围栏里，我卖给希尔先生的那头奶牛是你的！"

"噢，我的上帝啊！"哈里森先生惊叫起来，这个出乎意料的结果把他惊呆了，"这真是太不可思议了！"

"唉，请不要太惊讶了，我老是做这样的事情，不断给别人和自己惹来麻烦，"安妮沮丧地说，"我就是因为这个弄得众所周知的。也许你认为我已经长大了，不会干这种莽撞的事了……明年三月我就满十七岁了，可看起来我还没有长大。哈里森先生，让你原谅我算不算是奢求呢？要把你的奶牛追回来恐怕太迟啦，我把卖牛的钱给你行不行？要不，就改用我家的多莉赔偿给你也行，只要你愿意。我家的多莉也很不错呢。我真不知道该怎么表达我的歉意。"

"啧，啧！"哈里森先生轻松地说，"别再提这件事啦，小姐。没关系，没什么大不了的。意外的事情在所难免嘛。有时候我也很急躁，小姐……无比急躁，总是克制不住自己，口无遮拦，想到什么说什么，大家看到我这种样子，都认为我就是这种人。如果那头奶牛现在闯进了我的白菜地里……也不要紧，事实上它并没有进去，所以就没什么关系了。我想，就把你的多莉换给我吧，正好你也想脱手，省得它给你添麻烦。"

"噢，谢谢啦，哈里森先生！我真是太高兴了，我原以为你要大发雷霆呢。"

"我想，昨天我对你发了一通脾气后，今天你来我这儿跟我说这件事，一定怕得要死，对不对？你千万不要介意，我只是个心直口快的老家伙，仅此而已。总想直截了当地说出实话，全不顾别人的感受。"

"林德太太也是这样的。"安妮脱口而出，想收回都来不及。

"谁？林德太太？你别告诉我说，我跟那个长舌老太婆一样吧！"哈里森先生有些生气了，"我才不像她……一点儿也不像！你那个盒子里装的是什么？"

"是块蛋糕！"安妮调皮地说。哈里森先生的态度亲切得让人意外，让安妮紧张的神经终于活跃起来，"这是我特意带给你的……我想，你也许不能经常吃到这种蛋糕吧？"

"是啊，我真的不常吃呢！而且我很喜欢吃这些甜食，真的谢谢你！这蛋糕看起来很不错，我想它的味道也很好吃吧。"

"那是当然的！"安妮很自信地说，"我以前也做过很难吃的蛋糕，艾伦太太最清楚不过了。不过这一块肯定可口。这些蛋糕本来是为促进会准备的，请放心品尝吧，我可以再做的。"

"好啊，我来好好尝一尝，小姐，你也来吃点儿吧。我去拿水壶烧点儿开水，这样我们就可以喝上热茶了。可……我该怎么沏茶呢？"

"还是让我来沏茶吧！"安妮带着疑惑地说。

哈里森先生呵呵地笑起来。

"看起来，你好像不太相信我沏茶的水平啊？这你可想错啦……我沏出的茶是你喝过的最好的。不过还是让你去做吧。幸亏上个星期天下雨，我这里有很多洗干净的茶碟。"

安妮轻快地跳下椅子，开始干活。她把茶壶里里外外清洗了好几遍，然后才将茶叶放进去。接着她清扫了火炉，把餐桌收拾干净，从储藏室里拿出盘子。储藏室的景象把安妮吓了一跳，不过她很明智，什么也没有多说。哈里森先生告诉她去哪儿找面包和黄油，还有桃子罐头。安妮从花园里采了一束鲜花，把餐桌装饰得漂漂亮亮的。她假装没有看见桌布上的污渍。很快茶就沏好了，安妮面对着哈里森先生坐在餐桌旁，先为他斟上茶，然后和他谈论起学校、朋友和计划，显得无拘无束。她简直难以相信眼前的这一切，这简直就像做梦一样。

哈里森先生一直惦记着可怜的姜黄，生怕它感到孤单，于是就将它从房间里带了出来。而安妮心情很好，觉得应该原谅每一个人、每一件事，所以她拿了一块核桃仁喂它。可姜黄觉得自己刚才被单独关在屋子里，心里受到了极大的委屈，拒绝了安妮友好的举动。它忧郁地待在笼子的横木上，缩成一团，竖起浑身的羽毛，就像一个绿黄混杂的圆球。

"为什么要叫它'姜黄'呢？"安妮问，她很好奇这个名字，认为"姜黄"这个名字并不符合它那一身绚丽多彩的羽毛。

"我那水手弟弟给它取的这个名字。也许这和他的脾气有关。我很喜欢这只鸟……要是你知道我有多么喜欢它，一定会感到惊讶的。当然啦，它也有很多不招人喜欢的地方，我用各种方法试图去改变它，这花费了很大精力。很多人讨厌它骂人的习惯，可是它没法改变，我努力帮它改正，别人也努力过，可都没有什么效果。一些人对鹦鹉持有偏见，这真是毫无道理可言，不是吗？我自己很喜欢它，它总是陪伴在我身边。不管这个世界天翻地覆，我都不会抛弃它的……绝对不会的，小姐。"

哈里森先生在说最后一句话时，嗓门儿提得很高，语气十分坚定，好像他在怀疑安妮问话的潜在含义，以为在暗示让他放弃姜黄似的。不过，安妮开始喜欢这个脾气古怪暴躁的神经质小老头了。茶点还没有结束，他们已经成为好朋友。哈里森先生了解了促进会的事，表示非常赞成。

"这很不错，继续做下去！这里的许多地方需要改进，许多人也需要改进。"

"噢，那我倒不清楚啦。"安妮脱口而出。她在自己的内心里，或者在最亲密的好友面前，她会承认说，安维利这个地方，以及这里的居民，确实有些地方不太好，而且老是变化无常。不过，当她听到哈里森先生这样的外来者直截了当地如此评论，心里的感受又不一样了："我觉得安维利是个可爱的地方，住在这里的人也都不错呀。"

"我想你又开始有点儿激动了。"哈里森先生审视着她涨红的脸颊和愤怒的眼神，这样评论道，"我觉得你的脾气就像你的头发一样。安维利当然是个好地方，否则我不会搬迁到这里定居，不过依我看来，就算是你，也会承认安维利难免有些缺陷，肯定不是十全十美吧？"

"正是因为安维利有缺陷，我才更喜欢它！"安妮很认真地说，"我不会喜欢完美无缺的地方或者人。要是真要有一个十全十美的人，那一定是很无趣的。密尔顿·怀特太太说，她从来没有遇到过什么完美无缺的人，不过她经常听说有人很完美。她丈夫的前妻就算一个。你可以想象一下，一个女人嫁给一个男人，而他的前妻完美得不得了，那种感觉真是太不愉快啦！"

"和一个完美无缺的女人结婚那才更让人痛苦！"哈里森先生突然冒出这段莫名其妙的宣言。

当用完茶点后，哈里森先生声称家里还有很多干净的碗盘，够用上好几个星期，这个茶碟就不用洗了，可安妮坚持把碟子清

028.

洗干净。她还想把地板清扫一下，可是找不到扫帚，她又不好意思问哈里森先生扫帚在哪儿，说不定他家里根本就没有扫帚，要是这样问那就太尴尬了。

"你只要有空，就可以过来聊聊天。"当安妮要离开时，哈里森先生这样建议道，"我们是邻居，大家应该和睦相处呀。我对你们那个协会有点儿感兴趣。在我看来，这个组织非常好玩儿。你们准备把谁当作第一个促进的目标呢？"

"我们并没有准备干涉任何人，我们只针对地方上的事物。"安妮用一种威严的口吻说。她简直有些怀疑，哈里森先生把这个组织当作游戏来玩了。

安妮越走越远，哈里森先生透过窗户看着她的背影——个轻盈灵活的少女身影，正无忧无虑地迈着轻快的步伐，在夕阳的余晖中走过田野。

"我是个又顽固、又执拗、又孤独的老家伙。"他自言自语道，"可这个小姑娘身上的某种气质让我感到自己又年轻了起来，这种感觉很愉快，我真想马上再来一次。"

"红头发的家伙！"姜黄带着嘲笑的口气呱呱大叫。

哈里森先生转过头去，对着它挥舞着拳头。

"你这只坏鸟！"他抱怨道，"当我那水手弟弟刚把你带回家时，我就该拧断你的脖子。你难道就不能少给我惹点儿麻烦？"

安妮兴高采烈地跑回家，把她这次的奇遇告诉了玛莉拉。玛莉拉见她出门这么久没回来，有些担心，正准备出去找她。

"这个世界终究还是美好的，你说是不是，玛莉拉？"安妮高兴地说，"林德太太曾经抱怨过，人生在世，美好的日子并不多。她说如果你总是期望万事如意，那么现实难免会让你或多或少有些失望，我想这个道理是对的。不过，它也有好的一面，坏事情往往不总是像你预料的那样，结果常常比预料的要好得多呢。就拿今天晚上的事来说吧，我去哈里森先生家时也是这样的。开始我以为这次的会面将是一段噩梦般的经历，可实际上他非常亲切，我们相处非常融洽。我想，要是我们彼此体谅，充分理解对方，我们就可以成为真正的好朋友，每件事都将变得很美好。不过，不管怎样，玛莉拉，我确信我不会再犯这种错误了，以后在卖牛之前，一定要先弄清这是谁家的牛。另外，我一点儿也不喜欢他家的那只鹦鹉！"

观点迥异

夕阳西下，云杉树枝在风中轻轻摇曳，简·安德鲁斯、吉尔伯特·布里兹和安妮三人，徜徉在杉树的树荫下。他们顺着路边的篱笆漫步，一排树木的枝条越过了著名的白桦路，伸到了大路上去。整整一个下午简都陪伴着安妮，现在安妮陪着简走在回家的路上。她们在篱笆那头遇到了吉尔伯特，于是他们三个人一边走，一边议论着明天的这个重要的日子：明天就是九月一日，学校就要开学了。简要去纽布瑞切镇任教，而吉尔伯特要去白沙镇学校教书。

"你们两个的工作条件都比我好，"安妮叹着气说，"你们要教的是一群不认识你们的孩子。可是我不得不面对我的老校友。林德太太告诉我说，她很担心我的工作，叮嘱我从一开始就要很严厉，否则他们根本不会把我放在眼里。可是我不认为，一个好老师就必须要严厉。唉，这个任务对我来说太沉重了些！"

"我觉得我们一定能行！"简很轻松地说。她没想过要怎么把孩子教育好，她没有这种雄心大志的烦恼，她只想安安稳稳地领到她的薪水，得到学校理事会的认可，然后在学校督察员的荣誉报告中有她的名字，这就足够了，她没有更远大的志向。"当前最主要的任务就是维持教学秩序，对孩子们不得不稍微严厉点儿。要是孩子们不听话，我会警告他们，我要惩罚不听话的学生。"

"怎么惩罚呢？"

"当然是让他们尝尝教鞭的滋味啊！"

"噢，简，你不该这样做！"安妮很惊讶，喊出声来，"简，你不能这么做！"

"必要的话，我会这么做的，只要孩子很不听话，他们就该挨打。"简斩钉截铁地说。

"我永远不会鞭打一个小孩子，"安妮的态度也同样坚决，"我不认为体罚是个好办法。斯苔丝老师从来没有鞭打过我们当中哪一个，可她照样能让我们服服帖帖。菲利普总是打我们，可是没有谁愿意听他的话。所以不能这样想。如果我只能靠教鞭才能教育学生，那我宁愿不当老师。有很多比鞭打更好的方式，能把孩子管理得很好。我会努力去获得孩子们对我的尊重和热爱，这样他们就会自愿遵从我的教导。"

"可要是他们不听话呢？"简的问题很现实。

"不管怎样我都不会体罚他们。我坚信，体罚是无济于事的。哦，亲爱的简，不管你的学生做了什么错事，你都别动手打他们，好吗？"

"你是怎么看待这个问题的，吉尔伯特？"简询问道，"难道你不觉得，那些不听话的孩子有时候就该好好挨顿揍吗？"

"你难道不觉得，鞭打孩子是一件野蛮残忍的事情吗？"安妮大声说道，激动得把脸都涨红了。

"嗯，"吉尔伯特慢条斯理地开口了，他一方面考虑着现实的状况，另一方面又希望能达到安妮所说的那种理想状态，这两个方面撕扯着他的内心，"你们两人说得都有道理，我觉得过度地体罚孩子并不应该，我认为，就像你所说的，安妮，会有更好的手段管理孩子，比如制定规则。体罚只能是最后的办法。不过从另一个角度来考虑，就正如简所说，我相信偶尔会有那种非常顽劣的孩子，你不管用什么办法，或者找来什么人，都没法触动和改变他，简而言之，鞭打他是最有效的办法，能很快纠正他的错误。在我的规则中，体罚是最后使用的手段。"

吉尔伯特的回答要尽量让双方都满意，他努力运用非常正确的方式，最后的结果却恰恰相反，双方都很不满意。

简摇了摇头："只要我的学生淘气，我就会鞭打他们，要想纠正他们的坏毛病，这是最快也最有效的办法。"

安妮失望地对吉尔伯特瞥了一眼。

"我绝对不会鞭打我的学生。"她语气坚决地重申一遍，"我觉得体罚既不正确，也无必要。"

"假设你让一个孩子去完成某件事，可他不听，还向你顶嘴，说些没有礼貌的话，你该怎么做呢？"简问。

"我会在放学后把他留下来，和蔼但又不失严肃地和他谈谈。"安妮说，"只要你认真去寻找，就会发现每个人身上都有优点。教师的职责就是去寻找学生的闪光点，并且启发他，促进他的成长。这就是奎恩高等专科学校管理部老师教给我们的，这点你也很了解。你以为用教鞭去敲打他们就能发现他们的闪光点吗？雷妮老师说过，教会学生读书、写字和算术很重要，但正确地感化他们更为重要。"

"我得提醒你，教学督察员只通过学生的读书、写字和算术能力去检查你的教学水平，只要学生没有达到他们要求的标准，他们就不可能给你一个好的结论报告。"简反驳道。

"我更希望我的学生一直敬爱我，离开学校很多年后还会回来看我，这远比荣誉报告重要。"安妮坚决地维护自己的观点。

"就算是学生品行不端，你也不打算处罚他们？"吉尔伯特问。

"噢，不是这样，虽然我很讨厌处罚学生，但我还是不得不这样做。不过不是体罚，我可以在课间休息的时候把他留下来，或者在课堂上罚站，或者是罚他做抄写一类的事。"安妮说。

"我想你应该不会为了惩罚一个女孩子，就让她坐到男孩子身边去吧？"简顽皮地说。

吉尔伯特和安妮对视了一眼，尴尬地笑了笑。曾经有一次，安妮犯了错被处罚，要求坐到吉尔伯特身边，那件事让安妮感到万分难过和痛苦。

"嗯，既然大家坚持己见，那就让时间来检验哪种教育方法是最好的吧。"在他们分手之际，简富有哲理地说。

安妮沿着白桦路走向绿山墙小屋。树枝摇曳，树叶沙沙作响，空气中弥漫着蕨草的清香。她穿过紫罗兰山谷，从柳树河畔绕过去，冷杉树下光影斑驳，黑白交错，然后她顺着情人之路往下走……这些地点的名字都是她和戴安娜很久以前一起想出来的。她走得很慢，享受着森林和田野的香甜，欣赏着夏季薄暮时分的点点星光，冷静地思考着明天将要担负起来的新职责。当她到达了绿山墙小屋的庭院时，就听见了林德太太那坚决果断的大嗓门儿从敞开的厨房窗户传出来。

"林德太太一定是为了我明天的工作来给我提建议的。"安妮想到这里，高兴地扮了个鬼脸，"可我不想进屋去，雷切尔·林德太太一说起话来就絮絮叨叨，建议数不胜数，又臭又长，她把给人提意见当成了差事，可全是言辞苛责，没什么价值的东西，我还不如躲得远远的，干脆去哈里森先生家，和他闲聊一会儿也不错啊。"

自从那件众所周知的泽西奶牛事件以后，安妮就不止一次地去哈里森先生那里和他闲聊。她经常在傍晚的时候去找他，然后他们俩成了好朋友。不过，哈里森先生把自己的直言快语当成一种美德，可安妮总是没法忍受。姜黄仍然用怀疑的眼神目不转睛地盯着她，每次都用"红头发的家伙"来挖苦她，把这句话当成对她的问候语。而哈里森先生试图把它的坏毛病改掉，每次他一看到安妮过来时，就兴奋地跳起来，叫嚷着："老天啊，那个漂亮的小女孩又来我们家啦！"或者是其他类似的夸奖。可这些努力是徒劳无功的，姜黄一眼就看穿了哈里森的这个小把戏，而且对他的做法表示蔑视。安妮永远都不会知道，哈里森先生在背地里对她说了多少赞美之辞。可他却从来不当着安妮的面称赞她，更不用说让她知道了。

"嗯，我想你一定去了趟森林，为明天准备了很多的教鞭吧？"安妮一走上台阶，哈里森开着玩笑欢迎她的到来。

"不是这样的，真的。"安妮很生气地说。她是个开玩笑的绝佳对象，因为她对每件事都很严肃。"我在学校永远不会用教鞭的，哈里森先生。当然，我还是需要一根教鞭用来指黑板，不过仅仅是这个作用而已，不会用来打人。"

"所以你的意思是还是要用啦？好吧，我不清楚你为什么要鞭打他们，反正这都是正确的，用细枝条打的话当场最痛了，而用鞭子打则痛得更久，真的是这样呢。"

"我根本不会用这种东西的！我肯定不会鞭打我的学生的！"

"我的天啊，"哈里森先生很吃惊，大声叫道，"那你怎么去管教你的学生呢？"

"我会用爱去感化他们，哈里森先生。"

"那是不可能的，"哈里森先生说，"千万不要这样做啊，安妮。老话都这样说，'放下棍棒，宠坏孩子'。当我还是个孩子的时候，我的老师每天都会定时鞭打我，因为他说，就算我没有捣蛋，但在心里也这样想过，所以该挨打。"

"可是现在的教育方式跟你上学的时代有了很大的不同，哈里森先生。"

"但人的本性没有改变啊。牢记我的话吧，要是你不用教鞭时时约束着这些小淘气的话，他们就完全不服你的管教。不鞭打学生是根本不可能的。"

"行啦，我还是准备先用我的方法试试。"安妮说，她顽强地坚持着自己的理念，并且愿意持之以恒地坚持下去，不达目的决不罢休。

"我觉得你真是顽固得可爱！"哈里森先生用妥协的口气说，"好啦，好啦，我们等着看吧，要是有一天你生起气来——像你这种红头发的人更容易生气的——你就会忘记你所有的那些美好的理念，然后好好鞭打他们一顿的。你太年轻了，对于教书还不能得心应手……你太年轻了，太小孩子气啦！"

总之，安妮这天晚上是带着非常悲观的心情躺到床上去的。她几乎整夜都没入睡。第二天早晨，安妮脸色苍白，几乎吃不下早餐，这可把玛莉拉给吓坏了，做了一碗姜茶坚持要她喝下去。姜茶味道很不好，安妮只能小口小口地啜着，耐心地喝完，可她搞不懂喝姜茶到底有什么好处。要是姜茶有神奇功效，能够有效地增加她的年龄和生活经验，那么再多的姜茶她也会毫不退缩地大口喝下去。

"玛莉拉，要是我失败了该怎么办呢？"

"你根本不可能失败的，今天才刚刚开始，后面的日子还长着呢。"玛莉拉说，"安妮，你的问题在于，你想让孩子学会每一件事情，而且马上纠正他们所有的缺点，你觉得要是自己做不到，那就是失败了。"

初为人师

那天早上，安妮出门去学校，走在白桦路，这是她有生以来第一次对大自然的美景视而不见。她来到了学校，校园里一片寂静。因为上一任的老师已经训导过孩子们，要安静地坐在自己的座位上等老师来，所以当安妮走进教室的时候，学生们一排排拘谨地坐着，她看到的是一张张晨光洋溢的小脸和一双双明亮好奇的眼睛。安妮把帽子挂起来，然后站到他们面前。她心里感到十分害怕，希望这种惶恐和傻傻的样子不要表现到脸上，也别让学生们注意到她的动作是多么的颤抖。

昨天晚上，她快十二点时都还没有睡觉，为了今天的开场白打了腹稿，准备讲给学生听。她绞尽脑汁，字斟句酌，润色修改，倾其所能地准备了一篇稿子，然后熟记于心。这是一篇非常精彩的演讲稿，包含了相当精辟的思想，尤其是关于在互相帮助、刻苦学习知识等方面更为精辟。可是，现在她最大的问题是，自己的大脑一片空白，一个字也想不起来了。

似乎是过了一年的时间——实际上大约就十秒左右——她软软地开口说话了："请大家把《新旧约全书》拿出来。"安妮说完，紧张得气都喘不过来，重重地跌坐到椅子上，教室里随即响起一阵掀开桌盖的咔嗒声，接着是沙沙的翻书声。随后，孩子们开始诵读圣经章节，安妮开始整理自己纷繁混乱的思绪，梳理出了条理，然后检阅着这些迈向成人王国的小旅行者们。

当然，大半的孩子安妮都很熟悉。她自己的同班同学已经毕业离开学校了，不然就是和她一样升入了专科学校。这里只有低年级的学生和安维利镇十个新来的学生。相对于那些熟悉的学生，安妮私下对这十个新来的孩子更感兴趣，在她看来，其他的学生已经基本定型了。当然，这十个孩子可能与其他孩子一样普通，不过从另一方面看，他们中间说不定藏有出类拔萃的人物呢。这真是个激动人心的想法。

林德太太以前向安妮提及过的安东尼·派伊，现在正独自一人坐在墙角的课桌后面。他的小脸黝黑，脸色阴沉，漆黑的眼眸注视着安妮，眼神中带着敌意。安妮一看到他，就下定决心，要赢得这个小男孩的敬爱，通过他彻底地影响派伊一家人。

在另一个角落里，一个陌生的男孩挨着阿蒂·斯劳尼坐着。这个小家伙从外表看起来很快乐，又短又扁的鼻子，满脸长着雀斑，还有一双明亮的蓝色大眼睛，长着白色的眼睫毛——这大概就是冬尼尔家的孩子。要是从长相上来分辨，很容易就能找到他的姐姐，就是过道那边挨着玛丽·贝尔坐的那个女孩。安妮对她的打扮很惊讶，到底是什么样的母亲，竟然把自己的孩子打扮成这般模样。她穿着一身褪色的粉红丝质裙子，裙摆镶满了棉质花边，脚上的白色儿童拖鞋沾满了泥浆，鞋子里面是丝质的长筒袜。她那头沙栗色头发互相纠结在一起，卷成了无数的发卷，头发上覆盖着一个十分抢眼的蝴蝶结，是用粉色缎带结成的，比她的头还要大。从她的表情看，她对今天的打扮似乎还非常满意。

一个脸色苍白的小家伙，浅褐色头发柔顺光洁，像波浪一样披在肩上，安妮想，这一定就是安妮塔·贝尔。她的父母原来住在纽布瑞切镇校区的，不过他们家的房子向北移动了四十多米，现在就划归到了安维利镇校区。

那三个面色苍白的小姑娘挤在同一张座椅上，她们肯定是科顿家的孩子。有个小美人长着一头长长的褐色鬈发，淡褐色的眼眸，她不时从《圣经》后面对杰克·格丽丝抛媚眼。这一定是普利莉·罗杰逊了，她的父亲最近续娶了第二任太太，就把她从格拉夫顿的奶奶家接回来了。坐在她身后的高大笨拙的女孩子，看起来她不知道手脚该往哪里放，安妮开始怎么也猜不出她是谁，后来才知道她的名字叫芭芭拉·萧，来安维利和她的婶婶住在一起。而且安妮后来还发现，如果哪一天芭芭拉能够不摔跤，或者不被别人的脚绊倒，顺顺利利地经过学校过道，那么安维利的小学生们就会把这当作非同一般的新闻事件，写在走廊的墙壁上以示纪念。

不过，当安妮的目光扫视过坐在面对她的前排学生时，与一个学生的目光相遇，一阵奇妙的轻颤穿过全身，仿佛那就是她要寻找的天才。她知道这一定是保罗·艾文，林德太太早就断言，他一点儿也不像安维利的孩子，事实真是如此。不仅如此，安妮注意到他跟任何地方的孩子都不一样。透过他那双凝视自己的深蓝色眼睛，那如此专注的眼神，安妮看到了一个和自己完全相似的灵魂。

安妮知道，保罗已经十岁了，可他看起来只有八岁的样子。安妮在其他孩子身上从没见过如此漂亮的小脸，五官优雅精致，栗色的鬈发犹如圣人头发的光环，嘴唇很迷人，不撅起来时显得很丰盈，深红色的双唇轻轻地抿合着，曲线分明，弯向精致完美的嘴角，一切都融化在浅浅的酒窝里。他神情严肃庄重，一副沉思的样子，好像他精神的成熟远远超过了身体的发育。不过当安妮对他微笑时，这种严肃的神情一下子就消失了，随之而来的是回报她的微笑，这种微笑如同他的生命之光，仿佛是内心的一盏灯突然被点亮，喷薄出灿烂的火焰，照亮他的全身。就在短短的互相微笑致意之后，安妮和保罗便永远成为最亲密的朋友，虽然他们还没有说过一句话。

开学的第一天犹如梦中一样，安妮后来怎么也想不起这天是怎么度过的。她甚至觉得站在讲台上的不是她，而是别的什么人。她按部就班地听学生朗读课文，做算术题，描摹写字。孩子们的表现大致良好，不过发生了两件违反纪律的事情。莫利·安德鲁斯弄来一对训练过的蟋蟀，放在教室的过道上乱跑，这事被安妮发现了，于是安妮罚莫利在讲台上站了一个小时，把蟋蟀给没收了，这对于莫利来说是个非常严厉的惩罚。安妮把蟋蟀放进一个盒子里，在放学回家的路上，经过紫罗兰山谷时放掉了，可是莫利从此以后都一直认为，安妮把蟋蟀带回了家，自己养着玩呢。

另一个捣蛋的家伙是安东尼·派伊。在石板上写了字后要用水擦洗掉，他带的水瓶里还剩了一点儿水，他把这些水全部倒进了奥蕾莉亚·克莱的后颈窝里。安妮在课间休息的时候把安东尼留了下来，向他谈论怎么做才算得上一个绅士，温和地告诫他说，绅士决不会把水倒进女士的后颈窝，说她希望班上所有的男孩子都会成为绅士。她这番简短的教导很和善，非常感人，可不幸的是，安东尼对此充耳不闻，一点儿也不为所动。他始终板着阴沉的脸，一声不吭地听她说，当他走出教室时，还藐视地吹起了口哨。安妮叹了口气，不过她想到"罗马不是一天建成的"这句话，于是提醒自己，要赢得派伊的敬爱也不可能一天内完成，就给自己打气，很快地振作了起来。事实上，要赢得派伊一家人的敬爱，这种可能性是值得怀疑的，可是安妮设想得很乐观，只要她能够找到安东尼的一个优点，就可以发现他是个相当不错的男孩子。

这天的课程结束后，孩子们都回家去了，安妮疲倦地坐在椅子上，感到头疼得厉害，心情非常沮丧。虽然没有发生什么非常糟糕的事情，也没有真正让她沮丧的理由，可是安妮还是觉得心力交瘁，开始相信她永远不会喜欢教书这个职业了。想一想，她必须要日复一日地干着不喜欢的工作……嗯，大约要干四十年，这是多么可怕啊。安妮心里冒出两个想法，是现在就在这里号啕大哭一场，还是等安全地回到家中，到自己的房间里再说呢？正当她犹豫不决的时候，门廊外传来一阵急促的脚步声，混杂着丝质衣料摩擦地板发出的沙沙声，一位女士出现在了她的面前，这让她想起了哈里森先生最近的一次评论。有次他在夏洛特敦的商铺里看到一位打扮过度的女性，他评论说："她像是被流行和噩梦生硬地夹出来的混合体。"

这位来访者一身盛装打扮，身上是华丽的淡蓝色夏日丝裙，袖子是泡泡袖，周围都饰有花边，全身上下镶满了蕾丝花边，还打了无数褶子。头上戴着一个巨大的白色薄绸太阳帽，帽子上还插着三根长长的鸵鸟羽毛做装饰。粉红色的薄绸面纱从帽檐垂下来，从帽子边缘一直垂到了她的双肩，面纱上布满大大的黑色圆点，面纱太长了，从中间有一个分岔，分开后随风飘向身后，就像两面招展的旗子。双手戴满了珠宝，不禁让人感到好奇，身材这么小的人是怎么戴上这么多的珠宝的。浓郁的香水味在老远就能闻到了。

"我是冬尼尔太太……H.B.冬尼尔太太。"这位来访者首先亮明身份，"我到这里来找你，是因为克拉莉斯·阿米拉今天放学回家吃晚餐时告诉了我一件事情，这件事把我搅得心神不宁，我不得不过来一趟。"

"真是抱歉。"安妮支支吾吾地回答说，她试图回想一下今天上午关于冬尼尔家的孩子们发生了些什么事情，可什么也回想不起来。

"克拉莉斯·阿米拉告诉我说，你把我们'冬尼尔'的音念错了，雪莉小姐，现在我来告诉你正确的发音，应该是'冬——尼尔'，重音在最后一个音节上，我希望你以后要记住这个问题。"

"我会努力做到的。"安妮喘着气，她真想大笑一场，但又不得不拼命压抑住这种冲动，"我明白，自己的名字被念错了，这种感觉很不愉快，我也有过这种经历。我想，把发音拼错了会更糟糕。"

"绝对是这样。克拉莉斯·阿米拉还告诉我说，你把我的儿子称为雅各布，是吗？"

"他亲口告诉我说，他的名字叫雅各布。"安妮很不服气。

"我猜想就是这样。"冬尼尔太太说，从她的语气可以听出来，在她这个很糟糕的年龄里，她不太受孩子们的欢迎，"这个孩子的兴趣爱好跟平民差不多，雪莉小姐。他刚出生的时候，我想叫他'圣·克莱尔'……这个名字听起来绝对像贵族一样，是不是？可是他的父亲坚持要使用他叔父的名字雅各布来取名。我只好同意了，因为他的叔父是个有钱的老光棍。你猜怎么着，雪莉小姐？当我们可爱的儿子长到五岁时，他的那位老叔活得很滋润，而且居然结婚了，现在他都生了三个男孩子。你听说过这种忘恩负义的事情吗？我们一参加完他的婚礼——雪莉小姐，他很无耻地给我们也发了请柬——回到家我就说：'不准再叫他雅各布了。'从那一天起我就把我们的儿子叫'圣·克莱尔'，决定把他的名字正式改为'圣·克莱尔'。可是他的父亲是个老顽固，仍然叫他'雅各布'，更让人莫名其妙的是，这个孩子居然很喜欢这个粗俗的名字。可是他是'圣·克莱尔'，他一直使用的名字是'圣·克莱尔'。雪莉小姐，你会用心记住这个名字的，对不对？谢谢你啦。我告诉克拉莉斯·阿米拉说，这只是个小小的错误，把这个词改过来就没事啦。'冬——尼尔'，重音在最后一个音节……'圣·克莱尔'，绝对不是'雅各布'。你记住了吗？谢谢！"

当冬尼尔太太翩然而去后，安妮锁上了学校的大门，回家去了。走到小山脚下时，她看到保罗·艾文正站在桦树小道旁。他把手里的一束娇小的野兰花递给安妮，安维利的小孩把这种花叫作"稻米百合"。

"送给你，老师。这是我在怀特先生的牧场里采到的，"他很羞涩地说，"我把它采回来送给你，因为我觉得你一定喜欢这些花儿，还因为……"他那双漂亮的眼眸中闪出光芒，"……我喜欢你，老师。"

"你这可爱的孩子。"安妮说着，接过了芳香的花束。保罗的话仿佛充满了魔力，她心里的沮丧和疲惫顿时消失得无影无踪，而希望如同奔腾的泉水涌上了她的心田。她迈着轻盈的脚步穿过白桦路，手中兰花的香甜就如同祝福一样，一路伴随着她，走向温馨的家。

"喂，你今天和学生们相处得怎样？"玛莉拉急切地想知道。

"你得在一个月以后问我，我也许才能说清我的感受。我现在没办法……我也不知道……我自己也说不出来。我的脑袋里乱成一团，就像泥浆一样混沌。至于我今天的工作，就是教会克利菲·怀特写'A'，让他写出来的是个'A'，而他以前不认识这个字母，这是我唯一的真实感受。这就是启发一个心灵走向莎士比亚和弥尔顿的第一步，是不是？"

林德太太不久就来到了这里，她带来了一个振奋人心的消息。这个好心的太太在她家门口拦住那些放学回家的孩子，询问他们喜不喜欢这个新老师。

"每个孩子都说他们很喜欢你，说你太好了，安妮。不过除了安东尼·派伊，我得承认这个事实，他真的不喜欢你，他说：'看不出有哪点儿好，跟所有的女老师没什么两样。'派伊很讨厌你，不过你别太在意了。"

"我不会在意的，"安妮心平气和地说，"我还要让安东尼·派伊慢慢地喜欢上我，只要我有足够的耐心和爱心，肯定能做到这一点的。"

"嗯，你不可能打动派伊家的人。"林德太太很谨慎地说，"他们经常反着干，做事就像梦幻一般不可捉摸，变化不定。至于那个冬尼尔家的女人，真是无聊。我敢肯定地告诉你，我决不会叫她'冬——尼尔'，因为真正的念法应该是重音在前的，这个女人真是疯了，这是真的。她家养了一条哈巴狗，竟然叫它'皇后'，而且它跟全家人一起在餐桌上吃饭，用的餐盘还是瓷器的。我要是她的话，真会害怕哪一天遭到天谴呢！托马斯说安东尼先生本人是个工作认真又明事理的好人，可他挑老婆的时候怎么就不能精明一点儿呢？真是的。"

众生百态

　　九月的一天，在爱德华王子岛的山丘上，从海上吹来一阵凉爽的风，刮过山上的沙丘。一条长长的红沙小道，蜿蜒穿过田野和森林，绕过浓密的云杉林一角，弯成了一道弧线，它再绕过一片年轻的枫树林场，林场遮天蔽日，树下是密密麻麻的蕨草，像羽毛般一片片的，到处都是。小路接着向下沉降，落进一个山谷，山谷里的小溪时而从密林里闪现出来，时而又躲了进去。突然，小路来到了开阔地带，沐浴着明媚的阳光，从缎带一样的金色篱笆和如烟般的蓝色紫菀中穿过。夏日的山丘上，无数的蟋蟀在振翅高歌，空气也跟着颤动起来。一匹壮实的褐色小马正沿着小路缓步前行，两个姑娘坐在它后面的车上，嘴角洋溢着欢乐，这种欢乐来自她们的青春质朴，来自她们生命的活力。

　　"噢，戴安娜，我们仿佛置身于伊甸园般的美妙日子，不是吗？"安妮感受着如此纯粹的幸福，由衷地发出感慨，"空气中仿佛蕴藏着魔力！戴安娜，你看那片像杯子一样的山谷，里面全是丰收的紫色。哦，还有，闻闻冷杉树干枯的气息！这是从那片洒满阳光的小洼地中传出来的，这些天埃本·莱特先生一直在那里劈木条做篱笆。真希望这些冷杉树在这样美好的日子里仍然活着。不过，闻着枯树的气息，让人想起了美妙的天堂。这些话有三分之二是出自华兹华斯①，有三分之一出自我安妮之口。在天堂里我想没有枯死的冷杉树，对不对？在我看来，当你穿过天堂的森林时，却闻不到死亡的冷杉树气息，这不能算作尽善尽美的天堂。那股美妙的芳香一定是冷杉树的灵魂……当然，那也应该是天堂里的灵魂。"

"树木是没有灵魂的，"戴安娜很实际地说，"不过干枯的冷杉树味道的确迷人，我要做一个靠垫，里面填满冷杉的针叶。你也最好做一个，安妮。"

"我会去做的……用靠垫睡午觉。这样我肯定会梦见自己变成一个林中仙女，或者是森林女神。不过这会儿我做安妮就很满足啦，我是安维利学校的老师，在如此香甜温馨的日子里，赶着马车走过诗情画意的小路。"

"这是个美好的日子，可是我们面临的任务一点儿也不美好呀。"戴安娜长叹了一声，"你到底为什么愿意沿着这条路进行调查呢，安妮？差不多安维利的所有怪人都住在这条路旁边，他们很可能把我们当成讨钱的家伙呢。这条路线是最糟糕的。"

"正是这样，我才选中了这条路。当然，如果我们请吉尔伯特或者弗雷德来做这条路的工作，他们肯定会答应的。但是你知道，我觉得我该为'乡村促进会'主动承担起责任……因为我是第一个提议创办这个协会的，所以我应该承担那些最棘手的工作。很抱歉，连累到你了，所以等会儿在那些怪人面前你不用说什么话，一切让我来办就行了。林德太太常说我办事能力很强。

---

① 华兹华斯：Wordsworth，十九世纪英国桂冠诗人。

林德太太还没有决定是否支持我们的组织，当她想起艾伦夫妇很赞同这个组织时，她就想支持我们，可是当她想到这个乡村促进会最早源于美国时，她又会持反对态度。她一直在这两种观点中犹豫徘徊，所以只能让她看到我们的成功，才能赢得她的支持。普里西拉准备为我们的下次会议写篇文章，我预期这是篇很好的稿子，因为她的姨妈是位非常优秀的作家，毫无疑问这肯定影响整个家庭的写作才能。当我知道夏洛蒂·E.摩根太太就是普里西拉的姨妈时，我心里的那种震撼无法形容，而且永远铭刻于心。想想看，我有这样一个女友，她的姨妈写出了《林边岁月》和《玫瑰园》，多么了不起啊！"

"摩根太太住在哪里呢？"

"在多伦多。普里西拉说她明年夏天要来我们岛上参观，如果有可能，普里西拉会安排我们和她见面。这简直太棒了，真让人不敢相信。你今晚上床睡觉好好去想象一下，那种场景该多么激动人心啊！"

"安维利乡村促进会"实际上已经正式组织起来了。吉尔伯特担任会长，弗雷德任副会长，安妮是协会秘书，戴安娜是财务主管，这个组织的成员每两个星期在某位成员家里聚会一次。他们很快就被人叫作"促进员"。应当承认，如今已是深秋了，他们不可能在今年内实施很多的促进计划，不过他们开始计划明年夏季的工作，收集并讨论各种议题，撰写和宣读文章，还有就是像安妮所说的那样，把声势造起来，赢得更多居民的关注与支持。

当然，也有些人抱着反对的态度，还有很多的冷嘲热讽，这让促进会成员感到非常难堪。伊利沙·怀特先生公开说，这个组织应该把名字改成"求爱俱乐部"更合适。海拉姆·斯劳尼太太宣称，她听促进员说过要在所有的道路两边犁土，然后全部种上天竺葵。李维·鲍尔特先生向邻居警告说，促进员们坚持要推倒他家的房子，然后让全镇人共同出资帮他把房子重建起来。詹姆斯·斯宾塞先生让人转告促进会成员，说他很希望他们彻底铲平教堂前的小山。埃本·莱特告诉安妮说，他希望促进员能劝说年迈的乔西亚·斯劳尼先生把他的胡子修剪修剪。劳伦斯·贝尔先生说，如果促进员们不给他提过分的要求，那么他愿意把他的仓库外墙粉刷一遍，但是要他在牛棚的窗户外挂上花边窗帘，这让他忍无可忍。促进员克里夫顿·斯劳尼的工作是用马车把牛奶拉到卡莫迪牛奶场，有一天马乔·斯宾塞先生问他，听说明年夏天每家每户都必须把挤奶架重新漆一遍，再在上面铺上绣花的餐巾，这到底是不是真的。

虽然如此，或许人类的本性就是这样。正因为面临这样的困难，促进会的成员更需要勇敢地面对，不屈不挠去开展他们的工作，他们计划在秋天完成一件工作。促进会的第二次聚会在巴里家的起居室里举行，奥利弗·斯劳尼提议他们去募集捐款用来维修会堂的天花板和粉刷墙壁。朱丽叶·贝尔有些踌躇，感觉那是一件有伤淑女形象的事，但她还是同意了。吉尔伯特让大家讨论，结果获得一致通过。安妮在她的会议记录本上认真地把这一切记录了下来。接下来的工作就是推选一个委员会。格蒂·派伊为了不让朱丽叶·贝尔把所有的风头抢过去，大胆地提议让简·安德鲁斯小姐担任此次行动的委员会执行长。这一提议得到了所有人的同意。简为了回报大家对她的信任，把格蒂、吉尔伯特、安妮、戴安娜和弗雷德·莱特一同列为此次行动的执行委员。这些委员在会后分别召开会议，讨论募集路线。安妮和戴安娜负责纽布瑞切路线的募捐工作，吉尔伯特和弗雷德负责白沙路线工作，简和格蒂负责卡莫迪路线工作。

吉尔伯特和安妮在会后一起回家，他们走过"闹鬼的树林子"时，吉尔伯特向安妮解释如此分派任务的原因，他说："派伊他们一家人都住在卡莫迪镇上，除非他们的亲朋好友出面去劝说，否则这家人一分钱也不会给。"

第二个星期六，安妮和戴安娜开始了她们的募捐工作。她们把马车赶到纽布瑞切镇的终点，然后往回走，一家家地去劝说他们募捐，她们首先来到安德鲁斯家，她们要面对的是这家的姑娘们。

"如果只有凯瑟琳一个人在家的话，我们还有可能募到一些捐款。"戴安娜说，"可要是伊丽莎在家的话，我们一个子儿也别想了。"

伊丽莎果然在家，更糟糕的是，她看起来比平时还要严厉刻薄。伊丽莎总是能让你深感到人生的痛苦，生命就是一串串的泪珠，不要说欢笑，就算是一丝微笑，也是在浪费宝贵的精力，应该受到严厉的斥责。安德鲁斯家的姑娘们当单身的"姑娘"已经有五十多年了，很有可能直到人生的终点，完结她们世俗的朝圣旅程。据说凯瑟琳对生活没有完全放弃希望，而伊丽莎则是天生的悲观者，对生活从来没有希望过。她们住在一座褐色的屋子里，屋子采光很好，依傍着马克·安德鲁斯家的山毛榉树林。伊丽莎抱怨说夏天热得要命，而凯瑟琳却说屋子在冬天是多么温暖舒适。

伊丽莎正忙着缝缝补补，并不是因为衣物需要缝补，而只是她对凯瑟琳编织些无聊的花边感到厌烦，所以用这种方式来表示抗议。当安妮和戴安娜这两个小姑娘解释拜访的原因，伊丽莎厌烦地皱着眉头，而凯瑟琳却露出了笑脸。可当凯瑟琳一看到伊丽莎冷冷的眼神，脸上的笑意马上就消失，换成一副愧疚的不安神色。不过，没坚持多久，她又偷偷笑了。

"如果我有多余的钱，"伊丽莎冷冷地说，"我宁愿丢到火里烧掉，也许看着钱上跳动的火焰还能得到一点儿快乐。可是我决不会把它捐给什么会堂，一分钱也不给。这个会堂对居民没有丝毫的好处……只不过是给那些晚上不睡觉的年轻人提供一个聚会和调情的地方。"

"噢，伊丽莎，年轻人总该有点儿娱乐活动吧。"凯瑟琳反对说。

"我觉得完全没有必要。我们年轻的时候，从来没去会堂或别的地方晃荡过，凯瑟琳·安德鲁斯，真是世风日下呀！"

"我认为世界变得越来越好了。"凯瑟琳固执地说。

"你认为！"伊丽莎小姐的话音里显示出极度的蔑视，"这个世界并不是你认为的样子，凯瑟琳·安德鲁斯！事实胜于雄辩。"

"嗯，我总喜欢从光明的一面去看待事物，伊丽莎。"

"世界上根本就没有光明的一面。"

"噢，确实有啊。"安妮对这种蛮不讲理的狡辩再也听不下去了，她大声喊道，"为什么没有？这个世界上到处都是光明面，安德鲁斯小姐。这实在是个美丽的世界。"

"等你活到我这年纪的时候，你就不会再唱这种高调了！"伊丽莎尖酸刻薄地讥讽道，"你也不会自不量力地想改变这个世界了。戴安娜，你妈妈好吗？天啊，她的身体一日不如一日，看上去太衰弱啦。安妮，玛莉拉的眼睛怎么样了？还有多久就会完全瞎掉呢？"

"医生说，只要她多加小心，眼睛的状况就不会再恶化下去了。"安妮犹豫着回答道。

伊丽莎摇了摇头。

"医生们为了让人宽心，总是说这种不真实的话。如果我是她，我就不会抱多大希望了。先作最坏的打算，其次是作最好的准备。"

"可是，我们难道不也应该作最好的准备吗？"安妮争辩道，"最坏的情况可能会发生，最好的情况也同样有可能发生呀！"

"从我的人生经历来看，最好的情况从来就没有出现过。我已经五十七岁了，而你们才十六岁。"伊丽莎反唇相讥，"你们要走了？好吧，我希望你们这个组织能让安维利维持现状，不要再走下坡路了。话是这么说，可我对你们并不抱什么期望。"

谢天谢地，安妮和戴安娜总算脱身出来了，催赶着壮实的小马飞快地逃跑，躲得越远越好。当她们驶过山毛榉树林，正要拐弯的时候，一个胖乎乎的身影激动地向着她们挥手，飞快地穿过安德鲁斯先生的牧场跑过来，是凯瑟琳·安德鲁斯，她跑得快喘不过气了，一句完整的话也说不出来，她拿出两个二十五分的硬币塞到安妮的手里。

"这是我捐来粉刷会堂的钱，"她上气不接下气地说，"我很想给你们一块钱，可这都是从我卖鸡蛋的钱里拿出来的，我不敢拿多了，否则伊丽莎会发现的。我打心眼里对你们的协会感兴趣，相信你们会做很多好事。我是个乐天派，可我不得不和伊丽莎生活在一起，装作很悲观的样子。我得赶快回去，否则她又要注意到我了……她以为我在喂鸡呢。祝愿你们劝募活动好运相伴，不要因为伊丽莎的那番话而灰心丧气。世界真的会越变越好……一定是这样的！"

劝募的下一站就是丹尼尔·布莱尔家了。

路上车辙很深，她们一路都晃荡颠簸着。戴安娜说："这一次，劝募是否成功就得看丹尼尔的妻子是否在家了。要是她在家，那一分钱也别想了。大家都说，要是没有征得他妻子的同意，他连头发都不能修剪，他妻子实在是太抠门儿了，这样形容她还算客气的。她说家里现在缺钱，所以她不得不精打细算，等以后有钱了就不用这样了。可林德太太说，她如此吝啬，财富永远也不会光临她的屋子！"

那天晚上，安妮向玛莉拉描述了她们在布莱尔家的经过。

"我们把马拴好，敲了敲厨房的门。厨房的门是开着的，可没有人出来。我们听见从储藏室里传来大吼大叫的声音，咒骂声不绝于耳。我听不清楚到底在喊些什么，可戴安娜，一听就知道那是在骂人。这是个男人的声音，我简直不敢相信那是布莱尔先生发出来的，因为他总是温文尔雅，沉默寡言。戴安娜断言，看来一定是什么事情激怒了他。当这个可怜的人终于出来开门时，我看见他满脸通红，就像胡萝卜的颜色，脸上大汗如雨，身上还系着妻子的方格子布围裙。'我没法把这该死的东西弄下来，'他说，'这个带子系成了死结，我没法解开，所以得请你们谅解，小姐。'我们告诉他，我们不会介意的，然后进屋去坐下。布莱尔先生也坐下来，他把围裙向上卷起，转到背后去遮起来，可是他看上去羞愧不安，懊恼无比，我真为他难过。戴安娜说，她觉得是不是我们来得不是时候。'噢，一点儿也没有。'布莱尔先生说，尽量挤出一点儿笑容——你知道，他一向是个有礼貌的人——'我有点儿忙……我正准备做蛋糕。今天我妻子接到一封电报，说她的妹妹今晚要从蒙特利尔出发来我们家，我妻子已经去火车站接她了，她让我留在家里，准备一块蛋糕当茶点。她把蛋糕的做法写了下来，告诉我该怎么做，可是我已经忘了大半。上面说，根据口味放适当的配料，可这到底是什么意思？你们能告诉我吗？要是根据我的口味放，可要是别人的口味不一样怎么办？还有，如果要做一个多层的小蛋糕，放一汤匙香草精够不够呢？'

"我越来越为这个可怜的男人感到难过了。他好像根本不由自己支配，妻子说什么就做什么。我以前听说过'妻管严'，现在终于见识到了。我本来想说：'布莱尔先生，如果你愿意为我们粉刷会堂捐一点儿钱，我们就帮你做蛋糕。'这句话就在舌尖上时，我突然意识到，对于一个遇到麻烦的邻居，提出这样苛刻的条件是很不友好的。所以我告诉他说，我们可以帮他调制蛋糕原料，也不会提出什么条件的。他听了高兴得手舞足蹈，他说，结婚前他自己经常做面包，可是做蛋糕他就一窍不通了，可他又不想让妻子失望。他找来另外一条围裙给我，戴安娜打好鸡蛋，我帮他搅拌面粉。布莱尔先生跑进跑出，给我们找来各种原料。他把身后系着的围裙忘得一干二净了，他一跑起来，围裙就在身后跟着飘动，戴安娜说，她简直快笑死了。布莱尔先生说他会把蛋糕烤得很好——他总是这么说——然后他把我们的捐款单拿过去，记下了四块钱。所以你看，我们还是得到了回报。不过，就算他一分不捐，我也会认为应该帮助他，因为这是一个真正的基督徒应该做的。"

接下来就该是西奥多·怀特家了。安妮和戴安娜从来都没有来过这家，只是以前和西奥多太太有过接触，不过她们知道西奥多太太不太友好。她们该走前门还是后门呢？正当她们叽叽咕咕地商量时，却看见西奥多太太抱着一叠报纸出现在前门，她小心翼翼地把报纸一张张地铺在门口和台阶上，然后顺着通道继续铺，一直铺到满腹狐疑的来访者脚下。

"请你们在草地上认真把脚擦干净，然后踩着报纸走过来，好吗？"她忧心忡忡地说，"我刚刚才把屋子打扫干净，不想让我的屋子染上一点儿灰尘。自从昨天下了雨过后，这条小路一直泥泞不堪。"

"千万不要笑。"当她们走在报纸上时，安妮低声叮嘱戴安娜，"拜托你了，戴安娜。不管她说什么，你都不要看着我，否则我就会忍不住笑出声来。"

报纸一直向前伸过大厅，来到她家的客厅，客厅整整齐齐，一尘不染。安妮和戴安娜小心谨慎地坐在最近的椅子上，向她解释此行的目的。西奥多太太一直很有礼貌地听她们说话，中途仅有两次打断了她们，一次是起身追赶一只勇于探险的苍蝇，另一次是看到从安妮的裙子上掉下一根草屑，她赶忙从地毯上捡起来，这让安妮惭愧万分，西奥多太太捐了两块钱。当她们告辞后，戴安娜说："她恐怕是担心我们还会再回去找她捐款吧？"在她们开始解开小马时，西奥多太太已经把报纸收了起来，而她们赶着马车离开庭院时，她们看见西奥多太太正挥舞着扫帚在大厅里忙碌着。

"我常听人说，西奥多太太是全世界最爱干净的女人，今天见了她，才觉得这话一点儿也不假。"戴安娜说。等她们驾车刚一到安全的地方，戴安娜就忍不住哈哈大笑起来。

"万幸的是，她没有孩子，"安妮一本正经地说，"要是她有的话，那么对她来说，'孩子'将是最可怕的词语了。"

她们来到斯宾塞家里，伊莎贝拉·斯宾塞太太把安维利镇里每个人的不足之处都挑出来，恶狠狠地讽刺了一通，这让她们心情变得很糟糕。在托马斯·鲍尔特先生家里，他说二十年前建造会堂时，他推荐了一个很好的地方，但是没有被采纳，所以他拒绝捐款。埃斯特·贝尔太太简直就是健康的化身，可就在安妮她们来拜访她的半个小时里，她不断地详细述说她哪里痛，哪里不舒服，然后很难过地掏出五角钱，她说因为她明年也许就不会到会堂去了……是的，明年她将长眠于坟墓里了。

然而，她们受到最糟糕的接待并不是上述的家庭，而是在西蒙·弗雷奇家。当安妮和戴安娜驾着马车来到门前时，她们看到有两张脸正透过门廊的窗户窥探着她们。可是她们敲门后，耐着性子等了很久，怎么也等不到有人来开门。最后这两个愤怒的女孩驾着车离开了西蒙·弗雷奇家。这个遭遇甚至让安妮都感到有些泄气。不过后面的情况却发生了改变。她们接连拜访了几个姓斯劳尼的农庄，他们思想都很开明，慷慨大方地捐了款。一切都进展顺利，一直持续到劝募活动结束，只是偶尔会遇到冷落。她们的最后一站是住在池塘桥边的罗伯特·迪克森家。虽然这里离她们家已经很近了，可主人仍坚持挽留她们在那儿喝茶。迪克森太太是出了名的火暴脾气，所以她们显得战战兢兢，生怕惹恼了她。

就在她们还在迪克森家喝茶时，詹姆斯·怀特老太太前来串门了。

"我刚才去了趟洛伦索家，"她宣布说，"现在他是安维利镇最骄傲的人了。你猜怎么了？他家刚生下了一个小男孩……他们家一连生下了七个女儿，现在终于有了一个儿子，这真是非比寻常的大事啊！"

安妮侧着耳朵仔细听着，当她们要驾车离开时，她对戴安娜说："我要直接去洛伦索·怀特家。"

"可是他住在白沙镇那边，离这儿太远啦，"戴安娜不同意，"吉尔伯特和弗雷德会去向他劝募的。"

"他们要等到下个星期六才开始募捐活动，到那时就太晚了，"安妮坚决地说，"到时就没有什么喜庆气氛了。洛伦索·怀特小气得要命，平时他根本不可能捐款的。可眼下他心情大好，不管什么捐款他都会答应的，我们千万不能错过这个千载难逢的机会，戴安娜。"结果证明安妮的判断是正确的。怀特先生在大门口迎接她们，喜气洋洋，仿佛今天是阳光明媚的复活节一样。当安妮请他捐款时，他欣然同意了。

"一定，一定捐！我要比你们收到的最高捐款数目还要多捐一块，你给我登记下来！"

"那就是五块……丹尼尔·布莱尔先生捐了四块。"安妮有点儿担心地说。不过洛伦索毫不退缩。

"那就五块吧，我马上就给你们。好啦，我想请你们进屋来，这儿有样东西值得你们看看……还没有多少人看过呢。快进来，说说你们的感想。"

"要是婴儿长得很丑，我们该说些什么呢？"她们跟着情绪高亢的洛伦索进屋时，戴安娜惴惴不安地小声问安妮。

"噢，肯定有好的地方值得赞美，"安妮轻松地说，"每个婴儿都会有的。"

不过，这个婴儿的确太可爱了，两个姑娘由衷地喜欢这个胖乎乎的小生命，这让怀特先生非常开心，觉得这五块钱花得太值得了。不过，这是洛伦索·怀特第一次、最后一次和唯一一次为某件事情捐款，真是空前绝后。

虽然安妮极度疲劳，可是当天傍晚，她再为公众的福利事业做了一次努力。她悄悄地穿过田野，去拜访了哈里森先生。哈里森先生像往常一样，在阳台上抽着烟斗，姜黄就待在他身边。严格说来，他属于卡莫迪的居民，应该由简和格蒂负责募捐，可是她俩并不熟悉他，只听过关于他的一些不可靠的传闻，于是胆小地央求安妮去向他劝募。

可是，哈里森先生断然拒绝了，一分钱也不捐，安妮所有的劝说都落空了。

"可我以为你是很支持我们的活动的，哈里森先生。"她很失望地说。

"当然……当然……支持没问题，只是还没有达到要掏钱的程度，安妮。"

当天晚上，安妮睡觉前看着绿山墙东屋里的镜子，对镜子里的自己说道："如果多经历几次今天遇到的这些事情，说不定我也会像伊丽莎·安德鲁斯小姐一样悲观厌世了。"

义不容辞

十月里一个暖意融融的傍晚，安妮斜躺在椅子上，轻轻地叹了口气。她面前是一张桌子，上面摆满教科书和练习本。放在她面前的几张纸上写得密密麻麻，可这与功课或教学没有任何关系。

吉尔伯特从开着的厨房门走进来，这时恰巧听到了她的叹息，问道："怎么了？"

安妮的脸一下子红了，赶紧把她写的那几张纸塞到学生作文下面藏了起来。

"没什么太糟糕的事情。我只是照汉密尔顿老师建议我的那样，试着把自己想的一些东西写下来，可我对写出来的东西极不满意。当我的想法变成白纸黑字时，看起来是那么的生硬和傻气。幻想如同影子……是自由驰骋，跳跃不定的东西，你没法约束它。不过，只要我这样继续努力，也许我真的能发现一些东西。可我的闲暇时间太少了，你是知道的。等我批改完学生的作业后，我往往就没有兴致再写我自己的这些东西了。"

"你在学校的工作进展得很顺利，安妮，孩子们都很喜欢你。"吉尔伯特坐在石头台阶上，对她说。

"不，不是所有的孩子都喜欢我。安东尼·派伊就不喜欢我，而且永远不会喜欢我。更糟糕的是，他一点儿也不尊重我，就是这样的。他从心底里蔑视我，坦白说来，我真是烦透了。并不是说他就是个坏孩子……他只是很喜欢捣蛋，其他地方跟别的学生差不多。他很少顶撞我，可是他顺从我的那副态度实在让人难以接受，好像是不屑与我争辩，随我怎么样都可以，而且这也会影响到别的孩子。我试着用各种方法去打动他，可我现在有些灰心，恐怕永远也做不到了。他是一个很可爱的小孩，我很想用爱去打动他。如果他是派伊家别的孩子，只要他愿意，我就能做到完全喜欢他。"

"也许他在家里听到了些流言蜚语，阻碍了他的进步。"

"也不尽然是这样。安东尼是个很独立的小家伙，对任何事物都有他自己的一套看法，之前他一直都生活在男人堆里，所以他说女老师都不行。好吧，让我用耐心和仁爱去感化他，看看结果会怎么样。我喜欢克服重重困难，教书真的是一项非常有趣的工作。当我对孩子的缺点感到不满时，保罗·艾文驱散了我的这种不满。这是一个很完美的孩子，吉尔伯特，他不仅贴心，而且聪明得让人惊讶，终究有一天他会出人头地，全世界的人都会知道他的。"安妮用很坚定的口气结束了对保罗的评价。

"我也喜欢教书，"吉尔伯特说，"这是很好的锻炼机会。安妮，我这些年上学所学到的知识，还远不如这几周里在白沙镇教那帮小脑瓜学到的东西多。我们这几个新老师好像都干得不错呀。我听说纽布瑞切镇的居民很喜欢简，白沙镇的居民对我很恭敬，可以看出他们对我还算满意……除了安德鲁斯·斯宾塞先生外。昨晚回家时，我在路上遇见了彼得·布列维太太，她觉得自己有责任提醒我，说斯宾塞先生不赞成我的教学方法。"

"你注意到没有？"安妮沉思着说，"每当某人说有责任让你知道某件事时，你就得做好心理准备，通常是坏消息来了。为什么人们不说有责任告诉你好消息呢？昨天，那位'冬——尼尔'太太又来学校找我，她说她觉得自己有责任提醒我，说哈蒙·安德鲁斯太太反对我念童话给孩子们听，还说罗杰逊先生认为普利莉的算术学到不够快。普利莉·罗杰逊老是用石板遮着脸同男孩子们做鬼脸，每天要是她能在这上面少花点儿时间，算术会进步得很快。我敢肯定的，她的算术结果是抄杰克·格丽丝的，可我没法当场抓住他们。"

"冬尼尔太太那位大有前途的儿子改名叫'圣'，你叫习惯了吗？"

"习惯了。"安妮大笑道，"不过这个任务真是很艰巨呀。刚开始我叫他圣·克莱尔时，他都充耳不闻，装出一副没听到的样子，直到我叫了两三遍，他旁边的同学用手肘碰他，他才很委屈地抬头回应我，好像我可以叫他约翰或者查理，但绝对不能叫他圣·克莱尔。我只好在一天傍晚放学后把他留下来，温柔地告诉他，是他的妈妈希望我叫他圣·克莱尔的，我不能违背他妈妈的意思。当我把这一切向他解释清楚了，他就明白了——他真的是一个很懂事的小家伙——他说，只有我才能叫他圣·克莱尔，要是别的孩子这样叫他，那他就不会客气，会给他们点儿颜色看看。从这以后，我就叫他圣·克莱尔，而其他同学仍然叫他雅各布，这个问题很顺利地解决了。他还告诉我说，他长大了想当一名木匠，可冬尼尔太太说，她要把她的孩子培养成一名大学教授。"

一提到大学，吉尔伯特的话锋一转，两人开始探讨起各自今后一段时间的计划和愿望，就像所有的年轻人那样，严肃，真挚，充满憧憬。未来是一条从未走过的路，一路上充满了无限的惊奇，一切都有可能发生。

吉尔伯特下定决心要当一名医生。

"这是一个伟大的职业，"他热情洋溢地说，"人的一生都在战斗——不是有人说过吗？人都是好斗的动物——我愿意与疾病、痛苦和无知战斗，这些都是全人类的苦难。安妮，我想尽我自己最大的努力，用真诚和踏实的工作立足于世。有史以来，前人在不断积累知识，我也准备为人类贡献我的绵薄之力。前人为我们今天的生活做了那么多事情，所以我也要为后人做些什么来表达我的感激之情。我认为只有这样才能回报全人类赋予他的使命。"

"我愿意使人生更加美好。"安妮梦幻般地说着，"我的理想并非让人类获得更多的知识——虽然我知道这是最崇高的理想——我更想让人们因为有了我而更加快乐，拥有一份小小的喜悦或欢乐的感受，而如果没有我，这些感受是不可能产生的。"

"我觉得你每天的工作都在实现着你的理想。"吉尔伯特钦佩地说。

他说得对，安妮生来就是个有见地的人。不管是谁，安妮都能给予他们阳光般灿烂的笑容和浸润心田的话语，让人能感受到一种生活的真谛。只要和她相处，就会觉得生命中充满了幸福、希望、亲密和美好的未来。

最后，吉尔伯特依依不舍地站了起来。

"好了，我现在必须去迈克菲逊家。穆迪·斯伯金今天从奎恩高等专科学校回来过星期天，我在博伊德老师那里借了些书，托他给我带回来。"

"我也要去给玛莉拉准备茶点了。她今天去拜访玛丽·凯西太太，很快就要回来了。"

当玛莉拉回到家里，安妮已经把茶点准备妥当。炉火噼噼啪啪烧得正旺，餐桌上放着一瓶霜冻的蕨草和深红的枫叶作为装饰，空气中弥漫着火腿和烤面包发出的香味，令人垂涎欲滴。可是，玛莉拉沮丧地跌坐在椅子上，长长地叹了口气。

"你的眼睛不舒服吗？是不是头疼了？"安妮焦虑地问道。

"没有，我只是很累……还有些担忧。是玛丽和她的孩子的事，玛丽的病情越来越严重，所剩的日子不多了。我真不知道那对双胞胎该怎么办？"

"他们的舅舅还没有回信？"

"回了，玛丽收到了他的回信，他在一个伐木营地干活，'搭建小木屋'，不清楚具体是什么意思。不管怎样，他说春季之前他没法带着孩子。他准备结婚了，然后买个房子，这样才能照看他们。他说让玛丽找邻居帮忙照顾孩子过冬。玛丽说自己没法向邻居开口，事实上，玛丽和格拉夫顿东部的居民关系一直相处不好。长话短说，安妮，我敢肯定，玛丽想让我来照看孩子，虽然她没有直说，不过从她的表情看来正是这样。"

"噢！"安妮兴奋地紧扣双手，"玛莉拉，你当然愿意，是吧？"

"我还没有想好呢，"玛莉拉带点儿尖酸的语气对安妮说，"我可不想像你那样冒冒失失·头脑一发热就做出决定，安妮。她的丈夫是我三表哥，这只是远亲。况且要照顾两个六岁大的双胞胎，责任太重大了。"

玛莉拉认为照顾双胞胎比一般的孩子要困难得多，起码要花上双倍的精力。

"双胞胎多好玩儿啊，有一对时肯定会很有趣。"安妮说，"如果有两三对那就单调无趣了。我去学校上课后，你还可以为他们干些事，他们可以给你带来不少快乐，这不是很好吗？"

"我估计这没有多少乐趣可言，只是无尽的操心和烦恼。如果他们年龄大些，就像当年你被我领养时的年纪，那就省掉很多麻烦了。我倒不担心朵拉，她很听话很文静，可戴维是个不折不扣的捣蛋鬼。"

安妮喜欢小孩子，一直惦记着玛丽家的这对双胞胎。她自己的童年生活又生动地浮现出来，被人忽略的那种感觉很难忘掉。安妮十分了解玛莉拉的弱点，只要让她相信，抚养双胞胎是她该尽的义务时，她就会尽心尽力地做好，于是安妮开始按照这个思路，很巧妙地引导她，游说她。

"如果戴维很淘气，他就更应该得到良好的教育，玛莉拉，你说对不对？如果我们不收留他们的话，不知道谁愿意收留他们，更不知道他们会受到怎样的家庭影响。我们假设玛丽太太的隔壁邻居斯普洛茨愿意收养他们。林德太太说过，斯普洛茨是世上最没有素质的人，他那些幼稚的话你根本没法相信。要是这对双胞胎也变成这个样子，这是多么恐怖的事情啊！或者，我们再假设他们去了维金斯家。林德太太说，维金斯先生把家里所有值钱的东西都卖光了，一家人仅靠脱脂牛奶活命。这对双胞胎虽然只是你三表哥的孩子，但你也不愿让你的亲戚挨饿，是吧？玛莉拉，我们有义务收养他们。"

"我觉得也只能这样。"玛莉拉情绪低落地同意了，"我想给玛丽说说，让我们来照看孩子。你别高兴得太早，安妮，这样的话，你就得额外做很多活儿。我眼睛不好，没法做针线活了，

所以你得负责缝制和缝补他们的衣服，可是你不喜欢做这些缝缝
补补的活儿。"

　　"我讨厌针线活，"安妮平静地说，"可你出于责任心，愿
意照料孩子们，我当然也有责任心，承担他们的针线活。做一些
不喜欢的事，是会带来好处的……不过，要适可而止。"

玛莉拉收养了双胞胎

多年前的一个傍晚，当马修·卡斯伯特驾着车翻过山丘下来时，林德太太正坐在厨房的窗口前缝着被子，她看见车上有一个孤儿，这就是安妮，林德太太当时称她为"马修的进口孤儿"。今天的情形和当年几乎一样，只不过当时是春天，而现在是深秋时节了，树林中落叶飘零，只剩下光秃秃的枝丫，田野里一片褐色，全是枯萎的景象。夕阳西下，晚霞呈现出紫色和金黄色，而黑暗正从安维利西边的森林那边缓缓升起。就在这时候，从山丘上缓缓驶来一辆马车，拉车的褐色小马悠然自得地走下山丘。林德太太聚精会神地看了很久。

"玛莉拉参加完葬礼回来了。"她对躺在厨房沙发上的丈夫说。托马斯·林德近来总是喜欢躺在沙发上，懒洋洋地没一点儿精神。林德太太对外界总是保持着最敏锐的观察力，不过却很少留意她的丈夫，更没有注意到他现在的这种变化。"她把那对双胞胎接回来了。不错，戴维靠在挡板上想抓住马尾巴，玛莉拉把他猛地拽了回来。朵拉一直都安安静静地坐在位子上，规矩得人见人爱，身板总是直直的，好像是刚把衣服浆洗熨平了似的。唉，可怜的玛莉拉这个冬天一定忙得不可开交。可在现在这种状况下，她也没有别的选择了，幸好她有安妮做帮手呢。安妮对这件事高兴得要死，我觉得，她照顾孩子确实很有办法。天啊，当年可怜的马修把安妮带回家来，玛莉拉说要收养这个孩子，大家还嘲笑过她的这种想法，这些好像还是昨天发生的事呢。现在她又收养了一对双胞胎。只要你活在这个世上，你总能遇到许多出乎意料的事。"

　　壮实的小马缓缓地走过林德家旁边河谷上的小桥，顺着小径回到了绿山墙的屋子前。玛莉拉的脸上看不出任何表情。从格拉夫顿东部到这里足有十六公里路，戴维好像永远不知道疲倦似的，没有片刻的安宁。玛莉拉根本没法让他老老实实地坐着，一路上她把所有的注意力都放到了戴维身上，她要么担心他从马车后面摔下去跌断脖子，要么害怕他翻过前面的挡板栽下去给马儿踩死，这真是痛苦的煎熬。最后，她无计可施，绝望地威胁戴维说，要是继续这个样子，到家后会狠狠地揍他一顿。于是，戴维不管她手里驾车的缰绳，恣意爬到她膝盖上，用胖乎乎的手臂搂着她的脖子，给她一个像熊一般的拥抱。

　　"我不相信你真的会这样做，"戴维一边大声说着，一边热情地在玛莉拉那张满是皱纹的脸上乱亲一通，"你不像那种人，不会因为小孩子没有好好坐着就鞭打他的。你像我这么小的时候，是不是也觉得坐着不动很难受呢？"

　　"不会，当大人告诉我说让我安静，我就会安安静静地坐好，决不乱动。"玛莉拉尽量用一种严厉的口气说。可是戴维天真热情的举动，已经软化了她的心。

　　"哦，我想那是因为你是个女孩子。"戴维说着，又紧紧地拥抱了玛莉拉一下，然后扭动着爬回自己的位子，"你曾经是个小女孩呢，想起来真是很好笑呀。朵拉就能安静地坐着——可我觉得这太没劲了，我想做女孩一定没意思。来，朵拉，我来让你兴奋一下。”

戴维所说的“兴奋一下”就是用手抓着朵拉的鬈发用力拉扯，朵拉痛得尖叫起来，然后号啕大哭。

“你太不听话了！你可怜的妈妈今天才下葬啊！”玛莉拉绝望地斥责他道。

“可是，妈妈死的时候可高兴啦。”戴维一本正经地说，“我知道这个秘密，因为她对我说过，她对生病厌烦透了。在她死的头天晚上，她跟我们说了很多很多话。妈妈说你要来接我和朵拉，这个冬天都是你来照顾我们，还叫我要当个乖孩子。我很想当个乖小孩，安安静静地坐着是个乖小孩，可是跑来跑去就不能当个乖小孩吗？她还说我要永远对朵拉好，保护她，我当然会这样做的。”

“那你说，揪她头发就是对她好吗？”

“嗯，我不会让别人动她一根头发的，”戴维皱着眉头，挥舞着拳头说，“他们要是有胆量就来试试吧。我刚才没有把她揪痛——只是因为她是个女孩子，所以才会哭的。我真高兴我是个男孩子，可我很讨厌我们是双胞胎。当吉米·斯普洛茨跟他的妹妹吵架时，吉米就会说：‘我比你大，我当然懂得比你多。’然后他的妹妹就乖乖地闭嘴了。可是我不能这样对朵拉说，而且她的想法老是跟我不一样。嗯，我是个男子汉，所以你应该让我驾一会儿马车！”

总而言之，直到马车走进院子，玛莉拉才得到解脱，真是谢天谢地。深秋的晚风吹进院子里，枯黄的树叶在风中翩翩起舞。

安妮站在大门前迎接他们，把双胞胎抱下车来。朵拉乖乖地接受了安妮的亲吻，而戴维用他热情的拥抱来回报安妮的欢迎，然后郑重其事地宣布："我是戴维·凯西先生。"

在晚餐桌上，朵拉的表现就像个小淑女，而戴维的用餐礼节实在没法形容。

"我饿坏了，顾不上这么多礼节了。"玛莉拉批评他时，他争辩道，"朵拉不像我这么饿，想想我一路上一直跑来跑去，你就会原谅我的。这个蛋糕太好吃啦，上面还有很多葡萄干呢。我们家里已经很久没吃过蛋糕了，妈妈病得很厉害，她没法做蛋糕。斯普洛茨太太她只能帮我们烤面包，而维金斯太太永远不会在她做的蛋糕里放葡萄干的。她真这么做的！我可以再吃一块吗？"

本来玛莉拉不想再让戴维吃的，可是安妮又给他切了厚厚一块。玛莉拉提醒戴维应该说声"谢谢"，可戴维只是朝安妮咧嘴笑笑，露出牙齿，然后埋头大口吃起来。当他把这块吃完，说："要是你再给一块，我就跟你说谢谢。"

"不行，你吃得够多了。"玛莉拉说话的语气不容置疑，安妮非常熟悉，以后戴维也会熟悉的。戴维对安妮眨了眨眼睛，然后隔着桌子俯身过去，一把从朵拉手中抢过她的蛋糕，这块蛋糕还只是朵拉的第一块蛋糕，而且她才刚刚咬了一小口。戴维接着把嘴巴张得大大的，一口就把整块蛋糕塞了进去。朵拉气得嘴唇都颤抖起来，玛莉拉也惊讶得目瞪口呆。安妮拿出"学校老师"的威严，立刻呵斥道："喂，戴维，绅士是不会做出这种事的！"

"我知道他们不会这样做，"戴维艰难地吞咽下蛋糕，缓过气来说，"可我又不是绅士。"

"难道你不想成为一个绅士吗？"安妮惊讶地问道。

"当然想啊，不过我还没有长大呢，怎么当绅士呢？"

"哦，你当然可以做到啊，"安妮赶紧说，她认为这是一个很好的教育机会，能够及时地向他灌输积极的思想，"你可以从小就做一个有教养的绅士。绅士决不会抢女士的东西，也不会忘记说谢谢，更不会揪女士的头发。"

"当绅士一点儿都不好玩儿，肯定是这样。"戴维很坦诚地说，"我想，还是等我长大了再当绅士吧。"

玛莉拉放弃了努力，只好顺从他，重新给朵拉切了一块蛋糕。她拿戴维简直束手无策。这一天真是太累了，参加葬礼，又是一番长途跋涉，在这时候，她想到今后的日子，开始感到悲观起来，这种悲观比伊丽莎·安德鲁斯小姐还更严重。

虽然这对双胞胎都很漂亮，但两个人长得一点儿也不像。朵拉的长发柔顺卷曲，一丝不乱，而戴维是黄色的鬈发，满脑袋都是乱蓬蓬的。朵拉浅褐色的眼眸里充满了文静和柔弱，戴维的眼睛就像小精灵的一样，闪烁不定，透出几分淘气。朵拉的鼻子很直挺，而戴维则是塌鼻子。朵拉的小嘴总是紧抿着，显得有些拘谨，不苟言笑，而戴维总是笑容满面。另外，他脸的一边长着一个小酒窝，笑起来时显出一种不对称的滑稽有趣，在他那张小脸上，无处不透出欢乐与调皮。

"他们最好该去睡觉了。"玛莉拉说，她觉得这是解决问题的最好办法，"朵拉，你今天晚上就跟我一起睡，安妮，你安排戴维去绿山墙西屋睡。戴维，一个人睡觉不会害怕吧？"

"才不害怕呢。可是我不想这么早就去睡觉。"戴维不满地说。

"不行，你必须去睡觉。"备受折磨的玛莉拉语气坚定，于是戴维不敢再说什么，老老实实地跟着安妮上楼去了。

"等我长大了，我要做的第一件事情就是整夜不睡觉，看看那是什么感觉。"戴维很知心地对安妮说。

在很多年过去后，玛莉拉一想起这对双胞胎刚来绿山墙的第一个星期，还是心有余悸，不由自主地打着冷战。第一个星期的日子并不是最糟糕的，后来的日子才算糟糕透顶，在那个星期里，因为他们刚到一个新环境，一切都感到很新奇。戴维只要不是在睡觉，每一天、每一刻都在策划着各种恶作剧。他的第一个壮举是到这里来两天后做的，那是星期天的早晨，一个风和日丽的好日子，就如同九月里那种很温和的天气。安妮把他打扮起来，玛莉拉帮朵拉整理着装，准备一起上教堂去。戴维首先发难，说什么也不愿意洗脸。

"玛莉拉昨天已经给我洗过了……而且葬礼那天维金斯太太用香皂给我洗过一遍，这样一个星期里就可以不用洗了。我真搞不懂，洗那么干净有什么用呢？脏就脏呗，这样还舒服些呢。"

"人家保罗·艾文每天都是主动洗脸呢。"安妮机敏地说。

戴维来绿山墙才四十八小时，可他已经对安妮佩服得五体投地，而把保罗·艾文当成了不共戴天的仇敌了。就在他来到绿山墙的第二天，就听见安妮热情洋溢地赞扬保罗。既然保罗·艾文每天都要洗脸，那他戴维·凯西决不能输给他，他也要这样做，就算死也要洗脸。这种不服输的劲头，让戴维心甘情愿地接受安妮的摆布，于是安妮很顺利地完成了梳洗打扮等其他琐事。一切就绪，他变成了一个英俊的小家伙。当安妮带着他走进教堂，坐在老卡斯伯特常坐的那张长条椅子上时，还感受到了母亲般的骄傲。

刚开始的时候，戴维表现得非常不错，他一直忙着东张西望，打量着每个男孩子，猜想谁是安妮称赞不已的保罗·艾文。开头的两首赞美诗和《圣经》诵读都平安无事，可就在艾伦先生做祷告时，一个意想不到的事情发生了。

坐在戴维前面的是八岁的劳蕾塔·怀特，她微微低着头，头发分成两边，各绑成一条金色的长辫子，在两条辫子之间是松松的蕾丝花边领子，下面露出白皙得诱人的脖子来。劳蕾塔是个胖胖的姑娘，非常安静，她还是六个月大的婴儿时就被妈妈第一次带到教堂来了，从那以后，就很有规律地来教堂，她的表现一直是非常完美的。

戴维的手伸进自己的口袋，掏出了……一条不停蠕动的毛毛虫。玛莉拉看见了，赶紧伸手去抓他，不过已经晚了，戴维手一扬，把毛毛虫就扔到了劳蕾塔白白的颈子上。

艾伦先生的祷告刚进行到一半，突然被一阵刺耳的尖叫声打断了。牧师惊恐地停了下来，睁开眼睛，看看发生了什么。教堂里做礼拜的所有人都生气地抬起了头。只见劳蕾塔拉着裙子的后领，发疯似的在长椅上跳来跳去。

"哎呀……妈妈……哎哟……快把它拿开……哎呀……把它弄走……哎哟……那个坏男孩放在我脖子上的……哎呀……妈妈……它正在往下爬……哎哟……哎哟……哎哟……"

怀特太太铁青着脸站起来，拽着歇斯底里不停扭动的劳蕾塔走出教堂。尖叫声越来越远，艾伦先生继续做祷告。可是每个人都觉得这天糟糕透了。玛莉拉有生以来第一次没法集中精力听诵读的经文，而安妮呆坐在那里，羞愧得面红耳赤。

一回到家，玛莉拉就把戴维扔到床上，一直关到晚上。她不让他吃晚餐，只允许他喝点儿淡茶，吃点儿面包牛奶。安妮把这些吃的给他送去，很难过地坐在他身边，而戴维满不在乎地大吃起来，吃得津津有味，没有一点儿悔过的意思。不过安妮难过的眼神还是引起了他的注意。

"我知道，"他想了想说，"保罗·艾文从来不会在教堂里把毛毛虫放在女生的颈子上，是不是？"

"他的确不会这样做。"安妮很伤心地说。

"嗯，我开始有点儿难过了，"戴维接着说，"不过那条很大的毛毛虫真的是太好玩儿了……是我进教堂时在台阶上捡到的，把它扔掉太可惜了，而且啊，听女孩子尖叫很好玩儿啊，对不对？"

星期二下午，妇女援助会要在绿山墙聚会。安妮放了学就匆匆忙忙地赶回来了，因为她知道玛莉拉需要她帮忙。朵拉穿着刚浆洗过的白色衣服，系着黑色饰带，干净整洁，漂亮得体。她在客厅里和援助会的会员坐在一起，有人跟她讲话时，她就矜持地回答他们，若没有人跟她说话，她就规规矩矩地静坐着，决不多嘴多舌。所有的言行都符合模范孩子的标准。而浑身脏兮兮的戴维这时正自得其乐地在仓库里玩泥巴团。

"是我让他这样玩的，"玛莉拉疲惫地说，"让他玩泥巴总比让他在屋子里搞恶作剧要好，顶多就是把衣服弄脏，等我们用完茶点之后再叫他进来。朵拉可以跟我们在一起，但我不敢让戴维进屋来和援助会会员一起坐在桌旁。"

当安妮去客厅邀请援助会的会员用茶点的时候，她发现朵拉没在客厅里。佳斯勃·贝尔太太说，是戴维到前门来，叫朵拉出去的。安妮和玛莉拉在储藏室匆匆商量了一下，觉得让两个小孩子晚点儿用茶点也行。

茶点刚进行到一半，一个可怜兮兮的身影出现在餐厅里。玛莉拉和安妮惊讶得目瞪口呆，援助会的会员们万分诧异。那是朵拉吗？哭哭啼啼的，全身上下都湿透了，裙子和头发上不断地滴着水，水滴下来弄脏了玛莉拉崭新的硬币图案的地毯，这难道真是朵拉？

"朵拉，出什么事了？"安妮一边问，一边不好意思地看了佳斯勃·贝尔太太一眼。据说佳斯勃太太家是这个世界上唯一从不发生任何争吵的家庭。

"戴维让我在猪圈木栏上走，"朵拉啜泣着说，"我不想这样做，可他叫我病猫，所以我就试着走。然后我掉到猪圈里去了，衣服全弄脏了。那些猪从我身边跑来跑去。衣服脏得没法收拾，可戴维说只要我站到水管下面，他就帮我冲洗干净。我就站过去了，然后他拿水管对着我冲洗，可我的衣服还是没有冲洗干净，而且把我全身都淋湿了，连我漂亮的饰带和鞋子都被弄脏了。"

玛莉拉把朵拉带到楼上换衣服，安妮一个人招待着客人接着吃茶点。戴维被逮回来，关在房间里，不允许他吃晚餐。安妮在黄昏的时候来到他的房间，严肃地和他交谈……安妮对这种方法很有信心，相信会有不错的效果。她对戴维说，她对他的行为感到伤心。

"我也很难过，"戴维承认道，"但问题是我不知道这样做是错的，直到我已经做了后才知道。朵拉怕把衣服弄脏了，不愿意帮我做泥巴饼子，所以我非常生气。我想，假如保罗·艾文知道在猪圈木栏上走会掉下去的话，他就不会让他的妹妹这样做，对吧？"

"绝对不会，他想都不会想这种事。保罗是一个完美的小绅士。"

戴维闭上眼睛，好像是在反思这件事。过了一会儿，他站起来，搂住安妮的脖子，把他红扑扑的小脸紧贴在安妮的肩膀上。

"安妮，虽然我没有保罗乖，可你还是会喜欢我的，对不对？我只要你对我一点点好就行。"

"我当然喜欢你呀，"安妮很诚恳地说，虽然找不到喜欢戴维的原因，可不知道为什么，她还是很喜欢戴维，"不过，如果你能乖一点儿的话，我会更喜欢你的。"

"我……我今天还做了点儿别的事。"戴维压低声音说，"我现在后悔了，可是我不敢对你说。你不会生气的，对不对？你千万别告诉玛莉拉，好吗？"

"这可说不定，戴维。也许我应该告诉她。但是我想，不管什么事情，只要你保证以后再也不这样做了，我就答应你，不去告诉玛莉拉。"

"好吧，我以后再也不这样做了。反正今年也不可能再找到这种东西了。那是我在地窖的楼梯上发现的。"

"戴维，你究竟干了什么事？"

"我把一只癞蛤蟆放在了玛莉拉的床上了。如果你愿意，你可以去把它弄走。不过，安妮，这样的话一点儿都不好玩儿啦！"

"戴维·凯西！"安妮推开戴维搂紧的手臂，冲过大厅，飞快地来到玛莉拉的房间。床上有点儿凌乱，安妮神情紧张地掀开毛毯寻找，最后在枕头下发现果然有只癞蛤蟆，它正对着安妮眨着小眼睛。

"怎么才能把这个恶心的东西弄走呢？"安妮哆哆嗦嗦地抱怨道。她想到了火铲，于是趁玛莉拉在储藏室忙碌的时候，她下楼去拿来火铲。把那只癞蛤蟆弄下楼时，安妮提心吊胆的，因为它三次从火铲上跳下来，有一次它躲在大厅里，她以为再也找不到它了，不过还好，没出什么大的岔子，直到最后把它弄到樱桃园里，这才长长地舒了一口气。

"如果玛莉拉知道了，她这一辈子恐怕都不能安心地躺在床上睡觉了。幸好这个小捣蛋及时醒悟。哦，那是戴安娜呀，她在窗口发信号呢，真让我高兴……我真的需要放松放松了。学校里有安东尼·派伊，家里有戴维·凯西，一整天里这两个家伙把我折磨得筋疲力尽了。"

颜色的问题

"林德太太这个老家伙真是烦人！今天又来找我捐款，准备给教堂法衣室买地毯。"哈里森先生愤愤不平地说，"她是我见过的最让人讨厌的女人！她给你讲经布道，长篇大论，评头论足，请求索要，六字真言，把这些东西像砖块一样狠狠地向你砸过来！"

安妮靠在阳台的栏杆上，享受着眼前的美景。在这个十一月的灰色黄昏里，使人陶醉的暖暖西风吹过刚犁过的农田，犹如吹奏着一曲古典优雅的小调，在花园的冷杉树林中缭绕不绝。安妮把她梦幻般的脸庞转过去。

"问题的根源在你和林德太太彼此都不理解。"她解释道，"当人们彼此不喜欢时，总是会有很多的误解。刚开始的时候我也不喜欢林德太太，但我很快就学会试着去理解她。"

"也许有些人会试着了解并慢慢喜欢她，可我不会这样。假如有人告诉我说，我得试着让自己喜欢吃香蕉，所以我就得一直不断地吃香蕉。这我当然做不到！"哈里森先生叫嚷起来，"至于说我理解她，我对她的理解就是，她是一个爱管闲事的家伙，这毋庸置疑，我也这样告诉了她！"

"噢，这一定深深地伤害了她。"安妮责备他说，"你怎么能这么说呢？我以前也对她说过这样的话，但那是我在大发雷霆的时候说出的气话，我决不会故意这样说。"

"这是事实啊！我一向坚信要向人说真话。"

"但你也不能照实统统说给她啊，"安妮反对说，"你不能老是揭人家的短。比如，你对我讲过很多遍，说我的头发是红色的，可你一次也没有对我说过，我的鼻子很好看。"

"我敢说就算没人告诉你，你还是知道的。"哈里森轻声笑道。

"我也知道我有一头红发——虽然它的颜色比以前要暗多了——但你也不至于一而再，再而三地提及它吧。"

"好吧，好吧，既然你对这个问题如此敏感，那我就尽量不再提起它。你得原谅我，安妮，我已经习惯这样直言不讳地说话，听话的人也不要太介意啦。"

"可是他们没法不介意啊。你不觉得，你这个习惯对你来说没有任何好处吗？你不妨这样想想，一个人拿着针去刺别人，然后说：'对不起啦，你别介意，我只是习惯这样！'你觉不觉得这样很疯狂？要说到林德太太，也许她确实很爱管闲事。可是你是否对她说过，她有一副好心肠，总是喜欢帮助那些可怜的人？迪摩希·科顿先生从林德太太的奶牛场里偷了一罐黄油，他骗科顿太太说是自己从林德太太那儿买的。后来科顿太太遇见林德太太时，还向她抱怨说黄油吃起来有股萝卜的味道，而林德太太只是向她抱歉，难过地转身离开。这事你也从来没有对她说起过吧？"

"我想她确实有些好的品质，"哈里森先生勉强承认道，"很多人都有这样的品质啊。我自己也有一些，不过你可能不会相信的。不管怎样，我肯定不会为地毯捐款的。我觉得这里的人怎么一拨又一拨地来劝募呢？你们那个重新粉刷会堂的事进展如何了？"

"非常顺利！我们乡村促进会成员上星期五聚会时，发现已经募捐到了足够的钱，不仅能重新粉刷会堂，还能把屋顶修缮一下。大部分人都愿意慷慨解囊，哈里森先生。"

安妮是个性情温顺的姑娘，可在某些时候，还是会话中带刺的。

"你们准备粉刷成什么颜色？"

"我们决定粉刷成非常漂亮的绿色，屋顶当然会漆上暗红色。罗杰·派伊先生今天进城买油漆去了。"

"由谁来漆呢？"

"是卡莫迪的约书亚先生。他的屋顶修缮工作已经接近尾声了。我们必须把这份工作给他做，因为这里派伊家族很大——你知道，有四个姓派伊的家庭——他们说，如果不让约书亚来做这活儿，我们就休想从他那儿得到一分钱。他们共捐了十二块钱，这对我们来说是很大一笔钱，虽然很多人都认为不该让派伊家的人来做，可我们不想失去这笔款项。林德太太说，派伊家的人什么事都想插手。"

"主要的问题是，约书亚能不能把工作做好。如果他能做好，我才不管他是姓'饼干'（Pye，派伊）还是姓'果冻'呢！"

"他工作认真，名声不错，不过他们说他是个性格乖僻的人，总是不声不响的。"

"那他一定是个怪人了，"哈里森先生做出一副一本正经的样子说，"至少这里的人都这么说他。我以前就是个沉默寡言的人，直到来到安维利之后，我开始话说得多点儿，这主要是为了自我保护，不然林德太太会说我是个哑巴，她会发动好心人来叫我学手语的！你准备走了吗，安妮？"

"我该走了。我晚上还要给朵拉缝衣服。另外，我出来的这段时间里，戴维可能又干了很多新的恶作剧，会让玛莉拉头疼不已。今天早晨他起床的第一件事就是问：'黑暗跑到哪里去了，安妮？我很想知道。'我告诉他黑暗已经跑到这个世界的另一边去了，可是早餐过后，他宣称黑暗不是到世界的另一边，而是跑到井里去了。玛莉拉说她今天共四次看到戴维站在井边往井里探身子，想到黑暗里面去，她每次都把他逮了回来。"

"这真是个捣蛋鬼。"哈里森先生也这样断言说，"昨天他来我这里，等我从仓库回到屋子时，看见他已经在姜黄的尾巴上拔下了六根羽毛。这只可怜的鸟儿啊，我从来没有见过它如此闷闷不乐。这对双胞胎一定给你出了不少难题吧？"

"每件事都会遇上些麻烦的。"安妮说。她心里在偷偷地想，以后戴维淘气的话，不管他干了什么，都一定要原谅他一次，因为他替自己向姜黄报过仇了。

这天傍晚，罗杰·派伊先生把粉刷会堂要用的油漆带回来了。约书亚·派伊是个沉默寡言、粗鲁无礼的男人，他准备明天开始粉刷会堂，他的工作没有受到其他人的干扰。会堂建造在洼地里，前面有条路，人们称之为"底路"。每到深秋时节，这条路总是湿漉漉的，路面泥泞不堪，人们要去卡莫迪的话，宁愿绕道走一条"高路"。会堂四周被冷杉树林紧紧拥抱着，如果你不走近些，你根本就注意不到它。约书亚·派伊先生远离喧嚣的尘世，一个人自由自在地工作，让他那不善交际的内心享受着这份难得的愉悦。

星期五下午，约书亚完成了会堂的粉刷工作，回卡莫迪家里去了。他刚离开这里，林德太太随即就驾车出发，驶过泥泞的"底路"，很好奇地想看看会堂粉刷后的新模样。当马车转过云杉树林前的弯道，会堂就展现在了她的面前。

眼前的景象让林德太太脸上呈现出一副古怪的神情。她丢下手中的缰绳，紧扣着双手说："让主宽宥我吧！"她目瞪口呆地看着，简直不能相信自己的眼睛。停顿了一会儿，开始歇斯底里地狂笑起来。

"一定是什么地方出差错了……一定是这样。我就知道派伊家的人总会把事情弄得乱七八糟的。"

林德太太驾车往家赶，一路上逢人就停下来，给他们讲会堂的事。这个消息像长了翅膀一样迅速传遍了。日落时分，在家仔细研读教科书的吉尔伯特·布里兹也从他父亲雇用的男孩口中得知了这个情况，他一听就气喘吁吁地冲向绿山墙小屋，路上还遇到了弗雷德，他们一同来到绿山墙小屋的院子里，在院子的大门口他们看到了戴安娜·巴里、简·安德鲁斯和安妮·雪莉，他们站在一棵光秃秃的大柳树下，这种衰败的景象正好诠释了他们内心那种绝望的感觉。

"消息是不是真的，安妮？"吉尔伯特大叫道。

"千真万确。"安妮回答说，她看起来像个悲剧演员，"林德太太从卡莫迪回来的路上，就顺道来给我讲了。噢，我的天啊，这真是太可怕啦！有没有办法可以改变这一切呢？"

"是什么东西那么可怕？"奥利弗·斯劳尼受玛莉拉委托，帮她在城里带了一个盒子过来，这时正好抵达这里。

"你难道没有听说吗？"简没好气地说，"嗯，这只是……约书亚·派伊干的好事，他把本该漆成绿色的会堂漆成了蓝色，是那种明亮的深蓝色，这种颜色往往是用来漆马车或手推车的。林德太太说漆在建筑上丑陋到了极点，尤其是还搭配着红色的屋顶，她从来没有看到过，也没法想象得出如此难看的建筑。当我听到这些话时，伤心极了，用一根羽毛就能把我敲晕过去。我们经历了千难万苦，没想到居然是这样的结果，真是心都碎了！"

"这个问题到底出在哪里？"戴安娜悲叹着说。

这个无情的灾难最终归咎在派伊身上。当初，促进会的成员们决定使用摩顿·哈里斯的油漆，他们的油漆桶上都标有色卡的号码，购买者只用选择色卡上的色调，以及购买的数量就行了。第147号正是他们所要的颜色。罗杰·派伊先生让他的儿子约翰·安德鲁斯带话给促进会的成员们，说他要进城去，可以顺便帮他们把油漆带回来。促进会的成员们告诉约翰·安德鲁斯，让他的父亲购买第147号。而约翰·安德鲁斯证实他就是这么告诉他父亲的。可是罗杰·派伊先生坚持说约翰·安德鲁斯告诉他的是第157号。这个差错直接导致了这场灾难的发生。

当天晚上，安维利镇所有促进会成员的家里都弥漫着灰心丧气，绿山墙小屋更是如此，这种忧伤的气氛是如此的强烈，让戴维都老实起来。安妮伤心地哭了，怎么劝都没有用。

"就算我现在是年过七旬的老人，我还是要大哭一场，玛莉拉。"安妮啜泣着说，"这真是奇耻大辱啊。这对我们促进会来说是致命的一击，已经敲响了丧钟，我们只能永远生活在嘲笑之中。"

然而，人生如梦，世事经常反着出现。安维利的居民并没有嘲笑他们，他们感到的是愤怒。他们好心为了粉刷会堂捐了款项，结果被这样低级的错误给糟蹋了，这实在是让人气愤。大家义愤填膺地直奔派伊家。罗杰·派伊和约翰·安德鲁斯这两父子中一定有人把事情搞砸了，而至于约书亚·派伊，看来天生就是一个傻瓜，他打开油漆罐看到要粉刷的颜色，居然一点儿也看不出什么问题来。当大家指责他时，他反驳说，不管他自己在会堂颜色方面有什么见解，安维利要用什么颜色都与他无关，他无权干涉。他只是被雇来粉刷会堂的，并不参与颜色方面的探讨，他认为他的工资一分也不能少。

促进会的成员与地方法官彼得·斯劳尼先生商议过后，还是心疼不已地把工钱付给了约书亚。

"你们必须把工钱付给他。"彼得告诉他们说，"你们不能让他来承担这个责任，他宣称从来没有谁告诉他应该刷哪一种颜色，他只是拿到了那些油漆罐，然后去刷好就是了。不过出这种错误太让人羞愧了，会堂看起来太丑陋啦。"

促进会的成员们深感不幸，他们也估计安维利的居民会对他们有更深的成见，可现实的情况却恰恰相反，众人转而同情起他们来。人们觉得这群热情洋溢的促进会成员们尽心尽力为公众的事情工作，结果却落得这样一个下场。林德太太鼓励他们坚持下去，要让派伊家的人知道，世界上还是有人不会将事情搞砸同样也能完成工作。马乔·斯宾塞先生让人托话给他们，他会清理掉农场前沿路的树桩，重新铺上草坪，费用由他自己负责。海拉姆·斯劳尼太太有天到学校来，神神秘秘地向安妮招手，在走廊上告诉她，如果"粗心会"要在春天沿路种上天竺葵，请他们不用担心她的奶牛，虽然这头畜生老是想偷嘴，但她会看好它的。

即使哈里森先生觉得很好笑，但也只是在心里笑，尽量在表面上表现出一副同情的模样。

"别介意，安妮。油漆逐年会褪色，现在蓝色刚漆上去，看起来是丑了点儿，等颜色褪些后就会好看了。屋顶修补得很好，漆得也很漂亮。这样大家可以坐到会堂里面去，还不用担心漏雨。不管怎么说，你总算完成了这件事。"

"可是，从今以后，安维利那座蓝色的会堂会成为附近许多人的笑柄。"安妮十分沮丧地说。

这是事实，必须承认。

戴维的恶作剧

十一月的一个下午，安妮放学后穿过白桦路，从学校漫步回家，心里重新感受着人生的美好。今天真是美妙的一天，在她的小王国里，一切都称心如意。圣·克莱尔·冬尼尔没有因为他名字的问题与别的孩子打架；普利莉·罗杰逊因为牙疼，所以脸肿得老高，眼下没办法对身边的男孩子抛媚眼了；只有笨拙的芭芭拉·萧出了一次事故——她把水弄洒了，流湿了整个地板；还有安东尼·派伊，一整天都没来上课。

"是多么美妙的十一月啊！"安妮开始自言自语起来，她从来没有丢掉这个孩子气的习惯，"十一月通常是不愉快的月份，仿佛每到这个月份，'年'这个东西突然发现自己已经很老，什么也做不了了，只能整日发愁，以泪洗面。而今年的这个'年'是以优雅的姿态来变老，就像一个高贵的老妇人，虽然满头银发，满脸皱纹，可仍然保持着独特的魅力。我们的每一天都很迷人，就连黄昏都有着别样的美妙。最近的这两个星期里风平浪静，甚至连戴维都变得循规蹈矩。我想他进步确实很大。今天的树林是多么安静啊！和煦的微风轻拂过树梢，声音轻柔，就如同远处的浪花拍打着堤岸。让人陶醉的树林啊！美丽的树啊，你们就像我的朋友，我爱你们！"

安妮在一棵修长而年轻的白桦树前驻足而立，她伸出双臂环抱着它，亲吻着乳白色的树干。这时戴安娜正转过小路的弯道处，看见了她的举动，不禁哈哈大笑起来。

"安妮·雪莉，原来你只是装成一个大人呢。我相信只要你一个人的时候，就会露出你小女孩的本性来。"

"是啊，没有谁能马上扔掉小时候的习惯的。"安妮兴奋地说，"你瞧，我都当了十四年的小孩子了，当大人也就这三年时间。当我来到森林里，就感觉到自己还是个孩子。从学校放学步行回家这段时间，是我唯一能做白日梦的时间……上床睡觉前半个小时左右也可以做做白日梦。现在我整天忙着上课、学习，还要帮着玛莉拉照顾双胞胎，让我几乎抽不出一点儿时间来展开想象的翅膀，任意驰骋。你是无法想象的，我每天晚上在绿山墙东屋里上床后，那段时间的幻想经历是多么的丰富多彩。我总是把自己想象成十分出色的人物，是那么的光辉灿烂、战无不胜、富丽堂皇……可能是伟大的歌手，可能是红十字会的护士，甚至是女王。昨天晚上我就是女王，感觉真是好极了！你可以享受着一切欢乐，而且没有任何麻烦。当你感到厌倦了，你随时都可以辞职，这样的事在现实中是不可能发生的。在这个森林里，我最喜欢想象一些不一样的事情，比如，把自己想象成林中仙女，住在一棵苍老的松树里。我也可以是藏在皱巴巴的枯叶下的一个小小的褐色树精灵。你看到我刚才亲吻的那棵白桦树，她就是我的姐姐。唯一不同的是，她是一棵树，我是一个女孩子，不过这也不算真正的差别。你要去哪里，戴安娜？"

"去迪克森家，我答应帮阿尔贝塔裁剪她的新衣服。安妮，晚上你来陪我回家，好不好？"

"也许行吧……既然弗雷德去镇上了，那就只能我来了。"
安妮装作天真的样子说。

戴安娜羞红了脸，把头一甩走了。不过，看起来她并没有
生气。

安妮确实打算晚上去迪克森家，可事实上她没有去成。当她
回到绿山墙小屋时，所有的安排都被打乱了，家里出乱子了。玛
莉拉站在院子里，惊慌失措地迎接她。

"安妮，朵拉不见了！"

"朵拉不见啦？！"安妮看见戴维在院子门口比比画画，发
现他眼睛里透露着幸灾乐祸的神色，"戴维，你知道朵拉到哪儿
去了吗？"

"不知道，我真的不知道。"戴维语气坚决地说，"午饭过
后，我就没有看到过她了，我发誓。"

"中午一点过后，我就一直不在家。"玛莉拉说，"托马
斯·林德生了急病，林德太太托人带信给我，让我马上过去一
趟。我出门的时候，朵拉正在厨房里玩布娃娃，戴维在牲口棚后
面做泥巴饼干。半小时前我才回家，就找不到朵拉了。戴维说自
从我出门后，他就没有看到朵拉了。"

"我真的没有看见。"戴维一本正经地说。

"她一定就在附近什么地方，"安妮说，"她不会独自一人
走很远的，你知道她胆子很小的，说不定在哪间屋子里睡着了。"

玛莉拉摇了摇头。

"我已经找遍了整个屋子，不过她倒是可能在别的地方。"

这两个心慌意乱的人又把整个屋子找了一遍，屋子每个角

落，院子、屋外全都彻底搜索过了。安妮去果树园和闹鬼的树林子来回搜寻，一直呼喊着朵拉的名字。玛莉拉拿着蜡烛去地窖找寻。戴维轮流陪伴着她们，还若有所思地回想着朵拉可能去的一些什么地方。最后他们再次回到院子碰头，毫无结果。

"这真是太奇怪了。"玛莉拉抱怨说。

"她能到哪里去呢？"安妮沮丧地说。

"她可能掉到井里去了吧？"戴维高兴地提醒道。

安妮和玛莉拉胆战心惊地互相看着对方，她们两人在寻找过程都这样想过，可是谁也不敢说出来。

"她……她真的有可能。"玛莉拉有气无力地说。

安妮感到一阵眩晕，心里很难受，她走到井边往下打量。水桶吊在架子上，悬在空中。在很深的井底，是一汪闪着微光的井水，水面平静。这口卡斯伯特家的水井是安维利最深的。如果朵拉……安妮想都不敢想了，她哆嗦着，转身离去。

"快去找哈里森先生。"玛莉拉绝望地绞着双手说。

"哈里森先生和约翰·亨利都不在家，他们今天进城去了。我去找巴里先生。"

巴里先生跟着安妮来了，拿着一捆绳子，上面绑着一个像干草耙子一样的爪子，玛莉拉和安妮站在井边，看着巴里先生在井里打捞，巨大的恐惧笼罩着她们，她们浑身冰凉，止不住地颤抖着。而戴维叉着腿坐在门槛上，兴奋地看着这群人忙忙碌碌，乱作一团。

最后，巴里先生摇了摇头，轻松地吐了口气。

"她肯定不在井里，可是，她又能到哪儿去呢？这真是蹊跷啊。嘿，小伙子，你真不知道你妹妹在哪儿吗？"

"我已经说过很多遍了，我不知道，"戴维一脸委屈地说，"也许是流浪汉来把她拐走了。"

"胡说八道！"玛莉拉厉声说道，朵拉并不在井里，这让她的恐惧稍稍减轻了些，"安妮，你说她会不会去了哈里森先生家，在去的时候迷路了？你上次带她去过之后，她老是说还想去看看他的鹦鹉。"

"我不太相信朵拉一个人敢跑那么远，不过我还是过去看看。"安妮说。

这时没有谁注意到戴维，否则就会发现他脸上闪现出来的明显变化。他悄无声息地溜出大门，然后迈着滚圆的小腿，撒腿向牲口棚那边跑去。

安妮急匆匆地穿过田野，直奔哈里森先生家，可心里没有抱任何的希望。大门紧锁，窗户紧闭，房子周围看不到什么人影。她站在走廊上，大声呼喊着朵拉的名字。

在她身后的厨房里，突然传来姜黄的尖叫以及恶毒的咒骂。在它的咆哮声中，安妮听到了一个微弱的哭声，是从院子里那间工具房里传出来的。安妮冲到门边，拉开房门，看到一个满脸泪水的小人儿，正可怜巴巴地坐在一只倒扣的小桶上。

"啊！朵拉！朵拉！你把我们给吓死了！你怎么跑到这儿来啦？"

"是戴维带我来这里看姜黄的，"朵拉哽咽着说，"可是我们没有看到它，只是戴维踢门的时候听到它的骂声了。然后戴维把我带到这个屋子来，他自己跑了出去，把门关上了。我怎么也出不去。我一直在哭，我好害怕。我很饿，还很冷，我以为你不会到这里来找我的，安妮。"

"戴维？"安妮不知道该说什么才好。她心情沉重地把朵拉抱回家。虽然平安地找到了朵拉，安妮心里感到高兴，可是戴维的所作所为让她心烦意乱。戴维把朵拉关起来，这种恶作剧安妮也许可以原谅他，可是他在撒谎，撒了一个弥天大谎。这绝对是非常可恶的行为，安妮无法对此睁一只眼闭一只眼，任他胡来。她失望之极，忍不住坐在地上哭出声来。她已经慢慢喜欢戴维了，可直到这一刻，她才发现自己对戴维的爱有多么深。看到戴维故意撒谎，这种令人不齿的行为深深伤害了她的心灵。

玛莉拉听完安妮的述说，沉默了很久，这就预示着戴维要为自己的行为付出代价。巴里先生笑着建议应该马上教训戴维一顿，然后他就回家去了。朵拉还在瑟瑟发抖，不停地哭泣，安妮耐心地安慰她，让她平静下来，让她吃了晚餐，送她上床睡觉去了。然后她回到厨房，这时玛莉拉面色铁青，把极不情愿的戴维拖了进来，戴维身上满是蜘蛛网，他躲进牲口棚最阴暗的角落里，还是被玛莉拉给找出来了。

玛莉拉把他掼到地板中央的地席上，然后走到东边的窗口，坐了下来。安妮疲惫地坐到西边窗口处。小"罪犯"就站在她们中间，他背对着玛莉拉，从背影看来，可以感受到他的顺从、屈服和惶恐。他面对着安妮，虽然有一点儿羞愧的，但眼睛里却流露出友好的神色，仿佛他明白自己错了，准备接受惩罚，不过等事情一过去，他就要和安妮一起大笑一场。

可是，安妮的灰色眼睛看着他，眼神里根本看不到一丝笑意。要是只针对捣蛋的问题，这就算惩罚了。可问题不仅仅如此，有些行为是丑恶的，让人反感的。

"你怎么能这么做呢，戴维？"她伤心地问。

戴维不安地扭来扭去。

"我只是觉得好玩儿。这么长时间了,一切太平静啦。我想,让你们这些大人吓一大跳,这一定很好玩儿。的确很好玩儿。"

虽然戴维有点儿害怕,也感到一点点自责,可是他一想到刚才发生的事情,就忍不住咧嘴笑了。

"可是你撒谎了,戴维。"安妮感到更加伤心。

戴维一脸的茫然。

"什么是撒谎?你是说骗人吗?"

"不说实话,说的是假的。"

"我确实这样做了。"戴维很坦然地说,"要是我不这样做,你们就不会那么惊慌。我必须这样做。"

安妮对戴维的这种反应感到惊讶,和他对话太费劲了。戴维这种执迷不悟的态度让她感到有些绝望,两滴大大的泪珠夺眶而出。

"天啊,戴维,你怎么能这样呢?"她的声音颤抖起来,"难道你不知道这是错误的吗?"

戴维给吓呆了。安妮哭了……是自己把她弄哭了的!真正的自责像一股洪流涌上他那原本无所谓的内心,然后像闪电一般遍及全身。他奔向安妮,扑到她的膝盖上,紧紧搂住她的脖子,眼泪滚滚而下。

"我不知道骗人是错的。"他哽咽着说,"你很想让我明白这是错误的。斯普洛茨家的孩子每天都在骗人,并且还对天发誓。我想保罗·艾文从来不会骗人的,我一直努力想做得和他一样好,可是现在我想你再也不会喜欢我了。我把你弄哭了,我真的很伤心,安妮,我以后再也不骗人了。"

戴维把脸埋在安妮的肩膀上，号啕大哭起来。安妮理解了戴维，一下子感到了轻松和愉悦，她把戴维搂得紧紧的，透过他乱蓬蓬的鬈发，望着玛莉拉。

"他不知道撒谎是错的，玛莉拉。我想，只要他保证以后再也不撒谎了，我们应该原谅他这一次。"

"我以后再也不骗人了，现在我知道那是错的。"戴维哽咽着，断断续续地发誓，"要是你再看到我骗人，你可以……"戴维绞尽脑汁地寻找一个恰当的惩罚，"……你可以活剥我的皮，安妮。"

"不要说'骗人'，戴维，要说'撒谎'。"安妮用学校老师的口吻说。

"为什么？"戴维迷惑不解地抬起头，脸上还挂着泪水，可神色放松了下来，脸上充满了好奇，"为什么'骗人'和'撒谎'就不一样呢？我想知道原因，它们只不过叫法不一样嘛。"

"'骗人'是粗话，小男孩是不能说粗话的。"

"这样看来，有很多很多事情都是错的呢。"戴维感叹道，"我从来没想过这么多，我不该骗——呃，撒谎，可用起来很方便，不过我绝对不会再讲谎话了。我这次撒谎了，你们要怎么惩罚我呢？我想知道。"

安妮恳切地看着玛莉拉。

"我不想对这孩子太过严厉了。"玛莉拉说，"我敢打赌，从来没有人告诉过他，撒谎是错误的。斯普洛茨家的孩子不该成为他的朋友，他们把他教坏了。可怜的玛丽病得太厉害，没有精力去正确教导他。我想，你不能指望一个六岁大的孩子天生就明白这些事情。依我看，我们必须假设他不知道什么事情是对的，而现在正开始醒悟。不过，他把朵拉关了一下午，他必须受到惩罚，可我们平时都是把他关起来，不让他吃晚饭，除了这个我想不出其他的方法来。安妮，你能给点儿建议吗？我想你应该行，发挥你平时的那种想象力吧。"

"我只喜欢想象一些美好的东西，惩罚是很恐怖的，我从来没有想过。"安妮搂抱着戴维说，"这个世上已经有很多让人不愉快的事情了，就算再想象一些出来，也毫无用处。"

最后，戴维像往常一样，被送到床上待着，一直要等到明天中午才能出来。很显然，他这次经过了一番认真的反思，因为当安妮不久后准备上楼回房间睡觉时，她听到戴维在轻声叫她的名字，她过去了，看到戴维坐在床上，胳膊肘支撑在膝盖上，双手托着下巴。

"安妮，"他很认真地说，"是不是任何人都不能骗——呃，撒谎？我想知道。"

"是的，就是这样。"

"那大人撒谎对不对呢？"

"不对。"

"那么，"戴维果断地说，"玛莉拉也错了，因为她撒谎了，她比我还坏。因为我不知道撒谎是不对的，可她是知道的。"

"戴维·凯西，玛莉拉一辈子都没有撒过谎。"安妮很生气地说。

"她真撒谎了。上个星期二，她对我说，要是我不每天晚上做祷告的话，就会有灾难降临到我的头上。我已经有一个多星期没有做祷告了，就是想看看会发生什么事，可什么也没有发生。"戴维愤愤不平地说。

安妮拼命压抑住自己，不让自己哈哈大笑起来。她心里知道，要是笑出了声，后果就很糟糕，她必须努力地为玛莉拉挽回名誉。

"怎么没有发生呢，戴维·凯西？"她严肃地说，"就在今天，灾难已经降临到了你的头上。"

戴维看上去一脸的困惑不解。

"我猜你想说，我没吃晚餐就被送上床去，这就是灾难。"他不屑地说，"可这没什么可怕的，真的。虽然我不喜欢这样，可自从我来这里以后，就经常这样，我已经习惯啦。而且，不让我吃晚餐，也并没有省下粮食，因为第二天我会吃双倍的饭，把欠下的吃回来。"

"我并不是指这件事，我指的是你今天撒谎的事。还有，戴维，"安妮从床前的踏脚板探身过去，用手指着小"罪犯"说，"对于一个男孩来说，撒谎是件最糟糕的事，没有什么比这更糟糕的了。所以玛莉拉对你说的是真话，她没有撒谎。"

"可是我觉得做坏事很刺激。"戴维好像被触怒了，用挑衅的口吻说道。

"做坏事不一定很刺激，它往往让人不愉快，而且这种举动十分愚蠢。"

"可是，看着你和玛莉拉一个劲儿地往井下看，真的太好玩儿了。"戴维紧抱着膝盖说。

安妮在戴维面前一直板着脸，直到下了楼，终于憋不住了，倒在起居室的沙发上，放声大笑，笑得都直不起腰来。

"我真想知道发生了什么事这么好笑，"玛莉拉有点儿严肃地说，"我可没觉得今天有什么好笑的事情。"

"你听后肯定会发笑的。"安妮肯定地说。当她给玛莉拉讲完，玛莉拉真的笑了，这表明自从她收养了安妮以后，她的教育观念已经大大改进。不过她随即又长长地叹了口气。

"虽然我曾经听见牧师对小孩子这样说过，但我知道我不该对他说这样的话，可是他太让我头疼了。那天晚上你到卡莫迪参加音乐会去了，我让他上床睡觉。他说，他还没有长大，上帝一点儿也不重视他，所以做祷告没什么用。安妮，我真不知道我们该把这个家伙怎么办，我从来没有看见他真正屈服过，我对他彻底放弃了。"

"噢，别这么说，玛莉拉。想想我刚来的时候，不也是这么调皮吗？"

"没有这么坏，从来没有过。我现在终于明白什么叫作真正的顽劣了。你那时总是惹麻烦，这我承认，但你的动机是好的。可是戴维捣蛋不断，只是觉得好玩儿而已。"

"哦，不是这样的，我认为他的本质并不坏，"安妮辩解说，"这只是个恶作剧。这里对他来说太平淡了，没有其他的男孩子和他一起玩耍，所以总要鼓捣些事情来打发时间。朵拉太拘谨，太循规蹈矩了，跟男孩子玩不到一起。我真的认为最好送他到学校去，玛莉拉。"

"不行。"玛莉拉断然拒绝，"我的父亲总是说，孩子七岁前不该送到学校去，那里四面都是围墙，太小的孩子是没法适应的。艾伦先生也说过同样的话。这对双胞胎可以在家里学点儿功课，但七岁前不能到学校去。"

"嗯，那我们只好设法在家里调教戴维了，"安妮打趣地说，"虽然他满身都是缺点，可他仍然是个可爱的小家伙。我没法不喜欢他。玛莉拉，说起来这并不愉快。可不瞒你说，虽然朵拉很乖，可我更喜欢戴维。"

"我不知道为什么，但我也更喜欢戴维。"玛莉拉承认道，"这很不公平，朵拉从不惹麻烦，当她安静地待在家里，你几乎感觉不到她的存在，再也没有比她更乖的孩子了。"

"朵拉太乖了，就算没有人告诉她该怎么做，她做得照样无可挑剔。她生来就很懂事，不需要我们替她操心，我想。"安妮这样评价朵拉，真是一语中的，"而有些人需要我们帮助，所以我们更关注他们，戴维就是一个非常需要我们帮助的家伙。"

"他的确需要帮助，"玛莉拉深表赞同，"照林德太太的话说，最好的帮助就是好好揍他一顿。"

现实与幻想

安妮在给奎恩高等专科学校的一位好友的一封信里这样写道：

教书真的是一份非常有趣的工作。简觉得这工作枯燥无味，可我不这样看。在学校里每天都会发生许多有趣的事情，孩子们总会说些好玩的话。简说，每当孩子说些不着边际的话时，她就惩罚他们，也许这就是简觉得教书单调乏味的原因。今天下午，小吉米·安德鲁斯努力想拼写出"斑点"这个词，可他没有拼写出来。"算啦，"他最后说，"我真的写不出来，可是我知道它是什么意思。"

"是什么意思呢？"我问。

"就是圣·克莱尔的脸，老师。"

圣·克莱尔确实有很多雀斑，虽然我尽量不让别的孩子提及这事……因为我曾经也长过雀斑，所以我很知道那种不愉快的感觉。不过我知道圣·克莱尔不会介意的。因为我知道今天放学回家的路上，克莱尔揍了吉米一顿，起因并不是关于雀斑的事，而是吉米不叫他"雅各布"而叫他"圣·克莱尔"。不过我也是听说来的，没有谁来我这里告状，所以我也没怎么放在心上。

昨天我努力教洛蒂·怀特学加法。我问："如果你一只手里有三块糖，另一只手里有两块糖，那你一共有几块糖？"他回答说："满满一嘴巴。"

自然课上，我问他们，我们不能杀掉蟾蜍，最主要的原因是什么。本杰·斯劳尼严肃地回答道："因为杀了蟾蜍，第二天就要下雨。"

这没法不让人大笑一场，斯特拉。可我不得不把所有的笑声拼命压制下来，等回到家里才放声大笑。玛莉拉说，她听到从绿山墙东屋传来无缘无故的大笑，让她有些提心吊胆。她说，格拉夫顿以前有个人发了疯，刚开始发病时，就是这样莫名其妙大笑。

你知不知道，托马斯·贝克特被封为蛇的使者？罗丝·贝尔说他就是这样的，她还说威廉·丁道尔是《新约》的作者，而克劳德·怀特说过"冰河"是安装窗户框架的人！①

我想，在教书这个工作中，最困难也是最有趣的地方，就是让孩子们说出自己的真心话。上个星期里的一个暴风雨天气，我在午餐时间里把他们召集在一起，让自己成为他们中平等的一员，设法让他们告诉我，他们最想得到什么。一些回答很普通，比如布娃娃、小马和溜冰鞋之类的，其他的回答则非常别致，海斯特·鲍尔特想"每天都能穿星期天的衣服，而且都在客厅里吃饭"。汉娜·贝尔想"毫不费劲地

---

① 托马斯·贝克特，十二世纪的英国大主教。威廉·丁道尔，英文《新约》翻译者。克劳德·怀特，不详。

把事情做好"。十岁的马乔莉·怀特竟然想当一名寡妇，问她为什么，她很严肃地说，要是你不结婚，别人会叫你老处女，如果你结婚了，丈夫会对你呼来喝去的，可如果是个寡妇，就不会有任何的麻烦了。莎莉·贝尔的愿望最有趣，她说她想要一个"蜜月"，我问她知不知道这个词的意思，她说那是一种非常好看的自行车，因为她那位在蒙特利尔的表哥结婚时就有一个"蜜月"，就是他每天骑的那辆最时髦的自行车！

还有一天，我要他们告诉我，他们所干过的最淘气的事情。年龄大点儿的学生不对我说实话，而三班的学生回答得很爽快。伊丽莎·贝尔有次"放火烧了她婶婶用梳毛机梳理出来的线团"。我问她是不是故意想把线团烧掉的，她说："不全是这样。"她只是拿线团末端来点上火，看看它会不会燃烧，谁知一眨眼整团毛线都烧起来了。爱默生·格丽丝把本来该投进传教士捐款箱的一角钱买了糖果吃。安妮塔·贝尔最大的"罪行"就是"吃了一些长在坟墓上的蓝莓"。威利·怀特经常穿着星期天最好的裤子，从羊圈棚的屋顶滑下来。"因为这事，大人对我的惩罚是，我整个夏天都必须穿上补丁长裤去周日学校。不过，当你为某件事情受到了惩罚，那么就不必悔改了。"威利这样宣称。

我强烈推荐他们的几篇作文让你看看，希望你认真看哦，我特意把他们最近写的几篇抄写给你。上个星期，我告诉四班的学生，要他们给我写封信，想说什么都可以，还可以把游玩过的地方、拜访过的人、经历过的有趣的事情告诉我。要用正式的信笺纸写，再把信装进信封里，在信封上写上我的地址寄给我，不能让任何人帮忙。上星期五的早上，我在桌子上看到了一大堆信。到了傍晚，我开始体会到了教学的乐趣，这真是件有苦有乐的工作。那些作文是对我辛勤劳动的最大补偿。这篇是内德·克莱写的，地址、拼写和语法都保持了原样。

老师雪莉小姐
爱德华王子岛
绿山墙小屋

小　鸟

亲爱的老师，我想给你写一篇关于小鸟的作文。小鸟是很（有）用的动物。我的小猫会捉小鸟。它的名字叫威廉，可是爸叫它汤姆。它慢（满）身都是条纹。去年冬天，它的一只耳朵冬（冻）掉了。要不是这样，它就是一只好看的猫。我树树（叔叔）也收养了一只流浪猫。有一天它来到树树（叔叔）门口不像（想）走，树树（叔叔）说它忘了回家的路了，它太忘事了，它忘掉的事情比人类记得的事情都还多。树树（叔叔）让它睡在他的摇椅上，我婶婶说他关心自己的小孩远远比不上关心这只猫。这样是不对的。我们应该对猫好，给它们喝新（鲜）牛奶，但是我们对它们不能比对自己的孩子好。我直（只）能想到这么多，所以就先讲到这里吧。

爱德华·布莱克·克莱

圣·克莱尔·冬尼尔像往常一样，语言简短，直达重点，他决不会浪费一个字。我认为他选择的主题或者信后的附注都是精心考虑了的，只是他的策略和想象力还差了点儿。

亲爱的雪莉小姐：

你告诉我们要描写一些我们所见过的奇怪的事情。我要描述的是安维利会堂。它有两个门，里面一个，外面一个。它有六个窗户，还有一个烟囱。有一前一后两面墙，还有两个侧面的墙。它漆成了蓝色，这是最奇怪的地方。它建在卡莫迪路上很低的洼地。它是安维利第三座最重要的建筑，另外两座是教堂和铁匠铺。他们总是在会堂里举行讨论会、演讲会和音乐会。

你最诚挚的雅各布·冬尼尔

附注：这个会堂的蓝色真是太明亮了。

安妮塔·贝尔的信太长了，长得让我吃惊，因为写文章并不是安妮塔的长处，她的文章通常和圣·克莱尔的一样简短。安妮塔是个文静的小姑娘，中规中矩，很听话，简直可以成为其他学生的模范。但在她那里找不到任何创造力的影子。这是她的信——

最亲爱的老师：

我想给您写封信，来表达我有多么爱您。我用我所有的感情、灵魂和思想——用我的全部——来表达对您永恒的爱。能够当您的学生是我最大的荣幸，正因为如此，我在学校里遵守纪律，努力学习。

　　我亲爱的老师，您是多么美丽啊！您的声音如同音乐般悦耳动听，您的眼睛就像沾了露水的紫罗兰。您就是高贵的女王。您的头发如同金色的波浪。安东尼说您的头发是红色的，但是请您不要介意他的胡言乱语。

　　虽然我认识您才短短的几个月，但是我已经无法相信，我曾经度过一段不认识您的漫长时间，那时候，您还没有走进我的生活，还没有让我的生命变得如此的幸福和美好。我要铭记这一年，这是我生命中最重要的一年，因为命运把您带进了我的生活。而且，也就在这一年，我从纽布瑞切镇搬到了安维利来。我对您的爱让我的生活变得如此富足，使我免受许多的伤害。这一切都是您的恩赐，我最亲爱的老师。

　　我会永远记住，上次您穿着黑色裙子，头上戴着鲜花时的样子，那是多么甜美啊！我将永远记住您的模样，就算我们年华逝去，头发花白，可在我心中，您将青春永驻，永远快乐，我最亲爱的老师。我每时每刻都在想念您，不管是清晨、正午还是黄昏。当您微笑，当您叹息时，我都深爱着您——哪怕当您很傲慢的时候，我依然爱您。我从来没有看您生气过，虽然安东尼·派伊说您总是很凶，就算您对他这样，我也不会奇怪，因为那是他自找的。您无论穿什么衣服都很漂亮，我都爱您，而每当您换上新的衣服时，看起来更是前所未有的美丽。

最亲爱的老师，晚安。太阳下山，星空闪耀，那些星星就像您的眼睛一样美丽又明亮。我亲吻您的手，亲吻您的脸，我的心肝。愿上帝永远在您身边，保护您永远不受伤害。

您最亲爱的学生安妮塔·贝尔

这封与众不同的信让我非常迷惑，我知道安妮塔不可能写出这样的文章来，就如同她不可能飞翔一样。第二天我去学校，在课间休息的时候，我把她找来，我们沿着小溪散步，请她告诉我这封信的真相。安妮塔哭了，老老实实地承认了。她说她从来没有写过信，不知道该怎么写，更不知道该写些什么，不过，在她妈妈梳妆台最上面的那个抽屉里，有一包情书，那是从前的一个"求爱者"写的。

"这不是我爸爸写的，"安妮塔啜泣着说，"那是一个正在读牧师学位的人写的，所以写得很漂亮。可是妈最后没有嫁给他。妈说，这个人这么会花言巧语，下半辈子不知还要做出些什么事，她完全想象不出来。可我觉得这封信写得很好，可以把它抄来给您。我把女士这个词统统换成老师，加了一些我自己能想得出来的句子，还更换了一些词语。我用衣服代替了心情这个词，我不知道心情这个词是什么意思，但是我想这应该是穿的东西。我不知道您怎么发现信不是我写的，您太聪明了，老师。"

我告诉安妮塔，抄袭别人的信，冒充是自己的，这是非常错误的行为。可是我又担心，安妮塔懊恼不已的可能不是抄袭这个行为，而是不巧被我发现了。

"我真的非常爱您，老师，"她呜咽着说，"这写的都是我的真心话，就算这个牧师先把这些句子写出来了，可我真的是在用我的全部来爱您。"

在这种情形下，我很难再严厉斥责她了。

接下来是芭芭拉·萧的原信，只是我无法摹写出原文上的那些墨团了。

亲爱的老师：

你说我们可以写一次拜访的经历，可是我以前只有一次这样的经历。就是去年冬天去婶婶玛丽家的一些事。玛丽婶婶很受欢迎，是个很能持家的主妇。到她家的第一天晚上，我们在那里喝茶，我不小心打翻了一个茶壶，掉在地上摔碎了。玛丽婶婶说那个茶壶是她结婚时买的，一直都保存得很完好。等我们喝完茶起身时，我踩着了她的裙摆，结果把裙子上所有的花边都撕下来了。第二天早晨起床时，踢翻了一个大水罐，它又砸到了一个水盆，这两样东西都碎了。吃早饭的时候，我把一杯茶打翻在桌布上。当我帮玛丽婶婶洗碗时，一个瓷盘子掉在地上，给摔碎了。那天晚上，我自己从楼上摔下来，扭伤了脚踝，只得在床上躺了整整一个星期。我听见玛丽婶婶对约瑟夫叔叔说，真是万幸，否则我会把她家所有的东西都弄坏的。等我的伤好了些，就该回家了。我很不喜欢到别人家做客，比较喜欢到学校来，尤其是搬到安维利来之后。

尊敬你的芭芭拉·萧

威利·怀特的信是这样写的。

敬爱的老师：

　　我想给你讲讲我那非常勇敢的姨妈。她住在安大略省，有一天她去牲口棚时，看见一只狗蹲在院子里。它可无权待在这里，于是姨妈拿起棍子，使劲打它，把它赶进牲口棚里，并把它关了起来。很快就有人来寻找一只私野的狮子（批注：威利是不是想说'私人动物园养的野生狮子'），这个人说狮子从马戏团逃跑掉了。结果那只狗原来就是一只狮子。我勇敢的姨妈用一根棍子把它趣（驱）赶进牲口棚。她没有被口（吃）掉，真是很勇敢。爱默生·格丽丝说，以为那是一只狗，所以她只有对付狗的胆量，不算什么勇敢。我觉得爱默生是嫉妒我，因为他自己没有一个勇敢的姨妈，他只有舅舅。

　　我把最好的一封信留在最后。你可能会觉得好笑，因为我把保罗当成了天才，不过我相信，他的信可以向你证实，他确实是个非同寻常的孩子。保罗和他奶奶住在海的那边，离这儿很远，也没有玩伴——没有那种真正的朋友。你肯定还记得，教我们《学校管理》的老师曾经说过，我们不应该在学生当中特别"宠爱"某个学生，可是我不由自主地偏爱保罗·艾文，把他当成最好的学生。我不觉得这对他有什么不好，因为每个人都喜欢保罗，包括林德太太也是这样，虽然林德太太嘴上总是说自己不可能喜欢美国人。而且学校里其他男孩也喜欢他。虽然保罗很喜欢幻想和做白日梦，但是他一点儿也不纤弱，也没有丝毫的女孩子气。他很有男子气概，在任何比赛中都能坚持到最后。不久前他和圣·克莱尔·冬尼尔打了一架，因为圣·克莱尔说英国的米字旗比美国的国旗好看多了，把一些星星和条纹拿来作国旗太难看了。这一架没有输赢，最后两个人达成口头协议，以后要相互尊重彼此的爱国热情。圣·克莱尔说，自己出手很重，可保罗出手快。

这是保罗的信。

我亲爱的老师：

你说我们可以给你写信，说说我们知道的有趣的人。我觉得我知道的最有趣的人是我的石头人，我想把他们的事情给你说说。除了奶奶和爸爸，我从来没有告诉过任何人。不过，我想把这事告诉你，因为你一定能够理解的。有很多人没法理解这事，所以告诉他们也没有用。

我的石头人住在海边。在冬天来临前，我每天晚上都会去看望他们。现在天气寒冷，我不能去看他们，要等到春天来了后才能去。不过他们一直都在那儿，因为他们都喜欢永恒不变——这就是他们的伟大之处。我认识的第一个石头人是诺拉，我和她很熟悉，所以我最喜欢她了。她住在安德鲁斯小海湾里，头发乌黑，眼睛也是乌黑发亮的，她知道所有关于美人鱼和马形水怪的故事。你应该听一听她讲的这些故事。还有一对双胞胎水手，他们居无定所，一直都在航海，不过他们常常跑到岸上来和我聊天。他们是一对快乐的水手，世界上的事情无所不知——甚至比世界上的事情知道得还多。你知道双胞胎水手中年轻的那一个曾经遇到过什么事吗？那次他正在航海，结果径直驶进了月光通道里。你是知道的，老师，当月光从海平面升起来时，月光照射在海面上，形成的一条路就叫月光通道。嗯，这个年轻的水手顺着月光通道一直向前航行，竟然驶到了月亮上。月亮上有个小小的金色门，他打开这扇门，把船驶了进去。他在月亮上遭遇了非常神奇的冒险经历，可要在这封信里写下来，那就太漫长了，留到以后再写出来吧。

　　一天，我在海滩下面发现了一个大大的洞窟，我顺着洞窟走进去，发现里面住着一位金色的小姐。她金黄色的头发一直下垂到脚跟，衣服就像金子一样闪闪发光，就连竖琴也是金黄色的，她整天都在弹奏竖琴。只要你在海边多待一会儿，仔细聆听，就可以听见她的琴声，可是很多人都认为那不过是海风吹过岩石缝隙发出来的声响。我没给诺拉谈论金色小姐的事情，因为我怕这会伤害到她的感情。就算我跟双胞胎水手聊天时间长了点儿，也会让她很伤心的。

　　我经常在光秃秃的岩石那边碰到双胞胎水手，弟弟脾气温顺，而哥哥看起来随时都是一副怒气冲冲的样子。我对哥哥有些起疑心，我相信他是个海盗，他总是神神秘秘的。有次他大声咒骂，我告诉他，如果他再这样骂人的话，以后他就不用上岸来找我聊天了。因为我向奶奶保证过，不会跟任何说脏话的人交朋友的。他感到非常害怕——这是真的——他说，只要我原谅他，他会带我去太阳落下的地方去。第二天傍晚，我坐在光秃秃的岩石上等他，这个哥哥就划着一艘奇异的小船，从海上驶过来。我上了小船，看见小船上全是珍珠和彩虹，就像是在珍珠贝壳里一样。这艘小船出发了。嗯，我们径直穿过海面，抵达了太阳落下的地方。老师，你想象一下，我就在日落的地方呢。你猜那儿是什么样子的？日落之处遍地鲜花。我们驶进了一个大花园，云朵就是鲜花的土壤。我们驶进一个巨大的海湾，所有的颜色都是金黄色的。我走出小船，踏上了一大片绿草地，这里遍布着毛茛花，大得像玫瑰一样。我在那儿待了很久，感觉都过了一年了，可是水手哥哥说那只是几分钟。你知道吗？在日落之处，时间比我们这儿要长得多。

爱你的学生保罗·艾文

附注：当然啦，这封信不是真的，老师。

倒霉的一天

　　倒霉的日子从前天晚上就开始了。那天晚上她的牙痛得没完没了，整夜都没法睡觉，安妮只能轻声抱怨。等她熬过寒夜，早晨起床时，她望着外面灰暗寒冷的天色，突然感觉到生活是那么枯燥乏味、了无生气。

　　安妮闷闷不乐地来到学校，没有往日天使般的笑容。腮帮子肿得老高，隐隐作痛。教室里的火炉还没烧旺起来，冰凉刺骨，满是烟雾。孩子们在炉火边挤成一团，瑟瑟发抖。安妮心情坏透了，用一种前所未有的严厉语气呵斥他们回到座位上去。安东尼·派伊像往常一样，拿出目空一切的派头，大摇大摆地走回去。安妮看见他给他的同桌低声说了些什么，然后嬉皮笑脸地瞥了她一眼。

　　这天上午，安妮觉得铅笔写字发出的吱吱咯咯声特别的尖锐刺耳。芭芭拉·萧拿着一道算术题走向讲台，碰到了放煤球的桶子，狠狠地绊了一跤，引起了灾难性的后果。煤球满教室乱滚，芭芭拉的石板也摔成了碎块，当她爬起来时，脸上沾满了乌黑的煤灰，男孩子们哄堂大笑起来。

　　安妮正在听二年级学生读课文，这时她转过身来。

"真是的，芭芭拉，"她冷冰冰地说，"如果你走路也要打翻东西，那你最好就待在座位上别动。这么大的女孩儿还这么笨手笨脚的，不觉得很丢脸吗？"

可怜的芭芭拉踉踉跄跄地回到了座位上，泪水混杂着煤灰一起流淌下来，看起来十分狼狈。她这位善解人意的美丽老师从来没有用这种方式、这种口气对她说过话，芭芭拉的心都碎了。安妮也感觉到了良心的谴责，不过这让她的心情更加烦躁。二年级的学生记住了这堂课的内容，也记住了接下来算术课上发生的糟糕事情。就在安妮厉声催促学生算出结果来，这时圣·克莱尔·冬尼尔气喘吁吁地跑进教室。

"你迟到了半个小时，圣·克莱尔。"安妮冷冷地提醒他说，"为什么？"

"对不起，老师。因为今天中午有客人要来，而克拉莉斯·阿米拉病了，我不得不在家里帮妈做午餐用的布丁。"圣·克莱尔毕恭毕敬地回答道，可还是惹来同学们的一片讪笑。

"回到你的座位上去，打开算术课本第八十四页，把上面的六道题全部做完，这是对你的惩罚。"安妮说。圣·克莱尔被她的语气吓坏了，乖乖地回到座位上，拿出石板来。然后他把一个小纸包偷偷地递给过道那边的乔·斯劳尼。安妮发现了他的举动，对这个纸包做出草率的判断，可这个判断引发了严重的后果。

最近，年迈的海拉姆·斯劳尼太太开始制作"果仁糕饼"售卖，以此增加一点儿收入。这种糕点对男孩子来说有着无法抗拒的诱惑力。连续几个星期，安妮为了这个问题大伤脑筋。在上学路上，男孩子们经常拿零花钱去海拉姆太太家买果仁糕饼，然后带到学校去。在课堂上只要有机会就会拿出来吃，还要分给要好的同学吃。安妮曾警告过他们，要是他们再带任何糕饼到学校来，一律没收。可是现在，圣·克莱尔·冬尼尔就在她的眼皮底下，堂而皇之地把一个纸包递给别人，纸包用的正是海拉姆太太使用的那种蓝白相间的条纹纸。

"乔，"安妮镇定地说，"把纸包拿过来！"

乔吓了一大跳，满面通红，还是服从了。他是一个胖胖的淘气鬼，一吃惊就会脸红，结结巴巴地说不出话来。这会儿，可怜的乔比任何人都显得做贼心虚了。

"把它扔到火炉里去。"安妮说。

乔吓得脸色苍白。

"求……求……求……求您，老……老……师。"他说。

"照我的话去做，乔，别啰唆了。"

"可……可……可是，老……老……老师，那……那……那是……"乔拼命地喘着粗气。

"乔，你究竟听不听我的话？"安妮说。

别说是乔·斯劳尼，就算是比他更大胆、更沉着的孩子，面对着安妮严厉的语气和眼里的凶光，照样会吓得发抖。孩子们从来没有见过这种模样的安妮。乔愁眉苦脸地瞥了圣·克莱尔一眼，走到火炉边，打开大大的方形炉门，圣·克莱尔正要跳起来大叫时，乔已经把纸包扔了进去，然后乔飞快地跳开，远远地躲了起来。

转眼之间，安维利学校发生了可怕的事情，学生们给吓坏了，他们不知道是发生了地震还是爆发了火山。这个被安妮草率断定为果仁糕饼的纸包其实是无辜的，里面包着各种各样的爆竹和焰火，是乔的父亲瓦伦·斯劳尼托圣·克莱尔·冬尼尔到城里买回来的，准备那天晚上庆祝生日用的。爆竹发出震耳欲聋的爆炸声，乒乒乓乓地乱炸，焰火冲出炉门，疯狂地在教室里乱转，发出咝咝的响声，火花飞溅。安妮脸色苍白，颓然地跌坐在椅子上，所有的女孩子都声嘶力竭地尖叫着，吓得爬上了课桌。在一片骚乱中，吓呆了的乔·斯劳尼傻傻地站着，圣·克莱尔在过道上笑得前仰后合，合不拢嘴。普利莉·罗杰逊吓得昏厥过去了，安妮塔·贝尔歇斯底里地大喊大叫着。

虽然只有短短的几分钟时间，看起来仿佛是漫长的一个世纪，最后一只焰火终于沉寂下来。安妮这时才回过神来，匆忙跑去打开门窗，让满屋的烟雾飘散出去。然后她帮着女孩子们把昏迷的普利莉抬到走廊上，而芭芭拉·萧急于想帮上忙，大家还没回过神来阻止她时，她已经往普利莉的脸上和肩膀上倒了一桶冷水，桶里的水有一半都结冰了。

直到过了整整一个小时，一切才恢复了平静，大家沉默不语，安静得能听到心跳声。大家都知道，爆炸并没有消除老师心中的怒火。没有人敢窃窃私语，而安东尼·派伊满不在乎地说着话。内德·克莱在做算术题时，不小心让铅笔发出了点儿响声，安妮狠狠地瞪了他一眼，他真想地上有条缝让他钻进去躲起来。地理课上，安妮飞快地讲完了欧洲大陆的知识，让学生听得头昏脑涨，稀里糊涂的。语法课上，冗长的语法分析没有几个能听懂，白白浪费了他们生命的一段光阴。切斯特·斯劳尼在拼写"odoriferous"（芳香的）这个词时，写了两个"f"，安妮狗血淋头地把他训斥了一番，让他感觉到简直没有勇气活在这个世上，无论今生还是来世，都没法洗刷掉这个耻辱了。

安妮知道自己的行为很可笑，今天发生的事情，会成为家家户户今晚茶余饭后的笑料。可想到了这一点，安妮觉得更加恼火。如果是心情平静的时候，这种情况她可能一笑了之，可现在是不可能的，她用冷冷的倨傲态度来漠视此事。

吃过午饭后，安妮回到学校。所有的孩子像往常一样坐在自己的座位上，埋着头认真学习，只有安东尼·派伊除外。他从书缝里偷偷看着安妮，黑色的眼睛闪着好奇和嘲弄的光芒。安妮准备拿出粉笔来，猛地拉开桌子的抽屉，就在她的手底下，一只活蹦乱跳的小老鼠猛地跳出抽屉，从桌面上仓皇逃窜，然后跳到了地板上。

安妮吓得尖叫起来，急忙往后退，仿佛看见了蛇似的。安东尼毫无顾忌地放声大笑起来。

接下来是一片死寂，令人不安的气氛弥漫了整个教室。安妮·雪莉拿不准自己是否又要发作一次歇斯底里症，尤其是现在不知道小老鼠跑到什么地方了。不过她还是决定不要发作为妙。这位脸色苍白的老师目光严厉，冷若冰霜地站立在大家面前，歇斯底里症又有什么用呢？

"是谁干的？"安妮问。她的声音非常低沉，却让保罗·艾文感觉到背脊骨一阵发麻，不由自主地打了个冷战。乔·斯劳尼遇上了她的目光，不禁从脚到头升起一种罪恶感，仿佛全是自己的责任似的，他结结巴巴地拼命辩解道：

"不……不……不是……我……我，老……老……老师，不……不是……我……我……我。"

安妮丝毫没有理会可怜的乔，她把目光转向安东尼·派伊，而安东尼·派伊直瞪着她，眼里没有丝毫的羞愧之色。

"安东尼，是你干的？"

"没错，是我干的。"安东尼傲慢无礼地回答说。

安妮从桌子上拿起教鞭，这是一根又长又重的硬木教鞭。

"过来，安东尼。"

这是安东尼受过的最严厉的惩罚，以前就算安妮脾气暴躁，也不会这么残忍地惩罚学生。教鞭打在安东尼身上，他感觉到钻心的疼痛，再也无法虚张声势地假装勇敢了，他不断退缩躲避，泪水夺眶而出。

安妮的良心突然苏醒了，教鞭掉在了地上，她告诉安东尼回到自己的座位上去。她跌坐在椅子上，感到羞愧、悔恨和深深的耻辱。她心里突如其来的怒火平息了下来，真想不顾一切地大哭一场。她原来的宏图大志变成了这样……如今她动手鞭打了她的学生。简一定会用胜利者的口吻嘲笑她的！哈里森先生也会讥讽她的！而最糟糕，也最让人痛苦的是，她失去了争取安东尼的最后机会。安东尼从此再也不可能喜欢她了。

安妮强忍着不让泪水流出来。直到这天傍晚她回到家里，她把自己关在绿山墙的东屋里，放声痛哭，用泪水冲洗她的羞愧、悔恨和失望，泪水湿透了枕头。她伤心欲绝地哭着，哭得回不过气，玛莉拉听了感到惊慌失措，她急匆匆闯进屋里，追问究竟发生了什么事。

"问题是，我的良心出了毛病。"安妮啜泣着说，"唉，今天真是个坏日子，玛莉拉。我真为自己感到羞愧，我对安东尼大发脾气，鞭打了他一顿。"

"我倒替你高兴。"玛莉拉果断地说，"你早该这样了。"

"唉，不，不，玛莉拉。我真不知道怎么再去面对这些孩子。我真觉得自己丢尽了脸面，糟糕透顶了。你不知道我当时是多么的暴躁、可恨和恐怖。我忘不了保罗·艾文的眼神,他看来是如此错愕和失望。噢,玛莉拉,我一直在努力,耐心地对待安东尼,希望能赢得他的喜爱——可现在一切的努力都付诸东流了。"

玛莉拉伸出布满老茧的粗糙的手,慈祥地抚摸着安妮顺滑的长发。等安妮的啜泣慢慢平息下来,玛莉拉非常温柔地对她说:

"你把这事看得太严重了,安妮。我们都会犯错误的,但也会忘记它的,谁都会有不顺心的时候。至于安东尼·派伊,既然他不喜欢你,那你又何必如此在乎他呢?不喜欢你的只有他一个人啊。"

"我做不到,我希望每个人都喜欢我,如果有人不喜欢我,我会很难受的。而从此以后安东尼再也不可能喜欢我了。唉,我今天真像一个白痴啊,玛莉拉。我把今天整个事情讲给你听。"

玛莉拉听完了整个故事。不过安妮很想知道,玛莉拉是否觉得其中某些片断太幼稚可笑了。当安妮讲完,玛莉拉轻描淡写地说:"好了,别在意它啦。今天已经过去,明天又是崭新的一天。就像你平时说的那样,明天不继续犯错就行了。下楼吃晚饭吧,看看一杯香茶和我做的葡萄干松饼能不能让你振作起来。"

"葡萄干松饼对心灵的创伤没有帮助的。"安妮闷闷不乐地说。不过玛莉拉觉得,这是一个好的信号,表明安妮的心情开始逐渐好转,愿意充分接受她刚才说的一番话了。

在令人愉快的餐桌上,双胞胎脸上神采飞扬,十分可爱,玛莉拉做的葡萄干松饼美妙可口——戴维一口气吃了四块——最后让安妮真的感到振作起来了。这天晚上她美美地睡了一觉。第二天早晨从美梦中醒来,安妮感觉自己变了,就连整个世界也焕然一新。一夜之间,厚重而柔软的白雪穿越过昨夜的黑暗时光,悄悄来到这里，晶莹的雪花在灰色的冬日阳光下熠熠生辉，看起来就像一床慈祥和蔼的被单，把过去所犯的错误和那些不堪的羞辱都掩埋了起来。

> 每个清晨，
> 我们踏上新的旅程，
> 每个清晨，
> 这个世界变得更新。

安妮一边穿衣服，一边欢快地唱着歌。

因为大雪掩埋了平时走的小道，安妮只得沿着大路绕到学校去。安妮刚走出绿山墙的小道，走上大路时，竟然看到安东尼·派伊步履艰难地走了过来，这真是"不是冤家不聚头"啊。安妮觉得非常内疚，就仿佛昨天安妮是罪魁祸首一样。可让她目瞪口呆的是，安东尼不仅脱帽向她致敬——他以前从来没有这样做过——而且还轻松地说：

"老师，路很不好走，是吧？我能帮您拿着这些书吗？"

安妮把书交给他，她怀疑自己是不是在做梦。安东尼一声不吭地走到学校，然后把书交还给安妮，安妮接过书对他报以微笑，这不是模式化的微笑，想以此来赢得安东尼的好感，而是对这种友善关系发自内心的微笑。安东尼也笑了，说实话，准确地来讲，安东尼只是跟着咧了咧嘴。虽然咧开嘴笑被认为是不礼貌的行为，可是安妮突然感觉到，她也许没有赢得安东尼的喜爱，可在某种程度上，已经赢得了他的尊重。

第二个星期六，林德太太来证实了这个观点。

"好啊，安妮，我想你已经驯服了安东尼·派伊了，真的是这样。安东尼说，虽然你是一个女性，但你确实太好了。他说你给他的那顿鞭子'像男人下手一样结实'。"

　　"可是，我从来没有想过要用鞭打来赢得他的心。"安妮感到很悲哀，感觉她的理想大大受挫，"这看起来不太对劲，不过我敢肯定，我的关于仁爱的理论是没有错的。"

　　"不错，可是常人接受的这套理论在派伊家的人身上根本不起任何作用。"林德太太斩钉截铁地说。

　　要是哈里森先生听说了这事，肯定会说："你果然走到这个地步了。"简也必定会毫不留情地给她论证一番。

美妙的野餐

安妮准备去果园坡。就在闹鬼的树林子的旁边有条小溪，一座生满苔藓的老木板桥横跨在小溪上，安妮正在过桥时，遇到了戴安娜。戴安娜正前往绿山墙小屋来找安妮。两人在仙女泉附近找了一块空地坐下来，在这儿，小小的蕨草舒展着叶子，就像是一个鬈发的绿精灵正从午睡中苏醒过来一样。

"戴安娜，我正要过来找你，想请你帮我准备一下我星期六的生日聚会。"安妮说。

"你的生日？不过你的生日是在三月份呀！"

"这可不能怨我啊。"安妮笑道，"要是我的父母在生我之前和我商量一下，就不会这样了，我当然要选择在春天出生。与山楂花、紫罗兰一同来到这个世界，那真是太美妙了。如果这样的话，我就会感觉到我和她们是同胞姐妹啦。不过很遗憾，我不是三月出生的。可我真想在春天庆祝我的生日。普里西拉在星期六会过来，简到时也会来。我们四个可以出发去森林里玩，和春天多多亲近一下，好度过一个黄金假日。我们当中没有谁真正了解春天，而我们也没有更好的地方去约见春天了。我想探索所有无人去过的地方，在那里单独待一会儿。我一直坚信，肯定有一

119.

些僻静清幽的美丽地方，人们也许发现了它们，可是没有人真正去亲近它们。我们可以同清风、蓝天和阳光结伴，把春天藏进心里带回家去。"

"听起来真的很不错呀。"戴安娜说着，可是在心底里并不相信安妮那梦幻般的言语，"不过，这种地方会不会很潮湿呢？"

"噢，我们就穿胶鞋去吧。"安妮只会在现实问题面前作点儿让步，"我想请你星期六一早过来，帮我准备午餐。我想尽量准备一些最精美的食物——那种可以与春天匹配的食物，你能理解到的——比如小果酱馅饼、手指甜饼、裹着粉红和橙黄糖霜的糖球甜饼、奶油蛋糕。我们还必须做三明治，虽然带着它们并不那么浪漫。"

星期六果然是个野餐的好日子。微风轻拂，天空湛蓝，阳光和煦，顽皮的轻风吹过牧场和果园，阳光普照着大地和田野，每一寸土地上都是娇嫩无比的绿色，花朵如星星般点缀在绿地毯上面。

哈里森先生正在他的田里翻土，虽然他已是中年，生活朴素，可他也感受到了春天仙女撒播的春天气息。他看到四个女孩子提着满载食物的篮子，脚步轻盈地穿过田地的一角，那边已紧邻一片白桦和冷杉的树林，她们愉悦的嗓音和笑声在哈里森先生的心间久久回荡。

"在这么美好的天气里，很容易就会让人快乐起来，不是吗？"安妮说着，显示着安妮式的哲学真理，"我们一定要把今天变成最快乐的一天，女孩子们，以后不管什么时候回想起来，都会真切地感受到今天的欢乐。我们要寻找美丽，把其他的烦恼都抛诸脑后，'走开些，灰暗的忧虑们'！简，你还在想着昨天学校里发生的那些不愉快吗？"

"你怎么知道？"简惊讶得倒吸了口气。

　　"噢，看你的表情就知道啦，我自己也经常是这种表情。别让它们烦透了你的心，你是个好女孩，把烦恼留到星期一再说吧，最好是别把它们留在心上。噢，大家快看啊，那片地方开满了紫罗兰！这幅美景一定能成为我们记忆中最好的一幅图画，永远挂在我们的记忆画廊里。等我八十岁时——如果我还活着——我只要闭上眼，就能看到这片紫罗兰，仿佛就像我现在看到的这般绚烂。这是我们今天给自己的第一份好礼。"

　　"如果亲吻是一种可以用眼睛看到的东西，我想它看起来就应该像紫罗兰这样。"普里西拉说。

　　安妮容光焕发，说："我很高兴你能说出这样的想法，普里西拉。不过这种想法不能只停留在头脑里，应该写下来，要是每个人都讲出他们真实的想法，这个世界会变得更加丰富多彩——虽然这个世界已经很有趣了。"

　　"这种想法太刺激了，会让人们更有创造力。"简明智地论证道。

　　"我想应该是这样吧。另外，当人们把精力集中在不愉快的事情上，就会导致他们的失败。不管怎样，我们今天能讲出我们美妙的见解，是因为我们只去思考那些美好的东西。每个人都可以说出内心的想法，这才是真正的交流。呀，这儿有条小路，我以前还从来没有注意到呢。我们去探寻一番吧。"

　　小路蜿蜒曲折，路面狭窄，女孩子们必须一个接着一个地前行。路旁的冷杉树枝拂过她们的脸，树下生长着厚厚一层青苔，如天鹅绒般柔软。再往前走，树木变得矮小稀疏，地面长满了各种各样的绿色植物。

"哇，好多的秋海棠！"戴安娜惊呼道，"我要摘些来做成大大的一个花束，好漂亮呀！"

　　"为什么如此轻柔的花儿，却取了个'象的耳朵'[①]这样难听的名字？"普里西拉问。

　　"我觉得，第一个给它取名字的人，要么是根本没有想象力，要么是想象力太丰富了。"安妮说，"哇，你们看那儿！"

　　那是小路尽头的一个浅浅的小池塘，就在树林中心地带，紧临一块开阔地。等到了晚春时节，池塘会干枯，丛生的蕨草会大胆地占领这块土地。不过现在，水面上波光粼粼，水平如镜，池塘圆圆的，像盘子一样，池水如水晶般清澈见底。一排修长的白桦幼树环绕在池塘周围，空余地带的小小蕨草就像是它的蕾丝花边。

　　"真是太美啦！"简赞叹不已。

　　"我们像林中仙女一样，围绕着它翩翩起舞吧。"安妮放下手中的篮子，伸出双臂兴奋地喊道。

　　舞跳得并不成功，因为草地上有很多沼泽地带，简的胶鞋都掉了。

　　"你要是穿上胶鞋，就没法做林中仙女。"这是简得出的结论。

　　"好吧，在离开这个池塘之前，我们得给它取个名字。"安妮不容置疑地提议，这是她一贯的行事逻辑，"每个人都想一个名字，我们再抽签决定。戴安娜先说。"

　　"白桦塘！"戴安娜脱口而出。

　　"水晶湖！"简说。

---

①　Elephant Ears，秋海棠，英语直译为"象的耳朵"。

安妮站在她俩后面，对着普里西拉眨眼睛，恳求她不要乱想些名字。普里西拉灵光一闪，想出了"闪耀玻璃"。而安妮选中了"精灵之镜"。

简从口袋里拿出学校教师用的铅笔，把想好的名字都写在白桦皮上，然后放进安妮的帽子里。普里西拉闭着眼睛抽了一块树皮。"水晶湖！"简得意地念道。池塘名字就决定了下来，叫水晶湖。虽然安妮觉得是命运捉弄了这个可怜的池塘，选择了这个不恰当的名字，不过她没有再说什么。

拨开树下茂密的灌木丛，女孩子们一直向前走，走进塞拉斯·斯劳尼先生屋后的牧场，那里非常僻静，牧草翠绿。走过牧草，她们发现自己又来到了一条小路上，这条小路一直通向森林深处，这激起了她们探索的欲望。她们的探索精神得到了回报，一路上景象美不胜收，让她们惊讶不已。她们首先看到的是，在塞拉斯·斯劳尼先生牧场的边缘，野生的樱桃树正值开花季节，繁花似锦，枝丫交叉成一道拱门。女孩子们兴奋地拿着帽子使劲挥舞，然后摘下松软的奶黄色樱桃花，编成花环戴在头上。接着，小路向右转了个直角，延伸到一片云杉树林之中，浓密的枝叶遮天蔽日，没有一丝光线透射下来，抬头也看不到一方天空，小路被树荫遮得严严实实，恍若走进了夜色之中。

"这一定是调皮的树精灵居住的地方。"安妮悄声说道，"它们顽皮得很，很爱恶作剧，不过它们不会来伤害我们的，因为在春天是不允许干坏事的。就在那棵弯曲的年迈冷杉树后面，有一个精灵正窥视着我们。你们注意到没有？就在我们刚刚经过的小路边，有个大大的斑点毒蘑菇，有一群小精灵正聚集在上面呢，它们看上去坏坏的。好的精灵总是住在有阳光的地方。"

"要是真有精灵那该有多好啊。"简说，"它会帮你实现三个愿望，那可真是太好不过啦……哪怕实现一个愿望也好啊。要是能实现愿望的话，你们想要什么呢？我希望自己很富有、美丽又聪明。"

"我希望自己身材高挑。"戴安娜说。

"我希望自己成为名人。"普里西拉说。

安妮想到了她的头发，不过又放弃了这个毫无意义的想法。"我希望终年都是春天，让春天走进每个人的心里，让大家的人生就如同春天一样美好。"她说。

"可是，"普里西拉说，"这岂不是希望我们的世界都变成天堂啦？"

"只有一部分像天堂。其他的部分里，还应该有夏天、秋天……嗯，也还要有点儿冬天。我希望天堂有时候白雪皑皑，要有冰天雪地的美景。你说呢，简？"

"我……我不知道。"简对这个问题有些敏感。简是个好女孩，还在教堂担任一些工作，她尽心尽力地完成自己的职责，对自己所受的教义笃信不疑。可尽管如此，她却从来没有想过任何关于天堂的事情，这似乎也超出了她的想象力。

"米尼·梅有天问我，在天堂里是不是可以每天都穿最漂亮的衣服。"戴安娜大笑着说。

"你是不是回答她说，我们可以这样？"安妮问。

"哦，我不是这样回答的，我告诉她说，在天堂里我们根本不用考虑穿衣服的事情。"

"噢，我觉得，我们应该……稍微考虑一下这个问题。"安妮急切地说，"在天堂里生命是永恒的，时间太富足了，可没有

124.

什么重要的事情需要考虑。我相信大家都能穿漂亮的衣服——用
更恰当的方式来讲，应该称作'衣物'。我首先会挑选粉红色的
衣物，穿上几个世纪。我敢保证，要经过相当漫长的时间，我才
可能会讨厌粉色的。我太喜欢粉色了，不过，在这个世界里我是
不会穿的。"

　　穿过云杉树林，小路一直向下，到达一块小小的开阔地，这
里阳光明媚，一座古老的小桥，横跨在小溪上面。然后她们来到
一片山毛榉树林，这里阳光普照，分外美丽，就连空气也如金色
的果酒般晶莹剔透，绿叶散发出清新的气息，树林间洒落下斑驳
的光影。接着她们来到一个小小的山谷，是一片纤瘦的冷杉树林，
不过更多的是野生的樱桃树。然后她们爬上一个小山，坡度很陡，
女孩子们都累得气喘吁吁的。不过当她们到达山顶时，视野陡然开
阔起来，美景如画，尽收眼底，这是对爬山的最好奖赏。

　　目光越过牧场后面的田野，路的尽头就是卡莫迪镇了。在
它前面，是密密的山毛榉树和冷杉树，围得密不透风，不过在南
面打开了一个缺口。那里应该是街道的拐角处，里面有一座花
园——或者说，曾经有一座花园。石墙摇摇欲坠，青苔遍地，野
草葳蕤。沿着东边的花园，生长着一排樱桃树，繁密的白花恍如
雪堆。昔日的小径隐约可见，小路两边的玫瑰花争奇斗艳竞相开
放，由于无人打理，有的已经长到了小路中央，其余的地方长满
了水仙花，有黄色的，有白色的，衬着葱翠的绿草，水仙花一朵
朵含苞怒放，在微风中轻轻摇摆。

　　"啊，太美啦！"三个女孩子一起喊道。而安妮沉默不语，
久久凝视，她太惊讶了，根本无法用语言来形容。

　　"这个衰败的花园背后到底发生了什么事情？"普里西拉惊

奇地说。

"那一定是海斯特·格莱的花园。"戴安娜说，"我曾听我妈妈讲过，可我以前从来没有见过，真没想到还有这么多东西保留着。安妮，你也听说过这件事吗？"

"没有，不过这个名字倒是很熟悉。"

"噢，你一定是在墓地看到过这个名字。她被安葬在白杨树那边。你知道那块棕色的小墓碑吧，上面雕刻着一个打开的大门，还写着'深切哀悼海斯特·格莱，享年二十二岁'。约旦·格莱安葬在她的右边，但没有给他立墓碑。我真感到奇怪，玛莉拉怎么没给你讲过呢，安妮？准确地说，这已经是三十多年前的事了，凡是听到过这件事的人，终生都不会忘记的。"

"噢，如果有段故事的话，我们一定要你讲讲，"安妮说，"我们就坐在水仙花丛中，让戴安娜慢慢讲来。嗯，这里有成百上千株水仙花呀，怎么这么多呢？它们都快把这里占领了。黄色和白色的花朵铺满整个花园，好像就是月光和阳光共同编织的地毯。这真是个值得探寻的大发现！想想看，我们就在距此仅仅一公里多的地方住了六年，却从来没有到过这里。戴安娜，你快点儿讲啊。"

"从前，"戴安娜开始一一道来，"这个牧场属于一个叫大卫·格莱的老先生。他并没有住在这儿，而是住在另外的地方，也就是如今塞拉斯·斯劳尼居住的屋子。他有一个儿子，叫约旦。约旦有年冬天去波士顿工作，在那儿，他和一个叫海斯特·穆拉的女孩子相爱了。女孩子在一家商店里工作，不过她不喜欢在那儿上班。她是在乡村里长大的，总想着回乡村去生活。当约旦向她求婚时，她说，如果约旦能带她去一个宁静的地

126.

方生活，放眼望去要全是田野和森林的话，她就答应嫁给他。于是约旦就把海斯特带回了安维利。林德太太说，娶一个美国女人是很冒险的行为，确实是这样。海斯特的身体非常虚弱，没法操持家务。不过我妈妈说，她长得漂亮甜美，约旦对她爱得如痴如醉。于是，老格莱先生就把牧场给了约旦，约旦就在牧场后面建了一个小屋子，两人在这里生活了四年。海斯特几乎从不出门，很少有人见过她，不过林德太太和我妈妈见到过她。约旦为海斯特建造了这座花园，海斯特为之深深着迷，她的大部分时间待在里面。她不善于操持家务，但在种植花草方面却是一个好手。后来，她生病了。我妈妈说，海斯特在来这里之前就染上肺病了。海斯特一直没有病重到卧床静养，不过身体一天比一天虚弱。约旦不愿让别人来照顾她，事事都由自己一人承担。我妈妈说，约旦像女性一样心思细腻，对人体贴温顺。每天他都给海斯特裹上围巾，把她带到花园里。海斯特躺在长椅上，心情非常愉快。据说，她经常在每天黄昏和清晨的时候，让约旦和她一起下跪祷告，祈愿她能在这花园里平静地咽下最后一口气。她的祷告应验了。一天，约旦带她走出屋子，来到长椅上，摘下所有开放的玫瑰花，堆满她的怀抱，海斯特微笑着望着约旦……然后闭上了眼睛……就这样安详地走了。"戴安娜低声说。

"噢，多么感人的爱情故事！"安妮叹息着，抹去脸上的泪水。

"约旦后来怎么样了？"普里西拉问。

"海斯特去世后，他变卖了牧场，又回到了波士顿。雅贝兹·斯劳尼先生买下了这块牧场，把那座小房子搬迁到了大路外边。十年后，约旦去世了，他的遗体被带回了家，紧挨着海斯特坟墓安葬下来。"

"我真无法理解，为什么海斯特想回到这里居住，远离其他的人和事呢？"简说。

"哦，我想我能明白其中的原因。"安妮若有所思地说，"尽管我不希望自己的生活一成不变，哪怕我喜欢田野和森林，我也爱着别人，不过，我还是能理解海斯特的想法。她极度厌倦大城市的喧嚣，来来去去的人群拥挤不堪，彼此之间冷漠无情，没有谁来关心她。她只想逃离那个环境，回到宁静、充满绿意、彼此友善的地方去好好休养。而她得到了她想要的，我觉得，世上很少有人能得偿所愿。她度过了去世前最美好的四年时光，四年里是如此的完美和幸福，所以我觉得，与其说她令人遗憾地去世，还不如说她幸福得让人羡慕。你最亲爱的人对着你微笑，闭上眼睛，在玫瑰花中沉睡过去，不再醒来……噢，这是多么美好啊！"

"那边的樱桃树也是海斯特种的。"戴安娜说，"她曾对我妈妈说过，等到吃樱桃的时候，她大概已经不在人世了，可她希望的是，在她去世后，她亲手种下的树还继续活着，为世界增添一分美丽。"

"我真的很高兴，我们幸好选择了走这条路。"安妮眼睛闪着亮光，"你们知道，今天是我被玛莉拉收养的纪念日，这个花园和关于它的故事，是老天送给我的最好的礼物。戴安娜，你妈妈有没有告诉你，海斯特·格莱看起来怎么样？"

"没有……她只是说海斯特很漂亮。"

"这样再好不过了，因为我可以尽情地想象她的容貌，而不用受事实的约束。我觉得她是个纤瘦娇小的女人，有着柔软乌黑的鬈发，棕色的大眼睛透着甜美温顺，苍白的脸上流露出无限的眷恋。"

女孩子们把食品篮放在海斯特的花园里，在这里度过了整个下午。她们沿着树林和田野散步，探索这里的每一条小路和每一个美丽的角落。当她们感到饥饿时，就选择一个最漂亮的地方享用午餐，在陡峭的河堤下，溪水潺潺流过，白桦树发出了嫩绿的新叶。女孩子们坐在露出地面的树根上，分享了安妮的精美食品。新鲜的空气和有趣的户外探寻激起了她们的食欲，就连平淡无奇的三明治丝吃起来都是那么香甜可口。安妮为她的客人准备了茶杯和柠檬汁，而她自己拿起一块白桦树皮当作过时的茶杯，从冰凉的河水中掬水来喝。这个"茶杯"一直在漏水。水喝起来带着春泥的气息，好像河水最适合在春季饮用。安妮觉得，在这个氛围下更适合喝河水，而不是柠檬汁。

"看！你们看到那首诗没有？"安妮突然手指着前面，大声说道。

"在哪儿？"简和戴安娜睁大眼睛看，以为能在白桦树上看到古老的诗文。

"在那儿……在小河底，那根布满青苔的高龄圆木，流水从它身边潺潺而过，激起了一圈圈涟漪，仿佛是一把梳子。一束阳光斜射进河底，比池塘的水更为清澈。噢，这是我见过的最美的诗句。"

"我觉得把它叫作一幅画更合适。"简说，"诗是分行的，还要有韵律。"

"噢，亲爱的，不是这样的。"安妮坚定地摇着头，头上柔软的野生樱桃花环也跟着摇晃，"诗的行节只不过是诗的外在形式，就像你身上的装饰花边，那本身不是诗，简。真正的诗行中所蕴含的是灵魂，最美的景色是无法用文字表达出来的灵魂。一个人不可能每天都看到这样的灵魂，就算诗的灵魂也很难看到。"

"我弄不懂，什么是灵魂？一个人的灵魂……像什么样子？"普里西拉梦吃般说道。

"我想应该就像那样吧。"安妮指着从白桦树中投射下来的一束阳光，说，"单就外形和特征而言，灵魂应该是这个样子吧。我喜欢把灵魂想象成是由光组成的。有些像是由玫瑰色斑点透射下来，有些像海上月光般轻柔闪亮，有些像破晓的晨雾一样暗淡通透。"

"我曾经在一本书上读到过，说灵魂像花儿一样。"普里西拉说。

"那你的灵魂就是金色的水仙花。"安妮说，"戴安娜的灵魂是鲜红的玫瑰，简的是粉色的苹果花，健康而香甜。"

"那你自己的灵魂就是紫罗兰，外边是白色的，但心却是紫色的。"普里西拉总结说。

简悄悄对戴安娜说，她真不懂她们在讨论些什么，她还好奇地问戴安娜懂不懂。

女孩子们沐浴着宁静的金色夕阳，踏上归途。她们的篮子里装满了海斯特花园里的水仙花，安妮准备第二天带一些水仙花去墓地，献到海斯特的坟墓上。音乐家知更鸟正在冷杉树上婉转低吟，青蛙也在沼泽中放声高唱。小山旁边的小池塘溢满了黄宝石和绿翡翠般的光芒。

"我们今天过得真是太美妙啦！"戴安娜说，好像出发前她根本没有预料到会有这样美好的旅程。

"今天实在是太愉快了。"普里西拉感叹道。

"我很惊奇地发现，我由衷地喜欢这片森林。"简说。

安妮什么也没有说。她正眺望着西边的天空，津津有味地回味着海斯特·格莱的故事。

危险解除了

　　星期五的傍晚，安妮从邮局正往家走，路上遇见了林德太太。林德太太总是被教会和镇上的一堆琐事缠得脱不开身，所以一遇到熟人就免不了唠叨一番。

　　"我刚去了趟迪摩希·科顿家，想看看他能否让艾丽丝·路易斯过来帮我一些时日。"她说，"我上个星期就想请她过来，虽然这个女孩子反应慢了点儿，可总比一个人忙碌要好点儿。可是她又生病了，来不了了。迪摩希也坐在那儿，拼命咳嗽，只会不停地抱怨。十年前大家就认为他快要死了，我看他这个模样，再过十年也死不了。这种人整天病恹恹的，可要真死却很难。他根本不会去花点儿心思，做一点儿像样的事出来。他们的家也弄得乱糟糟的，他们的人生会走到哪一步我不知道，或许只有老天知道。"

　　林德太太使劲地叹着气，好像她觉得这个问题老天都不一定弄得清楚。

　　"听说玛莉拉在星期四又要去检查一下眼睛，是不是这样？医生们怎么说？"林德太太说话像连珠炮一样快。

　　"医生很乐观。"安妮高兴地说，"他说，眼睛恢复得很好，他认为不用再担心失明的问题了。不过他又强调，以后不能看太多的书，也不能再做很精细的手工活。你们的教会义卖会准备得怎么样了？"

教会的妇女援助会正筹备举办义卖会，并且要提供晚餐，林德太太是主要负责人，为这个活动打前锋。

"进行得相当顺利。你这一问倒提醒我了，艾伦太太提议说，应该架设一个小售货摊，装饰成古时候厨房的样子，专门提供烘豆、油炸面圈饼、馅饼等食品。我们到处收集旧式厨房的装饰物件。西蒙·弗雷奇太太准备带我们去她妈妈家，借用她家的镶边地毯。李维·鲍尔特太太借来一些古董椅子，玛丽·萧婶婶愿意把她那个带玻璃门的碗柜借给我们。我想玛莉拉也会把她的黄铜烛台借出来吧？我们还想尽量多找老式碗碟。艾伦太太尤其希望有个正宗的蓝柳陶盘，要是我们能找到一个就太好了。可是没有看到哪家有。你知道谁家有这种陶盘吗？"

"戴安娜的约瑟芬·巴里姑妈家里就有一个。我马上给她写信，问她是否愿意借给我们。"安妮说。

"太好了，但愿你能借到。这个晚餐将在两个星期后举行。亚伯·安德鲁斯老叔预告说，到时会下雨，可能是暴风雨。这真是个好征兆，预示着我们将会遇上好天气啦。"

她口中的"亚伯·安德鲁斯老叔"这里可以提及一下。他在家乡人眼中是最不受人尊重的预言家。事实上，他被认为是这里百讲不厌的笑柄，因为他的天气预言从来没有准确过。当地常自诩为才子的以利沙·莱特先生曾经说过，只要是安维利的居民，从来没有谁去读《夏洛特敦日报》的天气预报，用不着，他们只需要问问亚伯老叔明天是什么天气，那么就能准确地预知明天的

133.

天气与亚伯老叔说的正好相反。不过亚伯老叔一点儿也不气馁，仍然致力于预言工作。

"我想在选举前结束义卖会，"林德太太滔滔不绝地说，"因为候选人肯定会来，而且愿意掏钱购买。保守党人在到处贿选，所以这是给他们的一次很好的机会，能诚实地花掉他们的钱。"

马修是保守党人，安妮出于对马修的忠诚，所以也是个狂热的保守党支持者。不过她没对林德太太说什么，她很明智，她知道只要回应上几句，就会激起林德太太关于政治方面的长篇大论。

安妮在邮局取回玛莉拉的一封信，邮戳是英属哥伦比亚的一个小镇。当她回到家，很激动地对玛莉拉说："这说不定是这对双胞胎的舅舅写来的，噢，玛莉拉，我很想知道他会对孩子的事说些什么。"

"最好的方式就是把信打开，看看写了什么。"玛莉拉直截了当地说。安妮觉得她应该也会很激动，可是她非常平静，至少从表面上看是这样的。

安妮撕开信封，迅速浏览了一遍内容。信写得极不工整，字迹潦草。

"他说，今年春天他没法照顾这对孩子……他冬天得了重病，婚期也被推迟了。他问我们能否再照顾这对孩子到今年秋天，到时候再来接孩子过去。我们当然愿意啦，对吧，玛莉拉？"

"除此之外，我也找不到更好的办法了。"玛莉拉装出很生气的样子，其实心里在暗自庆幸，"不管怎样，他们不像刚来时那样尽惹麻烦了，也或许是我们已经习惯了他们。戴维的进步挺大的。"

"他的行为确实进步不小。"安妮说得很保守，好像不准备对他的品行给予更多的评价。

安妮前天晚上从学校回家，玛莉拉出门参加援助会活动了，朵拉在厨房的沙发上睡着了，而戴维正躲在起居室的壁橱里，大口大口地偷吃着一个罐子里的东西，原来那是玛莉拉最拿手的黄梅果酱——戴维把它叫作"客人的果酱"——玛莉拉一直禁止他碰这个果酱。安妮把看起来羞愧万分的戴维一把抓住，从壁橱里拖出来。

"戴维·凯西，你应该知道，偷吃果酱是不对的吧？不是警告过你，不要乱动壁橱里的任何东西吗？"

"是的，我知道这样不对，"戴维不安地承认说，"可是黄梅果酱真是太好吃了，安妮。我只是想偷偷看一下壁橱里的东西，可果酱越看越好看，就想只尝一点点，我把手指伸进去……"安妮这时哼了一声，"……然后把指头上的果酱舔干净。没想到果酱这么好吃，所以就忍不住拿了一个汤勺，一直挖下去。"

安妮对他严厉教育了一番，让他知道偷黄梅果酱是罪恶的行为。戴维唯唯诺诺，意识到自己做错了，而且还答应以后决不再犯，还后悔地吻着安妮。

"反正天堂里会有很多果酱的，想想都很舒服。"戴维很满足地说。

安妮和善地对他笑了。"天堂里可能有吧，他们想要什么都会有的，"她说，"可是你怎么想到了天堂呢？"

"哦，在《教义问答》中这样说的。"戴维说。

"噢，不对吧，《教义问答》中怎么会有这种内容呢，戴维？"

"让我来告诉你。"戴维坚持说，"上个星期天，玛莉拉教我的《教义问答》中就提到过。'为什么我们要爱上帝？'书上说，'上帝给我们做蜜饯（Preserve），救赎我们。'果酱的宗教名字就是蜜饯呀。"

"我要去喝点儿水。"安妮急急忙忙地说。然后她躲到一边去哈哈大笑起来。过了好一阵子才回来，慢慢给戴维解释说，《教义问答》上确实是这么说的，可Preserve这个词有很多不同的意思，在这里不是指"蜜饯"，而是"庇护"的意思。可要让戴维弄清楚，实在是费力又费时的事情。

"哦，如果上帝真的做蜜饯的话，那就太好啦。"戴维感到很失望，长长地叹息一声，"另外，我还有一点儿没弄明白，要是像圣歌里唱的那样，天堂每天都是安息日的话，上帝一定忙得抽不出时间做果酱。我不想去天堂，因为天堂都是星期天，没有星期六，对不对？"

"怎么没有呢？有星期六，还有其他各种美好的日子。在天堂里会一天比一天美好，戴维。"安妮向戴维保证道，幸好玛莉拉不在这里，否则听到这样的话会气得发抖。对于玛莉拉来说，教育这对双胞胎，用传统神学的方法是最好的，一切都是毋庸置疑的，那理所当然要禁止幻想性的推测。戴维和朵拉每个星期天都要学习圣歌、《教义问答》，以及两章《圣经》。朵拉表现很乖巧，背诵章节时就像一部小小的机器，内容丝毫不差，也许对她而言，天生就善于理解，或者是对这些内容很感兴趣。而戴维完全相反，对什么都充满无尽的好奇，频频发问，让玛莉拉感觉真是活受罪。

"切斯特·斯劳尼说过，我们到了天堂，什么也不用做，每天只是穿着白袍子走来走去，要么就是弹竖琴，他说他不想去天堂，除非他很老了，才不得不去天堂。他觉得还有其他更有趣的事情可以做。他非常不喜欢穿白袍子，我也不喜欢。为什么男天使都不穿裤子呢，安妮？切斯特·斯劳尼对这个问题很感兴趣，因为他们家的人想把他培养成为一个牧师。他奶奶准备了一大笔钱供他将来读大学用，可毕业后他必须当牧师，否则就得不到这笔钱。他奶奶希望他们家能出一个牧师，那真是无上的荣耀。切斯特说他并不讨厌当牧师——他其实最想当铁匠——只是想在当牧师前一定要把所有好玩儿的东西玩儿个遍。因为等以后当牧师了，就只能老老实实地待在教堂里了。我不想当牧师，我想当商店老板，就像布莱尔先生那样，每天守着一堆堆糖果和香蕉。要是你所说的那种天堂里，人们允许我吹口琴，而不用弹竖琴，那我还是愿意去天堂。你觉得他们会允许我这样吗？"

"会的。只要你愿意，他们都会同意的。"安妮说着，也尽量让自己相信天堂就是这样的。

乡村促进会有重要的事情需要商讨，准备晚上在哈蒙·安德鲁斯家聚会，要求全体成员必须参加。乡村促进会各方面运转良好，并且取得了丰硕的成果。在初春时节，马乔·斯宾塞先生遵守自己的诺言，把农场前面沿路的树桩都清理干净，把地面弄得十分平整，而且还种上了草皮。很多人不甘落后，纷纷行动起来，他们不想让斯宾塞先生抢尽风头，暗自下决心一定要比他做得更漂亮。促进会的成员也发动家里人行动起来，小镇很快就发生了很大的变化。原来有一片杂木丛生的灌木丛，现在变成了天鹅绒般的光滑草坪。相形之下，农场显得就有些格格不入，这使得农场主人们感到十分羞愧，决心好好打理一番，在下一个春天到来时让大家看到一个漂亮美丽的农场。大路交会的三角地带也被清理干净，播下了种子。那块地的中央是安妮种的天竺葵，没有受到任何贪嘴的奶牛的糟蹋，已经长得郁郁葱葱了。

总而言之，促进会的成员认为，大家都希望这里越来越美丽，但李维·鲍尔特先生不这么想。促进会派出一些精兵强将，他们用各种方法十分巧妙地接近李维·鲍尔特先生，晓之以情，动之以理，磨破嘴皮反复劝说他拆除掉农场上的那座老屋，结果却被李维·鲍尔特先生直接拒绝了，他告诉这些成员，别再为这事来打搅他的生活了。

在晚上的这个特别会议上，促进会打算向学校董事会提交一个请愿书，诚挚希望在学校周围搭建一个围墙。他们也讨论另外一个问题，如果协会的资金还充足的话，能否在教堂周围种植些观赏性的树木。正如安妮所说，必须由促进会出这笔经费，因为只要会堂的颜色还是蓝色，大家是不会再捐助协会的。

促进会成员都按时在安德鲁斯家的起居室集中。对于计划教堂四周种植观赏性树木并调查树木价格一事，协会推选简担任此事的负责委员。这时格蒂·派伊才姗姗而来，梳着贵妇人的发式，全身上下都精心装饰了一番。格蒂·派伊一向就有迟到的习惯，看不惯她这种做派的人背后讽刺她说："她是故意迟到的，这是为了让她的出场更有轰动效应！"格蒂这次来到这里，确实让人印象深刻，她走到起居室中央，戏剧性地停下来，高举双手，环视到会的每一个人，然后宣布说："我刚刚听到了一件令人震惊的消息。你们猜是什么事？贾德森·帕克先生准备把他农场靠近大路边的所有围墙出租给一个有专利的制药公司，准备在上面涂写公司广告。"

格蒂·派伊有史以来制造出了她所想到的轰动效应。这消息犹如在这群原本很得意的成员当中投下一枚炸弹，起居室里顿时炸开了锅。

"这肯定不是真的！"安妮很茫然地说，大脑一片空白。

"你不知道，我刚听到这个消息时也是这么说的。"格蒂享受着知情人的快感，得意地说，"我当时也说这不是真的，我觉得贾德森·帕克先生不是这么狠心的人。可今天下午我父亲遇到了他，问他是不是真的，他亲口证实了。你们想想，他的农场正对着纽布瑞切镇的大路，如果沿着围墙都涂上药丸和膏药广告，那该有多难看啊，你们难道不知道？"

成员们都知道这一点，就算是最没有想象力的人，也能明白那将是什么样的景象。将近一公里的围墙上都是这种大煞风景的广告，那真是奇丑无比啊。出现了这个新的威胁，弄得大家都没有心思讨论教堂植树和学校围墙的事了。大家把会议规定和章程都抛到九霄云外，一个个群情激昂、七嘴八舌、争先恐后地发表个人意见，安妮试图认真做好记录，但没坚持几分钟就放弃了，她根本听不清楚别人在说些什么。

"噢，我们冷静一点儿！"安妮虽然是最激动的人，但她恳请大家冷静下来，"我们要想办法阻止他这么干。"

"我不知道你用什么办法去阻止他。"简生气地喊道，"大家都知道贾德森·帕克是个什么样的人。他的眼里只剩下钱，为了钱什么事都干得出来，他没有丝毫的公德心或者一点点儿的美德。"

这事办起来有些棘手。贾德森·帕克在安维利镇唯一的亲人是他姐姐，没办法通过家人关系去影响他。他姐姐玛莎·帕克是个通情达理的人，可她并不认同年轻人的很多做法，尤其对促进会成员看不顺眼。贾德森是个和和气气的人，言辞流利，性情温和，可让人奇怪的是，拥有如此好品质的人却没什么朋友。也许他太专注于做商品交易，而很少看重公众关系，大家都认为他"狡猾"，一致认为他"没有个人操守"。

"贾德森自己说过，只要是有利可图的事情，哪怕是只挣一分钱，他也不会白白放过这种机会。"弗雷德·莱特说。

"难道就没有人能影响他的打算吗？"安妮都快绝望了。

"他常去白沙镇看望路易莎·斯宾塞，"卡丽·斯劳尼建议说，"也许她能劝劝贾德森，让他别把围墙出租出去。"

"她不会这么做的，"吉尔伯特强调说，"我很了解路易莎·斯宾塞。她不喜欢我们的乡村促进会，她只喜欢钱。她只可能怂恿贾德森这么干，而不会劝他放弃。"

"那只剩下一个解决办法，就是推选一位委员去登门拜访，向他提出抗议。"朱丽叶·贝尔说，"你们最好选派一个女孩子去，他不会对男孩子客气的……不过我去不了，大家不要推选我。"

"最好让安妮一个人去吧，"奥利弗·斯劳尼说，"她是最合适的人选，她能劝服贾德森的。"

安妮接下了这个任务。她愿意去和贾德森谈，不过她需要有人来做她的"精神支柱"，因此戴安娜和简接受委派，为安妮提供精神方面的支持。大家很快就散会了，起居室里一片嗡嗡声，就像一群愤怒的蜜蜂。

安妮对这事感到很焦虑，一宿都没睡着，直到天快亮时才小睡了一会儿。她梦见董事会已经在学校周围建起了围墙，上面写满了"请服用紫药丸"的字样。

第二天下午，被推选出来的促进会成员拜访了贾德森·帕克。安妮使出浑身解数，劝说贾德森放弃他那糟糕的计划，戴安娜和简勇敢地在精神上为安妮提供支持。贾德森真是太精明了，他表面上彬彬有礼，让人感到愉悦和轻松，不动声色地转移话题，几次赞叹她们如同向日葵一样美丽，让人觉得他拒绝了如此迷人的少女的请求而感到非常愧疚……但是商场如战场，在关键问题上他寸步不让，谈话陷入僵局。

"我只能说，这事必须要做。"贾德森说，眨巴着明亮的眼睛，"不过我会告诉经销商，广告必须使用美丽大方的颜色，比如红色、黄色等等。我会叮嘱他们，无论如何不能使用蓝色。"

促进会成员们感到精疲力竭，她们被打败了。不过她们还是心有不甘，不愿彻底认输。

"我们已经竭尽全力了，剩下的事情交给上帝来裁决吧。"简说道，无意中把林德太太的腔调模仿得惟妙惟肖。

"我想，我们能不能请艾伦先生来劝劝他？"戴安娜思考着说。

安妮摇了摇头。

"不用，没必要麻烦艾伦先生，何况现在他家的孩子还生着重病呢。就算艾伦先生去和他谈，贾德森也会像对付我们一样把他敷衍过去。贾德森现在很有规律地上教堂，只是因为路易莎的父亲是教会的长老，而这位长老对这类事情要求十分苛刻，所以贾德森不得不去。"

"连自家的围墙都梦想着租出去赚钱，我看在安维利镇除了贾德森·帕克外，再也找不出第二个这样的人了。"安妮十分愤慨地说，"就算李维·鲍尔特或者洛伦索·怀特这类小气鬼，也绝不会自贬身份去做这种事。他们起码会尊重公众意见的。"

这件事很快就在安维利流传开来，大家都很鄙视贾德森的这种做法，可是这于事无补，贾德森对公众意见嗤之以鼻。促进会的成员只能尽力说服自己接受现实，眼巴巴地看着去纽布瑞切镇这一道最漂亮的风景线，即将被乌七八糟的广告弄得面目全非。

但是，在随后的一次促进会会议上，安妮应会长的要求向成员报告交涉情况时，她给大家公布了一条最新消息，贾德森·帕克先生委托她转告促进会，他不准备把他家的围墙出租给制药公司了。

简和戴安娜惊得目瞪口呆，她们几乎不敢相信自己的耳朵，怀疑自己是听错了。而会议有规定的礼节，所有成员都严格遵守，不允许当场好奇地打听缘由。所以在中途休会的时候，安妮被大家团团围住，希望她能解释清楚。安妮也不大清楚具体原因，她说，昨天傍晚，贾德森·帕克在路上追到她，告诉她说，既然大家对制药公司广告意见很大，他决定听从促进会的建议。这些就是安妮所知道的全部内容，不管怎样，这是贾德森亲口说的一个事实。不过在回家路上，简·安德鲁斯私下对奥利弗·斯劳尼说，她坚信，就在安妮·雪莉所披露的消息背后，一定另有蹊跷，没想到果然被简说中。

昨天傍晚，安妮去海岸路边拜访了艾文老太太，回来时她抄了一条小路。这条路先穿过一片低洼的海滩，然后穿过罗伯特·迪克森家下边的山毛榉树林，再经过"阳光水湖"上边的一条小路转到大路上来，没有想象力的人把这个水湖叫作"巴里池塘"。

就在小路转到大路的入口处，安妮看到大路边停了一辆马车，有两个人坐在车中交谈。一个人是贾德森·帕克，另一个人是纽布瑞切镇的杰里·科克朗。林德太太很看不惯这个杰里·科克朗，她会滔滔不绝地对人强调说，这人总是在干些不可告人的勾当。杰里·科克朗是农耕器具的代理商，在政治上也是个家喻户晓的人物，他参与了每次政治活动。加拿大快要大选了，杰里·科克朗连续几周都忙得不亦乐乎，为了他的党派候选人造势，在本郡各处游说。正当安妮经过山毛榉树林时，她听到从树林中传出的谈话声，是杰里·科克朗在说："如果你投票给亚莫斯巴利的话，帕克……嗯，我在春季就能把那副农耙的款项付清。我想你该不会拒绝吧，嗯？"

"好……吧，既然你这样处理，"贾德森慢腾腾地说着，咧嘴笑了，"我觉得我最好也这么做吧。就算在最困难的时候，一个人也必须要弄清楚自己的利益所在啊。"

这时候两个人都看到了安妮，他们的谈话戛然而止。安妮冷冷地点头致意，然后继续朝前走，下巴比平时扬得高一些。没过一会儿，贾德森·帕克驾车追了上来。

"我可以送你一程吗，安妮？"他很友善地询问道。

"谢谢，不用了。"安妮客客气气地说，不过声音里透着难以控制的愤怒，就算贾德森·帕克这种不太敏感的人也感觉到了她的鄙视。他的脸一下子涨得通红，握着缰绳的双手气得颤抖起来，不过他很快恢复了理智，没让怒火爆发出来。他不安地看着安妮，而安妮根本不理会他，目不斜视，只是一直往前走。刚才科克朗明白无误的交易条件，还有自己直截了当的接受，这一切难道都被安妮听到了？该死的科克朗！这种事情怎么能说得那么直白呢？况且又是在大路边，说得又这么大声。这个红头发的安妮也真该死！她老是习惯在树林里出没，他们根本没有想到树林里有人。贾德森·帕克以小人之心度君子之腹，猜想要是安妮听到了他们的谈话，在本郡四处宣扬，越传越远，那就糟糕了。现在，贾德森·帕克想到这里，就不能再忽视公众意见了。要是大家都知道他是接受了贿赂的人，那后果将不堪设想。如果这话传到了伊莎克·斯宾塞耳朵里，那么他想娶到路易莎·简的如意算盘就会彻底泡汤。路易莎是一片农场的女继承人，他知道，斯宾塞太太本来对他就有些成见，在这节骨眼上，他可不能再出什么岔子，最后落得人财两空啊。

"嗯……安妮，你们前几天和我讨论的事情，我正想和你谈谈。我已经决定不把围墙出租给制药公司了。有你们这种远大目标的协会，应该好好支持鼓励才对。"

安妮冷冷的心这才稍微融化了一点儿。

"谢谢。"她说。

"还有……嗯……请你不要把我和杰里刚才的谈话说出去。"

"我从来没有想过要把这件事说出去。"安妮冷冰冰地说。安妮觉得，宁可让安维利全镇都涂满乱七八糟的广告，也不愿意自贬身份同这种出卖投票权的人打交道。

"那就好……那就好。"贾德森赞同道，心里还以为他们之间达成了一致的共识，"我想，你一定不会到处给别人讲的。当然，我只是在敷衍杰里……他自以为自己很聪明，想用这种方法来拉拢我，可我对亚莫斯巴利一点儿也不感兴趣，不会投票给他的。我会一如既往地投票给格兰特……选举结果出来后你就明白了。我只是表面答应他，其实是探探他的虚实。围墙的问题已经解决啦……你可以告诉促进会的成员们，请他们放心好啦。"

这天晚上，安妮回到绿山墙东屋，对着镜子中的影子自言自语道："我经常听人说，世界是由各种各样的人组成的，我倒希望某些人最好从世界上消失。我不会随便向人提及这件无耻的事，所以我还是对得起我的良心。围墙广告的事情是解决了，可我真不知道该感谢谁，我什么也没有做，就把事情改变了。我很难理解，上帝造出像贾德森·帕克和杰里·科克朗这种政客有什么用呢？"

假期开始啦

　　寂静的黄昏，操场四周的云杉树在风中唱歌，树林边的阴影懒洋洋地拉得幽长。安妮锁上了学校的大门，把钥匙放进口袋里，放心地舒了口气。这一学年终于结束了，学校董事会聘请她担任下一学年的老师，还说了很多满意的话——只有哈蒙·安德鲁斯对她说，她的教鞭该使用勤点儿——接下来，理所应当的是假期，两个月无拘无束的假期正急切地等待着她呢！安妮提着一篮鲜花走下小山时，感觉到周围的世界和自己的内心都是一片宁静。自从第一朵山楂花开放以来，安妮每个星期都来马修的坟上拜祭，从不间断。除了玛莉拉，安维利镇上所有的人都慢慢淡忘了这个沉默、羞怯和平凡的马修·卡斯伯特，可安妮对他的怀念并没有丝毫的褪色。在受饥挨饿的童年时代，她是多么渴望得到别人的关爱，正是这位善良的老人，让她第一次拥有了亲人般的关爱，感受到了家的温暖，她又怎能把他忘记了呢？她会把他永远铭记在心！

　　就在小山脚下，一个小男孩正坐在云杉树荫下的围栏上。他的眼睛大大的，充满了梦幻般的光芒，小脸很漂亮，看得出他的感情十分细腻。他跳下围栏，来到安妮身边。虽然嘴角挂着微

146.

笑，但面颊上还留有泪痕。

"我想我该等等你，老师，我知道你要到墓地去。"他一边说，一边把手递进安妮的手里，"我也要去那里，我要替奶奶把这束天竺葵放到艾文爷爷的坟上去。你看，老师，我要把这束白玫瑰放在爷爷的坟墓旁边，纪念我的妈妈……因为我不能到她的坟上去献花。你觉得她也在天堂吗？"

"是的，我保证，保罗。"

"老师，我的妈妈去世已经三年。时间已经很久很久了，可是我觉得好像就在昨天发生似的，心里还是很难受，和以前一样怀念她。有时候觉得太痛苦，我觉得自己再也无法忍受下去了。"

保罗声音发颤，嘴唇抖个不停。他低头看着手中的玫瑰，不想让老师注意到他眼中噙着的泪水。

"不过，"安妮很轻柔地说，"你并不想摆脱痛苦……就算你不再痛苦，你也不想忘记你的妈妈。"

"是的，确实是这样，我不想摆脱痛苦……这正是我真实的感觉。你太理解我了，老师。没有谁能理解得这么深，连奶奶也不会，哪怕她对我这么好。爸爸倒是很理解我，可是我不能对他多谈妈妈，提起妈妈会让他难过的。每当他用手捂着脸，我就知道我该停下来，不能再说了。可怜的爸爸，我没有跟他住在一起，他一定很孤独。可你知道，他现在身边只有一个管家，他认为管家是不适合抚养小孩的，而且爸爸还经常离家外出经商。奶奶对我很好，是除妈妈以外对我最好的人了。等我长大了，总有一天，我要回到爸爸身边去，永远不再和他分离。"

安妮听保罗谈了很多关于他妈妈和爸爸的事情，她觉得自己好像对他们很熟悉了。她想，保罗的性格和气质一定像他的妈妈。她还得出一个结论，保罗的爸爸斯蒂芬·艾文是个很内敛的人，性情温柔，情感深沉细腻，他把一切都深深地埋进心底，不让外人知晓。

"爸爸不容易被人理解。"有一次保罗说过，"在我妈妈去世前，我一直没有真正理解他。不过当你熟悉他以后，你就会知道他是多么了不起。在这个世界上，他是我最爱的人，然后是艾文奶奶，接下来是你，老师。因为奶奶为我做了那么多事情，我有责任爱她，否则，我会将你排在第二位的。你要谅解我，老师。不过，我对奶奶有点儿不满意，就是每天晚上奶奶给我盖好被子，没等我睡着就把灯拿走，她说这样我才不会变成一个胆小鬼，其实我不是害怕，只是希望有盏灯陪着我会舒服些。我妈妈以前总是坐在我身边，握着我的手，直到我进入梦乡。我想她非常地溺爱我。做妈妈的都是这样的，你是知道的。"

可是安妮不知道，虽然她可以想象得出，却没有亲身感受过。她难过地想起自己的妈妈，她一定也是非常漂亮的，可她很早就去世了，埋葬在遥远的地方，旁边是她孩子气的丈夫，他们的坟墓无人拜祭。安妮已经想不起妈妈的模样了，因此她倒是羡慕起保罗来。

当他们沐浴着六月的阳光，走上红色山丘时，保罗说："下个星期就是我的生日，爸爸写信说要送我一件我最喜欢的礼物。我相信礼物已经寄到了，因为奶奶把从来不上锁的书橱抽屉锁上了，让我不要去碰，我问她为什么，她只是神秘地看着我说，小孩子不要太好奇。过生日真的让人很兴奋，对吧？我马上就满十一岁了，你仅看我的长相是想象不到的，是吗？奶奶说，我看起来个头很小，是因为我没有乖乖吃麦片粥。我总是在使劲吃，可奶奶给我的麦片粥实在是太多了……我告诉你，奶奶在这方面从不吝啬。老师，你那天和我谈了在家要祷告的事，你说当我们处在困境中时应该祷告，从那以后我每天晚上都在祷告，祈求上帝保佑我，让我能把早上所有的麦片粥都吃完，可我从来没有吃完过。这到底是因为我要求太过分，还是因为心里不够虔诚，我也不清楚。奶奶说，爸爸就是吃麦片粥长大的，看来在这个问题上，奶奶的方法很有效，你应该看看我爸爸，长得可壮实了。可是，有时候，"保罗叹了口气，沉思着总结说，"我真的觉得麦片粥让我难受死了。"

安妮趁保罗没看她时偷偷笑了。安维利所有的人都知道，艾文老太太是按照良好的、传统的食谱和道德观抚养孙子的。

"让我们共同祈祷这种事情不要再发生了，亲爱的。"安妮欢快地说，"你的石头人现在过得怎么样了？那个年长的双胞胎水手现在还很守规矩吗？"

"他不得不这样呀。"保罗精神振奋起来，"他很清楚，要是他做坏事，我就会不理他，拒绝和他做朋友。他真的很害怕，我想。"

"你的好朋友诺拉后来发现金色小姐的事了吗？"

"没有。但是我猜她已经起疑心了。我最近一次去洞窟的时候，我敢肯定她在跟踪我。我并不在乎她是否发现……我只是为她着想，害怕她的感情受到伤害。可是，如果她决定要让自己的感情受到伤害，那我也无能为力。"

"如果哪个晚上我和你一起去海滩，你认为我能看到你的石头人吗？"

保罗严肃地摇摇头。

"不，我想你看不到我的石头人，我是唯一能看到他们的人。不过，你能够看见你自己的石头人，你也是那种能看到石头人的人。我们俩都有这种天赋，老师。"他友好地紧握着安妮的手，继续说，"能有这种天赋是非同寻常的，对不对？"

"的确是非同寻常。"安妮表示赞同。她低下头，灰色的眼眸和保罗那蓝色的眼眸对视着，他们都知道，当想象的大门向他们开启时，想象的王国是多么辉煌！他们都知道通往这片乐园的道路，在这条道路上，漫山遍野玫瑰盛开，永不凋谢，永远没有阴霾笼罩，天空万里无云，阳光明媚，欢乐的歌声穿破云霄，人人彼此心灵相通。这块宝地的位置，在"太阳之东，月亮之西"。这是无价之宝，在任何交易市场都买不到。在某个人诞生的时候，善良的精灵把这块瑰宝当作礼物送给一个幸运的婴儿，拥有了这块珠宝，他就可以展开金色的翅膀，在想象的王国里自由翱翔。这个王国永远不会损毁，永远不会消失。一个人只要拥有了它，哪怕是住在阁楼里，也远比住在宫殿里的人要幸福千万倍。

安维利的公墓在一块杂草丛生的僻静处，和它相伴的总是孤独和寂静。不过促进会的成员已经注意到它了，普里西拉·格兰特在上次协会开会前宣读了一篇关于公墓的文章。会员们打算在将来的某一天拆掉长满地衣、参差不齐的旧木板栅栏，重新装上整齐的金属围栏，拔除杂草，把东倒西歪的墓碑一一扶正。

安妮把花轻轻放在马修的坟墓上，然后走到一块杨树隐蔽的角落，海斯特·格莱就长眠在这里。自从春天那次野餐过后，安妮每次来看马修的坟墓时，都会在头天傍晚，像一个朝圣者一样，到树林深处那个荒废的小花园去一趟，从那里摘一些海斯特亲手种的白玫瑰带到她的坟墓来。

"我想，你会更喜欢这些你亲手种植的花儿，亲爱的。"她轻轻地说。

安妮在那儿静静地坐了一会儿，看到草地上投下一个身影，她抬头看，原来是艾伦太太。于是她们一起朝回走。

艾伦太太五年前嫁给牧师后，两人一起来到安维利，当年是年轻美貌的新娘，如今却有了不少变化。五年前脸上艳如桃花的红晕消失了，充满朝气的光滑线条也看不到了。眼角和嘴角出现了不易察觉的细微皱纹。公墓中一个小小的坟墓能解释这些变化的原因，那里埋着她的长子。而近来病魔又缠上了她的小儿子，欢声笑语已成为过去，她的脸上又增添了不少皱纹。不过，艾伦太太的笑靥甜美如故，她的眼神依旧明亮清澈，充满真诚，脸庞虽然没有了少女般的美丽，但却增添了柔情和坚忍。

她们离开墓地时，艾伦太太问："我想你一直在盼望着这个假期吧，安妮？"

安妮点点头。

"是的。假期这个词好像是香甜可口的美食，可以放在嘴里细细品尝。我想这个夏天一定会很愉快。首先，摩根太太六月份会到岛上来，普里西拉准备陪伴她，一想到这件事，我就激动不已。"

"希望你假期愉快，安妮。过去的一年你工作十分努力，干得相当出色。"

"噢，不敢这么说。从去年秋天开始教书以来，我计划要做很多事情，结果有很多事情都没有做好，跟我的理想相距甚远。"

"没有谁能完全实现自己的理想，"艾伦太太叹了口气说，"可是，安妮，你知道诗人洛维尔说过，'失败不可耻，但没有理想就是罪恶'。我们必须要有理想，为了实现它而不懈奋斗，即使永远不能成功，我们也问心无愧。没有理想的生活如同行尸走肉，有了理想，人生会变得庄严伟大。坚持你的理想吧，安妮。"

"我会努力的。可是我放弃了我的很多理论。"安妮微微笑了一下，说道，"当我刚开始教书时，我的理论是最动听的，你甚至也听说过吧，可是一旦到了紧要关头，它们都用不上了。"

"包括体罚的理论。"艾伦太太开玩笑说。

安妮的脸红了，她说："我鞭打过安东尼，我永远不会原谅自己的行径。"

"不要说这种话，亲爱的。他是罪有应得，你没有给他带来伤害，他还慢慢觉得，你是最好的。他再也不会固执地认为'小姑娘没一个好人'，是你的仁慈赢得了他的敬爱。"

"也许他应该受到惩罚，但这不是问题的关键。如果我觉得他应该接受体罚，谨慎而平静地鞭打他一顿，我就不会像现在这样深感愧疚了。艾伦太太，当时的情况是，我给气昏了头，因此我不顾一切地打了他，我根本就没有想过鞭打他是对还是不对，即使是他不该挨打，我也一样会打他，这才是让我愧疚的真正原因。"

"亲爱的，人非圣贤，孰能无过，过去的就让它过去吧。我们要原谅自己，从中吸取教训，避免在将来的生活中再犯同样的错误。吉尔伯特·布里兹驾车过去了，我想他是回家度假来了。

152.

你和他的学业进展如何？"

"非常好。我们打算今晚学完《维吉尔诗集》——只剩下十二行了——然后等到九月份我们再继续学习。"

"你觉得你以后会上大学吗？"

"嗯，我不知道。"安妮梦幻般地凝视着远方乳白色的地平线，说，"玛莉拉的眼睛没法好起来了，但我们也心怀感激，因为眼睛没有继续恶化下去。还有那对双胞胎，不知道为什么，我总觉得他们的舅舅不会真来把他们接走。也许，就在这条路前面拐弯就到大学了，可我还没有走到拐弯的地方，所以我也没必要去想得太多，这样至少能避免自己产生消极情绪。"

"很好，安妮，我真心希望你能去上大学。如果你上不了大学，也千万不要因此消沉下去。我们不管身在何处，都在努力创造自己的生活，毕竟，大学只能让我们的生活变得轻松一点儿。我们前方的道路是广阔还是狭窄，一切都取决于我们付出了多少努力，而不是我们失去了多少。只要我们懂得敞开胸襟，包容一切，那么，不管在哪里，生活都是丰富多彩的。"

"我明白你的意思。"安妮思索着说，"我知道，我拥有很多值得感谢的事情，太多了——我的工作、保罗·艾文、双胞胎、我所有的朋友们。艾伦太太，你知道吗？我对友谊尤其感激不尽，是它让生活变得如此多彩。"

"真诚的友谊的确对生活大有裨益。"艾伦太太说，"我们应该尊崇它，不能用虚假和伪善去玷污它。我担心那种毫无友情的亲昵亵渎了友谊的名声。"

"不错。就像格蒂·派伊和朱丽叶·贝尔那样。她们表面上亲密无间，形影不离，可格蒂总在背后说朱丽叶的坏话，大家都觉得她是嫉妒朱丽叶，因为只要有人说朱丽叶的不是，她总是一阵狂喜。我觉得如果把这种关系也称为友谊，那真是一种亵渎。我觉得真正的友谊就是彼此在朋友身上寻找最优秀的品质，并且把自己最好的方面贡献给朋友，你觉得呢？友谊应该是世界上最美好的东西。"

"友谊的确很美好，"艾伦太太微笑着说，"可是将来总有一天……"

然后她陡然停住了。站在她身边的是一个娇嫩的女孩子，她脸庞白皙，目光真诚，五官灵秀，浑身透着孩子气，她还远远没有成熟。安妮的内心装满的是对友谊和抱负的幻想，艾伦太太不想洗刷掉她心灵里香甜可爱的光泽。于是她准备把未说完的话留到将来再说。

如愿以偿

安妮正坐在绿山墙厨房里那套光亮的皮面沙发上读一封信时，戴维爬上沙发，对她撒娇道："安妮，我快饿死啦，你不知道吗？"

"我马上给你拿一块黄油面包。"安妮心不在焉地说。很明显这封信中有让她激动不已的消息，因为她的脸颊红得像玫瑰一样，眼睛闪闪发亮，只有安妮的眼睛才有这种独特的光芒。

"可我饿得吃不下黄油面包呀，"戴维很讨厌吃这个，"我要葡萄干蛋糕才能吃饱！"

"噢，"安妮笑了，放下手中的信，双臂搂住戴维，紧紧抱了他一下，"这种饥饿感忍一忍就过去啦，小家伙。你应该记得玛莉拉定下的一条规矩，在两顿正餐之间除了黄油面包外不准吃其他任何东西。"

"嗯，那就给我一块黄油面包好了……请！"

戴维至少学会说"请"了，不过他总是把这个字放在最后，好像是说完了才想起来的。他看着安妮马上给他拿来的厚厚一片黄油面包，高兴得手舞足蹈："你总是在面包上涂很多黄油，安妮。玛莉拉只会摊上很薄一层黄油。多涂点儿黄油，面包就很容

155.

易滑到肚子里去。"

　　面包一眨眼的工夫就消失了，看来这块面包"滑"得真轻松。戴维倒立着滑下沙发，在厚地毯上连翻了两个跟头。然后坐起来，语气坚定地宣布：

　　"安妮，我下定决心，我不想上天堂去。"

　　"为什么？"安妮很严肃地问。

　　"因为天堂在西蒙·弗雷奇的阁楼里，我很讨厌西蒙·弗雷奇。"

　　"天堂在……西蒙·弗雷奇的阁楼里？！"安妮瞠目结舌，惊讶得都笑不出来了，"戴维·凯西，你的小脑袋里怎么装着这么多稀奇古怪的想法？"

　　"米尔迪·鲍尔特说天堂就在那里。上个星期天，我去周日学校，课本正讲到耶和华和以利沙的事情。罗杰逊老师问我们，当耶和华要去天堂时，他给以利沙留下了什么，米尔迪·鲍尔特说：'留下了他的旧衣服。'我们全都笑趴下了。罗杰逊老师气得浑身发抖。不过米尔迪不是故意要冒犯老师，他只是想不起来那个东西的名字，于是随口乱说的。罗杰逊老师说天堂就是上帝住的地方，我站起来问罗杰逊老师，天堂在哪里？罗杰逊老师看起来生气极了。米尔迪轻轻碰我手肘，悄悄对我说：'天堂在西蒙姨父的阁楼里，等回家路上再给你解释。'于是等我们放学回家，他给我解释清楚了。米尔迪有一大堆需要解释的事情。就算他对某个东西什么也不懂，他也可以找出一堆东西说给你听，然后你同样也就明白了。米尔迪的妈妈是西蒙太太的妹妹，当他的表姐简·艾兰死了，他和他妈妈去参加葬礼。牧师说，她已经到天堂去了，可是米尔迪明明看到她正躺在他们面前的棺材里呢，不过他猜他们后来会把棺材抬到阁楼上去。嗯，等葬礼结束后，米尔迪和妈妈到楼上去拿帽子时，他问妈妈，简·艾兰去的天堂在哪里？妈妈指着天花板说：'那里。'米尔迪知道，天花板上面没有其他东西，只有阁楼，于是他就明白了。从那以后，他每次去西蒙姨父家就怕得要死。"

安妮把戴维抱上膝盖，费了很大的劲给他解释，终于让他把混杂在一起的这个概念弄清楚了。安妮比玛莉拉更适合完成这项任务，因为她能清楚地记得，自己的童年也是这样，对一些奇怪的观念有自己独特的理解。一个七岁大的孩子往往总会把这个问题弄得更糟糕，当然，这些问题对成人来说就太简单直白。安妮总算成功地让戴维明白，天堂不在西蒙·弗雷奇家的阁楼上。

这时，玛莉拉和朵拉从菜圃摘豌豆回来。朵拉是个勤快的小家伙，只要允许她用胖乎乎的小手做点儿力所能及的事，为家务活出点儿力，她就变得无比的快活。她喂小鸡、拾木片、擦盘子，为各种各样的杂事跑腿。她干净整洁，诚实可信，敏感仔细，任何一件事情只要对她说一遍，她便牢记在心了，从来不需要别人多费口舌。而戴维完全相反，马马虎虎，粗心大意，可他获得别人怜爱的本事却是与生俱来的，甚至连安妮和玛莉拉都更喜欢他些。

当朵拉愉快地剥着豌豆荚时，戴维用空豆荚做船，他拿火柴棍当桅杆，用纸片做帆，忙得不亦乐乎。安妮向玛莉拉谈起这封信里让人兴奋的消息。

"噢，玛莉拉，你知道吗？我收到普里西拉的来信了，她说摩根太太已经到岛上来了。如果星期四天气不错的话，她们就要驾车来安维利，大概中午十二点就会抵达。下午她们将会和我们待在一起，晚上到白沙旅馆过夜。因为摩根太太的几个美国朋友住在那里等她。噢，玛莉拉，这真是太美妙啦！我简直怀疑自己在做梦呢！"

"我敢说，这个摩根太太跟其他人没什么两样。"玛莉拉干巴巴地说，不过她多少还是感到一点点激动。摩根太太是个名人，她的来访与普通的往来自然不可同日而语："那么她们会留在这里吃午餐，是吧？"

"是的，噢，玛莉拉，能不能让我亲自来准备这顿午餐？能为《玫瑰园》的作者准备午餐，哪怕就只有一顿，也会很奇妙的，我想体会一下这种感受。你不会介意吧，玛莉拉？"

"谢天谢地，我可不喜欢在七月里火热的炉子旁转来转去，有那么多乱七八糟的事情要做，会让我感到厌烦。非常欢迎你来接手这份苦差。"

"噢，谢谢你！"安妮欣喜若狂，好像玛莉拉给了她一个天大的恩惠，"我今天晚上就把菜单定出来。"

有点儿夸张的"菜单"这个词把玛莉拉吓了一跳，她赶紧提醒安妮说："你最好不要搞得花里胡哨的，你要这样做，只会把事情搞砸的。"

"嗯，我不会准备什么'花哨'的东西，你是不是担心我会尽力准备一些节日盛宴上都难得一见的菜品？"安妮保证说，"那样就太做作了。虽然我还不具备十七岁女孩子和学校老师应该具备的明智和稳重，但是我也不至于傻到那种程度。我只不过想把每样菜做得尽量精致可口。小戴维，不要把豌豆荚扔在楼梯口，别人踩上去会滑倒的。我首先要准备一道清汤，你知道我做的奶油葱头汤是很不错的，然后是两只烤鸡，我要拿那两只白公鸡来做，虽然我对它们很有感情，自从灰母鸡孵出了它们两个……两个毛茸茸的小黄球后，这两只白公鸡简直是我的宠物了。不过我知道它们迟早有一天会做出牺牲的，但一定是为了很有价值的事情才能牺牲。可是，唉，玛莉拉，我下不了手呀……即使是为了摩根太太也不行。我只能请约翰·亨利·卡特过来帮忙了。"

"让我来吧，"戴维毛遂自荐，"不过到时需要玛莉拉抓住它们的腿，因为我挪不开手，我的双手要抓紧斧子。看着它们掉了脑袋还蹦蹦跳跳的，一定很好玩儿。"

"然后用豌豆、大豆、牛奶煮马铃薯和莴苣沙拉做餐前蔬菜。"安妮继续说，"正餐后的甜食是牛奶伴柠檬馅饼、咖啡、乳酪和手指甜饼。我明天准备好这些馅饼和甜饼。我那天要穿白色平纹薄纱裙子。摩根太太小说里的女主角总是穿着白色平纹薄纱衣服，我和戴安娜以前就一齐下过决心，如果我们能见到摩根太太，我们也要这样穿。今晚我就得告诉戴安娜，因为她说过到时要带上她。穿上这种衣服，一定是对她最好的称赞，你觉得呢？戴维，亲爱的，别把豌豆荚塞进门缝里！我必须请艾伦夫妇和斯苔丝老师参加正餐，因为他们急切地想见到摩根太太。最好让他们赶在摩根太太来之前在此等候。亲爱的戴维，别把豌豆荚放在水桶里玩航船的游戏，到水槽那边去玩吧！噢，我希望星期四是个好天气，不过亚伯老叔昨晚拜访哈里森先生时说过，这一个星期多半时候都下雨呢。"

"那真是一个好消息。"玛莉拉说。

当天晚上，安妮跑到果园坡去，把这个消息告诉了戴安娜。戴安娜兴奋不已，她们俩躺在巴里花园大柳树下的吊床上，兴致勃勃地讨论了很久。

"噢，安妮，能不能让我帮你做午餐？"戴安娜恳求道，"你知道，我做的莴苣沙拉很不错的。"

"好啊，我需要你帮我一把。"安妮十分慷慨地说，"我也想让你帮我装饰屋子。我想把客厅完全变成花园，餐桌的花瓶里换上野玫瑰。噢，我想把一切都收拾得井井有条。摩根太太书中的女主角在任何情况下，总是镇定自若，有条不紊地处理各种困难，从来不会惊慌失措。处理家务也是一把好手。你还记得《林边岁月》里的吉翠德吗？她才八岁时就能为父亲管理家务。而我八岁的时候，除了知道带孩子，别的就一窍不通啦。摩根太太写了那么多关于女孩子的故事，那她一定是研究女孩子的权威专家，我想她会对我们有好感的。我一直在想，见面时她长什么样子？她会说些什么？我又会说些什么？我设想了几十种不同的可能性。我很担心我的鼻子，上面长着七个雀斑，这你是看到过的。就是那次乡村促进会的野餐活动，我出门的时候没戴帽子，被太阳晒后就长出雀斑了。我想，我老是担心它们也是徒劳无益的，我应该感谢它们，幸好它们没像过去那样长满我整张脸，可我希望它们消失得干干净净……摩根太太书中的女主角的脸都是完美无缺的，在她们脸上一颗雀斑也找不到。"

"你的雀斑并不明显。"戴安娜安慰她说，"今晚弄一点儿柠檬汁敷在上面，说不定很快就消失了。"

第二天，安妮忙着准备馅饼和手指甜饼，浆洗她的白色平纹薄纱裙子，打扫绿山墙的每个房间——这是非常没有必要的活动，因为绿山墙平时就非常干净，可是安妮觉得，前来访问的夏洛蒂·E.摩根让绿山墙蓬荜生辉，哪怕有一粒灰尘，都会玷污整幢房子。安妮甚至打扫了楼梯下面的储藏柜，虽然那是摩根太太最不可能进去参观的地方。

"我把储藏柜整理好了，即使她不会进去参观，但这让我感觉好受些。"安妮告诉玛莉拉说，"你知道，在她的小说《金钥匙》中提到过，她的两个女主角艾丽丝和路易莎两个人把诗人朗费罗的诗句当成座右铭：

古代的艺术建筑，
都是用最诚挚的心建成的。
每一个角落都一丝不苟，
每一分钟都不敢懈怠，
因为神灵无处不在。

"就因为如此，这两个女主角总是擦洗地窖的楼梯，从未忘记要把床底打扫干净。只要我一想到摩根太太待在这幢房子里时，储藏柜竟然还是凌乱不堪，我就会有一种罪恶感。自从去年四月我们读了《金钥匙》，我和戴安娜就把那首诗当成了我们的座右铭了。"

那天晚上，约翰·亨利·卡特和戴维合作，执行了两只白公鸡的"死刑"。安妮给它们拔毛，这是安妮平时最讨厌的工作，可今天她一想到这两只鸡为了摩根太太而光荣牺牲，就为它们感到由衷的自豪。

"我不喜欢拔毛，"她告诉玛莉拉，"可我们不用把心思全放在活儿上，这难道不是一种好方法吗？我手里拔着鸡毛，心里却想象着我正在银河里遨游呢！"

"我正觉得奇怪呢，你今天怎么比平时撒了更多的鸡毛在地板上。"玛莉拉恍然大悟。

　　安妮忙完后，把戴维送到床上去睡觉，并要他保证，明天一定规规矩矩，决不捣蛋。

　　"如果我明天一整天都表现得很好，那你是不是允许我以后想怎么做就怎么做呢？"戴维问。

　　"我不能答应，"安妮小心地说，"不过我可以带你和朵拉去划平底船，一直划到池塘的那一头，然后到沙丘上吃野餐。"

　　"一言为定！"戴维说，"我会很乖的，我向你保证！我本来打算明天到哈里森先生家去，拿我的新玩具枪用豌豆粒射姜黄的，不过我改天去也一样。我希望最好是星期天，能在沙丘上吃野餐真是很好玩儿的事情，我会努力当乖孩子的。"

事故接连不断

那天晚上安妮睡得很不踏实，中间醒了三次，每次醒来，都像虔诚的朝圣者一样走到窗前，看看天气，反复确认亚伯老叔的预言是否会真的实现。最后，清晨银灰色的天空中露出了珍珠白的曙光，太阳的亮光洒向大地，大地的温度开始回升。美好的一天来临啦！

安妮刚吃完早饭，戴安娜就出现在了门口，她一手提了一篮鲜花，另一只手臂上搭着她的白色平纹薄纱裙子，现在还不能穿这件裙子，因为她还要帮安妮准备好午餐，然后才能换上。现在她身上穿的是她平时下午才穿的粉色印花衣服，系着草绿色围裙，上面镶满了精美的带皱褶的饰边，显得非常整洁、漂亮和红润。

"你看起来太可爱啦！"安妮赞赏道。

戴安娜叹了口气："可是我不得不再把所有的衣服尺寸放大些。我现在比七月重了近两公斤，安妮，这要到什么时候才是尽头？摩根太太的女主角个个身材修长苗条。"

"唉，让我们忘记烦恼，想开心的事吧。"安妮愉快地说，"艾伦太太说，每当我们想到一件糟糕的事情，我们就应该想一件能够超过它的开心事。虽然你稍微胖了点儿，可你的酒窝更加可爱啦。虽然我的鼻子上有雀斑，但鼻子形状还是不错的。对了，你觉得柠檬汁真的有效吗？"

"是的，我确实认为它有效。"戴安娜肯定地说。安妮兴高采烈地带领着戴安娜来到花园，花园里满是斑驳的树影，金灿灿的阳光穿过树枝在轻轻摇曳。

"我们先装饰一下客厅吧，现在时间还足够。因为普里西拉说她们大概要十二点过来，最迟不超过十二点半，所以我们在一点吃午饭。"

这个时候，也许在加拿大或美国的什么地方再也找不到两位比她们更快活、更兴奋的女孩子了。她们拿着剪子，把玫瑰、牡丹、蓝色风铃花大把大把地剪下来，剪子"咔嚓咔嚓"地响着，仿佛在唱着欢快的歌："摩根太太今天就要来啦！"哈里森先生就在小路对面的地里收割牧草，安妮不明白他怎么能熟视无睹，好像什么事情也没有。

绿山墙的客厅非常简朴，房间里灰暗无光，马鬃家具僵硬呆板，就连窗帘的饰边都是硬邦邦的。白色的椅子布套总是很得体地放在角落里，只要使用它，来访者衣服上的纽扣就会不幸地被椅套粘住。安妮一直鼓动玛莉拉对客厅改造一下，让它变得很优雅，可玛莉拉非常刻板，坚决不允许做任何的改动。不过，只要允许她们用花朵把客厅精心装扮一番，客厅还是会很漂亮的。当安妮和戴安娜大功告成时，客厅已经漂亮得让人认不出来了。

光洁的桌子上，蓝色的大花瓶里插满了白球花。擦洗得熠熠发亮的黑色壁炉架上，玫瑰花和蕨草堆得满满当当。陈列架的每个格子里都摆放着一束风铃花。往日炉架两边的阴暗角落里放满坛坛罐罐，现在都装点着深红色的牡丹花。炉架上也放满了鲜黄的野花，如焰火般跳跃着。再搭配着窗台边金银花藤蔓，阳光从繁密的叶子中穿透进屋来，洒落到墙上和地板上，能看到金银花在地上翩翩起舞呢。终日阴沉的小房间刹那间变成了安妮真实的梦幻天地，这如梦幻般的美景让玛莉拉不由得发出了由衷的赞美。要知道，玛莉拉只习惯于批评，很少赞美别人呢。

"现在，我们开始布置餐桌吧。"安妮说着，语调就像一个准备举行某个神圣仪式的女祭司，"我们要在餐桌中央放一大瓶野玫瑰，然后在每个人的餐盘前摆放一朵玫瑰花——摩根太太的餐盘前有所不同，要放一束玫瑰花，你是知道的，这代表着她的作品《玫瑰园》。"

餐桌就放在起居室的正中央，上面铺着玛莉拉最精美的亚麻餐布，摆放着最精致的餐具，有瓷器的、玻璃的，还有银制的。如果你仔细观察，会发现每件餐具都精心擦洗过，光洁明亮。

接着，女孩子们愉快地跑进厨房，烤炉里的烤鸡已经发出咝咝的响声，散发出来的诱人香味弥漫着整个厨房。安妮削着马铃薯，戴安娜已经把豌豆和大豆准备就绪。然后，戴安娜把自己关在储藏室里，配制着莴苣沙拉。安妮的双颊红扑扑的，一半是因为炉火热烘烘的，一半是由于兴奋过度。她为烤鸡调制了面包配料，然后把做汤的葱头剁碎，接着开始搅拌奶油，准备做柠檬馅饼。

戴维这时在干什么？他是不是在老老实实地履行自己的承诺？他确实做到了。可以肯定的是，他正规规矩矩地待在厨房里，好奇地打量着眼前的一切。过了一会儿，他就觉得呆坐着有些乏味，于是安静地躲到角落里，全神贯注地要把一张破渔网解开，这张渔网是他上次从海滩拖回家来的。既然他没有惹是生非，大家也就没有去打扰他。

十一点半，莴苣沙拉终于做成了，金黄色的馅饼圈堆满了搅拌好的奶油，该咝咝响的、该噗噗冒泡的食物都准备好啦，只等着这一激动人心的时刻的到来。

"现在该去换衣服啦。"安妮说，"她们也许十二点就到了。我们要一点准时开饭，因为奶油葱头汤一做好就要上桌吃掉，否则就不好吃了。"

绿山墙东屋立即展开了神圣的梳洗打扮仪式。安妮不安地盯着镜子里自己的鼻子，令她高兴的是，鼻子上的雀斑不太明显，也许归功于柠檬汁，也许是因为被脸颊非同寻常的红润遮掩了。等梳洗完毕，她们看起来都像是"摩根太太的女主角"——甜美、整洁，浑身洋溢着少女的气息。

"我真希望到时候能说上几句话，而不是像个哑巴似的傻坐着。"戴安娜十分焦虑地说，"摩根太太的女主角言谈都潇洒自如。我真害怕会舌头打结，紧张得手足无措。而且我敢肯定自己会冒出'俺觉得'这种土话。自从斯苔丝老师来这儿教过我后，我就很少这么说了。可是只要一激动，肯定又会冒出来的。安妮，要是我在摩根太太面前说'俺觉得'，简直是羞死人的事情。可是，一句话也不说，比这个更糟糕呀。"

"其实有很多事情让我心神不宁，"安妮说，"不过对于无话可说这个问题，我倒是不担心。"

正如安妮所说的，她确实根本不用担心这个问题。

安妮在她引以为豪的白色平纹薄纱裙子外面罩上一条大围裙，然后去调制她的汤。玛莉拉自己换上正装，给双胞胎也换好了衣服，安妮从来没有看到她如此激动过。十二点半，艾伦夫妇和斯苔丝小姐来了。一切都很顺利，可安妮开始有些忐忑不安。

按说这时候普里西拉和摩根太太应该到了。她不停地到大门口，焦虑不安地张望着小路，就像《蓝胡子》故事里那位和她同名的女主角，从玻璃塔中向外凝视一样。

"她们是不是根本就不来了？"安妮焦虑不安地说。

"快别这么想了，这样想就太不应该啦。"戴安娜说，虽然她嘴上这么说，心里也开始疑虑重重。

"安妮，"玛莉拉从客厅走出来说，"斯苔丝小姐想看看巴里姑妈的那只蓝柳陶盘。"

安妮急忙来到起居室，从壁橱里拿出那只陶盘让斯苔丝老师欣赏。前次妇女援助会筹备义卖会时，林德太太想借一只蓝柳陶盘，安妮答应林德太太去帮忙借，她写信给夏洛特敦的巴里姑妈，从她那里借来了盘子。巴里姑妈是安妮的老朋友，她立刻把盘子送来了，还附带了一封信，叮嘱安妮要多加小心，这是她花了二十块钱买来的。这只陶盘为义卖会生色不少。义卖会结束后送还给绿山墙，安妮把它放进壁橱里，她信不过别人代送，想亲自把盘子送到夏洛特敦去。

安妮拿着盘子小心翼翼地来到前面，客人们正享受着从小溪上吹来的凉风。大家拿着盘子细细欣赏，赞不绝口，又传回安妮手上。然后安妮拿着盘子准备放回去，这时从储藏室里传来一阵可怕的碰撞声，玛莉拉、戴安娜急急忙忙地跑过去，安妮迟疑了一会儿，匆忙之中，随手把这只珍贵的盘子放在楼梯的第二级台阶上，跟着冲了过去。

她们来到储藏室，眼前的景象真是触目惊心。一个惊慌失措的小男孩从桌子底下爬出来，干净的印花衬衣上沾满了黄色的糕饼馅。桌子上原本两个精美的奶油柠檬馅饼，现在破碎得惨不忍睹。

戴维把他的破渔网解开后，接着把这堆线缠成线团。然后他走进储藏室，想把线团放到储藏架上。储藏架比桌子还高，上面已经放了二十多个线团，堆得满满的。可是他实在太无聊了，找不到其他好玩儿的事情做，所以他想把这个线团放上去。这意味着他必须爬到桌子上，斜着身子才能够得到，这是非常危险的，玛莉拉一直严厉禁止戴维干这种事情，而且戴维以前也摔下来过，跌得很痛。于是，灾难性的时刻来到了，戴维直直地摔下来，四脚朝天地跌在柠檬馅饼上。干净的衬衣染得乌七八糟，而柠檬馅饼也被压得稀烂。当然，倒霉的事情并不是一坏到底，戴维悲剧性事件的最终获益者是猪，它享用了这些美味。

"戴维·凯西！"玛莉拉怒气冲冲地摇晃着戴维的肩膀，"我不是禁止你再爬上那张桌子吗？你忘啦？"

"我忘了。"戴维颤声说道，"你不准我做的事情太多了，我怎么能全部都记住呢？"

"好吧。你给我上楼去，直到午餐结束后才能下来。好好反省，也许那时候你就能记住了。安妮，别为他求情。我不是因为他弄坏了你的馅饼才惩罚他的……那只是个意外。我这样惩罚他，是因为他不听我的话，又爬那么高。快点儿去，戴维！难道你没听见？"

"那我就不能吃午饭了吗？"戴维号啕大哭起来。

"等我们吃过午饭你才下楼来，到厨房吃你的午饭。"

"哦，好吧。"戴维感到好受了些，"我知道安妮会给我留几块好骨头的，对不对，安妮？因为你是知道的，我不是故意要弄坏馅饼的。我说，安妮，反正这些馅饼已经碎得不像样子了，我可以拿几块到楼上去吃吗？"

"不行，你不能拿柠檬馅饼，戴维少爷。"玛莉拉说着，把他推到走廊去。

"我们该重新做些什么甜点呢？"安妮看着这堆破碎的馅饼，懊恼地问。

"拿一罐草莓酱出来，"玛莉拉安慰她说，"碗里还剩了一些奶油，都是搅拌好了的。"

一点钟到了……可是普里西拉和摩根太太仍然不见踪影。安妮心里七上八下的。一切都准备得恰到好处，做出来的汤此刻最鲜美可口，不能再拖延下去，否则味道就差多了。

"我敢肯定，她们不会来了。"玛莉拉有些恼怒。

安妮和戴安娜彼此看着对方，想从对方眼睛里寻找一丝安慰。

时间到了一点半，玛莉拉又从客厅走出来。

"姑娘们，该吃午饭了，大家都饿啦，再等下去也没什么用。普里西拉和摩根太太不会来的，这明摆着，再等下去也毫无希望。"

安妮和戴安娜开始准备做菜，所有的热情消失得无影无踪，一点儿劲也没有。

"我一口也吃不下去。"戴安娜沮丧地说。

"我也吃不下。可是，为了斯苔丝老师，还有艾伦先生和艾伦太太，我希望每样菜都很合他们的口味。"安妮没精打采地说。

戴安娜往餐盘里舀了点儿豌豆，尝了一口，脸上出现非常古怪的表情。

"安妮，你是不是在豌豆里放了糖？"

"是的，"安妮一边说，一边忙着把马铃薯捣成泥，带着一副急于完成任务的神情，"我往里面放了一勺糖，我们每次都是这么做的，你不喜欢这种口味？"

"可是，我也放了一勺糖呀，还在炉子上煮的时候我放的。"戴安娜说。

安妮放下捣棍，尝了一口，做了个鬼脸。

"太难吃啦！我根本没想到你已经放糖了，因为我知道你妈妈从来不会放糖的。我平时也总会忘记放糖，可今天恰恰就想到了，说来太奇怪啦……我就往里面放了一勺糖。"

"我想，是因为我们这里厨师太多了。"玛莉拉听着她们的对话，脸上浮现出愧疚的神色，"我没想到你今天会记起放糖这事，安妮，我敢肯定，你以前从来没有这么细心过……于是我也往里面放了一勺糖。"

客厅里的客人们听到厨房里传来一阵又一阵的大笑声，可他们怎么也猜不到是什么开心的事情。当然，这天的餐桌上没有出现绿色的豌豆。

"嗯，"安妮收起笑容，叹了口气说，"不管怎样，我们还有沙拉，但愿大豆不会出现什么意外。我们上菜吧，凑合着对付过去。"

可以想象得到，这顿午饭真的很失败。艾伦夫妇和斯苔丝小姐努力维持着愉快的气氛，玛莉拉一如往日的心平气和，没有表现出丝毫的不快。可是安妮和戴安娜由于上午的过度兴奋和接下来的极度失望，导致现在既不想说话，也不想吃饭。安妮为了给客人助兴，试图参与他们的谈话，可是现在，她所有的机智和才华都消失得无影无踪。尽管她很喜欢艾伦夫妇和斯苔丝小姐，可是她还是忍不住在想，如果他们现在都回家去那该多好啊，这样她可以躲进绿山墙的东屋，把自己的疲倦和失望深深埋进枕头里。

可是，正如一句古话说的那样，"福无双至，祸不单行"。这一天的倒霉事情还远远没有结束。正当艾伦夫妇向主人家道谢准备离开时，楼梯口传来一阵奇怪的声音，好像有一个又硬又重的东西从楼梯上一级级滚下来，最后在地板上发出一声巨大的破碎声。大家感到有些不妙，一起跑到走廊处看个究竟。安妮发出一声惊恐的尖叫。

在楼梯下面，一个大大的粉色海螺壳躺在一堆碎片当中，那正是巴里姑妈珍贵的蓝柳陶盘。在楼梯的顶端，戴维战战兢兢地跪着，瞪大了眼睛张望着楼下混乱的景象。

"戴维，"玛莉拉恶狠狠地说，"是你故意把海螺壳扔下来的吧？"

"不是的，我从来没有这么想过。"戴维啜泣着说，"我只是很安静地跪在这里，什么也没干，隔着栏杆看着你们，我的脚碰到那个古老的东西，把它撞下来了。我好饿啊……我想让你们打我一顿好了，别把我送到楼上去，什么好玩儿的事情都不让我参加，好不好？"

"别责怪戴维了，"安妮伸出颤抖的手指，把碎片拾起来，"这都怪我。我把这个盘子放在那儿，后来就忘得一干二净。我粗心大意，该受到这种惩罚。可是，唉，巴里姑妈那里怎么交代呢？"

"没事的，你知道这只是她买来的，幸好不是祖传的宝贝。"戴安娜竭力安慰她说。

客人们很快就告辞回家了，他们觉得这样做是最合适的。安妮和戴安娜一声不吭地洗了盘子。然后，戴安娜感觉头痛，也回家去了。安妮的头也很痛，回到东屋。她一直没有出来，直到傍晚时分，玛莉拉从邮局带回一封信，是普里西拉前天写的。信上说，摩根太太扭伤了脚踝，根本没法外出。

"噢，亲爱的安妮，"普里西拉在信中写道，"真是很抱歉，恐怕我们这次无法来绿山墙了。等我姨妈的脚伤好转，她不得不赶回多伦多。她在那里还有另外一个约见。"

"唉，"安妮长叹了一声，把信放在后廊的红沙石阶上，坐在那里，望着夕阳西下，斑驳的阳光慢慢散去，暮色降临，"我一心想着摩根太太要来绿山墙，这事有些理想化，不可能成为现实的。不过，这话听起来就像伊丽莎·安德鲁斯那样悲观，我居然会有这样悲观的想法，真是让人感到羞愧。这件事不是因为太理想化而无法实现……我有很多这样的好事情，甚至比这个更好的事情，在不断变成现实。我觉得今天的事情并不完全是倒霉透顶，也有好笑的一面。也许，等我和戴安娜都老得头发花白的时候，一想起这件事我们还会大笑一场。不过在这之前，我没想到好笑，当时确实感到太失望了。"

"你这一生也许还会经历更多、更可怕的失望。"玛莉拉说，她真心觉得这是在宽慰安妮，"在我看来，安妮，你做事太认真了，好像永远无法逃脱这个习惯。一旦不能称心如意，就会难过得要命。"

"我知道，我老是这样。"安妮沮丧地承认道，"当我认为有一件美好的事情即将来临时，我会怀着强烈的期望，高兴得飞起来，紧接着，我会发现自己重重地跌倒在地上。可是说真的，玛莉拉，这种腾飞的感觉真是太美妙啦，就像在夕阳中滑翔过天空。我觉得这能够补偿跌落下来的那种失望。"

"嗯，也许是吧。"玛莉拉承认道，"我倒宁愿稳稳当当地走路，既不腾飞，也不摔跤。不过，每个人都有自己的生活方式。我以前觉得世上只有一种生活方式，可自从我收养了你和那对双胞胎以后，我就不那么坚持了。巴里姑妈的那只盘子你打算怎么办？"

"我想，只能赔偿她二十块钱了。谢天谢地的是，这不是珍贵的传家宝，否则拿钱也赔偿不了。"

"也许你能在别的地方找到一模一样的盘子，然后买下来给她。"

"恐怕很难找到。这种盘子越古老就越稀少。为了义卖会，林德太太都没法找来一只。当然，最好能找到一只，如果同样的古老，而且也是正品的话，希望巴里姑妈能接受下来。玛莉拉，瞧瞧这夜空，哈里森先生家旁边的枫树林顶上，有颗很大的星星呢，在银光闪闪的夜空衬托下，显得是那么的神圣而寂寥。望着它，让我感觉到自己就像一个仰视的祷告者。看着如此肃穆的夜空和星星，任何的灾难和沮丧都变得如此微不足道，你不觉得吗？"

"戴维在哪儿？"玛莉拉勉强瞥了那颗星星一眼，转移了话题。

"他睡觉去了。我已经答应明天带他和朵拉到池塘边去野餐。当然啦，我们原来已经讲好了条件，就是他一定要听话。可是他已经尽了最大努力了……我不忍心让他失望。"

"坐着那只平底船在池塘里划来划去，你是不是想把自己和那对双胞胎淹死？"玛莉拉抱怨说，"我在这儿生活了六十年啦，从来没有听说过有人在池塘里这么干过。"

"嗯，现在修正你的看法还来得及。"安妮调皮地说，"你明天可以和我们一起去呀。我们关上绿山墙的大门，在池塘边待上一整天，把世间的俗事抛到脑后去。"

"不必了，谢谢你的好意。"玛莉拉有点儿生气地大声说，"让我在池塘里划平底船？那真是太滑稽了。我都能想象林德太太会发表些什么样的感慨。咦，哈里森先生这么晚还要驾车出门。现在有些关于哈里森先生的流言蜚语，说他要准备拜访伊莎贝拉·安德鲁斯小姐，你认为有这种可能吗？"

"不会的，我敢肯定他不是。事实上有一天晚上他去哈蒙·安德鲁斯家商量点儿事，被林德太太看见了，坚持说他是在求婚，理由是他戴了白色硬领子。我不相信哈里森先生会结婚，他好像对婚姻抱有很大的偏见。"

"唉，你肯定不了解那些老单身汉。要是他真戴了白色硬领子，我倒同意林德太太的看法，因为这确实让人生疑，我敢肯定，他以前从来没有这样戴过。"

"依我看，他戴上白色硬领子只不过是想同哈蒙·安德鲁斯先生商量什么大事。"安妮说，"我曾听他说过，一个男人在那种场合中尤其需要讲究仪表，如果他看起来仪表堂堂，对方就不敢欺骗他。我真为哈里森先生感到难过，我知道他很讨厌这种生活。除了一只鹦鹉，身边没有别的人关心照料他，这种生活一定很孤独，你说呢？不过我注意到，哈里森先生不喜欢别人同情他。我想，没有谁愿意被人同情。"

"吉尔伯特从小路那边过来了。"玛莉拉说，"如果他约你去池塘边散步，千万要记住穿上你的外套和胶鞋，今天晚上露水很多。"

保守路上的历险

"安妮，"戴维坐在床上，双手托着下巴说，"安妮，'睡觉'在什么地方？人们每天晚上都要去'睡觉'，当然啦，我知道我总是到那里去做梦，可是我想知道，它到底在什么地方，我每天穿着睡衣去那里，然后又回来，怎么一点儿也不清楚它是怎么回事呢？它究竟在哪里？"

安妮正趴在绿山墙西屋的窗口上，看着夕阳映红的天空，此时就像一朵硕大的花朵，橘黄色的花瓣，橙黄色的花蕊。她听到了戴维的问话，转过头来，梦幻般地回答道：

> 在月之山外，
>
> 在影之谷底。

如果是保罗·艾文，他就能明白这句话的意思，就算他不明白，他也能自己去弄个明白。可是，眼下是头脑简单的戴维，正如安妮经常绝望地评论他那样，没有一丁点儿想象力，所以他仍然是一头雾水，迷惑不解。

"安妮，你没有认真回答我，简直是在说梦话。"

"你说得对呀，可爱的小家伙。你难道不知道，要是一个人整天都说些大道理，不是件很愚蠢的事情吗？"

"哎，我在认认真真地问你问题，你应该认认真真地回答我才对。"戴维给惹急了。

"噢，你太小啦，还听不懂。"安妮说。不过话说出口，感到有些羞愧。因为她突然想起自己小的时候，遭遇过很多次类似的冷落，于是她曾庄严发誓，决不会对任何孩子说"你太小，听不懂"这种话。可是现在她这样说了——很多时候，理论和实践相隔十万八千里。

"唉，我也想尽快长大呀。"戴维说，"不过这种事情着急也没有用的。要是玛莉拉对她的果酱不那么小气，让我多吃点儿，我相信我一定会很快长大的。"

"玛莉拉不是小气，戴维，"安妮严厉地说，"你说这种话，真是太不领她的情了。"

"还有一个词也是这个意思，听起来要合适一点儿，不过我想不起来了。"戴维皱着眉头说，"那天我听玛莉拉亲口说的。"

"你是不是说'节俭'？它的意思跟小气完全不同。如果说她节俭，就是说她有着优秀的人品。要是玛莉拉小气，你妈妈死后，她怎么会收养你和朵拉呢？难道你喜欢和维金斯太太生活在一起？"

"你知道我不愿意的！"戴维的语调陡地一下提高了八度，"我也不想到理查德舅舅家去。我只想住在这里，就算玛莉拉给我们的果酱很……节俭，可是这里有你，安妮。嗯，安妮，我现在要到'睡觉'那里去啦，你可不可以先给我讲个故事？我不想听什么小精灵，那是小女孩才喜欢听的故事，我要听那种很刺激的故事……就像杀人啦，开枪啦，放火烧房子这种事情。"

所幸这时候玛莉拉在她的房间大声叫喊，安妮这才得以脱身。

安妮跑回东屋，透过夜色，看到从戴安娜窗户一闪一闪地亮着灯光，每次闪五下，这是她们儿时约定的信号，意思是："赶快过来，我有重要的事情告诉你。"安妮赶紧用白围巾裹着头，飞快地穿过闹鬼的树林子，从贝尔先生牧场的一个角落直冲过去，来到果园坡。

"告诉你一个好消息，安妮，"戴安娜说，"我和妈妈刚从卡莫迪回来，我在布莱尔先生的店铺里看到了玛丽·森特纳，她从斯潘赛山谷来。她告诉我说，在保守路的科普家里，老姑娘们有一个蓝柳陶盘，玛丽觉得那只盘子很像义卖会晚餐上的那只。她还说，她们愿意把它卖掉，因为这家的玛莎·科普一点儿也不会持家，只要能卖掉的，她决不会白白留着。就算她们不愿意卖，在斯潘赛山谷的卫斯理·奇森家也有一只，而且她知道他们愿意出售，只不过她不清楚这只盘子是否和约瑟芬姑妈家的一模一样。"

"那我明天赶紧去一趟斯潘赛山谷。"安妮果断地说，"你得和我一起去。这样会减轻我的心理负担，你要知道，因为后天我就要去镇上见你的约瑟芬姑妈，没有蓝柳陶盘，我没脸面对她呀。那次跳上客房床踩着了约瑟芬姑妈，我后来不得不向她坦白交代，而这次的情况比那次更糟糕。"

想起往事，两个姑娘都大笑起来——关于那件趣事，如果哪位读者不清楚而又好奇的话，我建议去阅读安妮早年的经历。

第二天下午，安妮和戴安娜踏上探寻陶盘的旅程。斯潘赛山谷离这里有十六公里，今天的旅程非常乏味。天气闷热，没有一丝凉风。最近连续六个星期没有下过一滴雨，干燥的天气让马路上尘土滚滚，四处飞扬。

"唉，我真希望马上能下场大雨，"安妮叹着气说，"什么东西都被烤干啦。干涸的土地让我心里很难受，树木伸出枝丫，仿佛在向上天祈雨。每当我走进我家的花园，看到枯死的花草，心里都感到阵阵伤痛。不过这比起农民的痛苦来还算不了什么。哈里森先生说，他家的牧场全部烤焦了，可怜的奶牛连一口鲜草也吃不到，每当他听到这些牲畜的叹息，心里都感到愧疚万分，这对它们太残酷了，可是他无能为力。"

经过一段让人厌倦的旅程后，她们到达了斯潘赛山谷，驾车转上了保守路。这是一条僻静的林间公路，两边绿意盎然，车辙间长满了绿草，看得出这条路很少有人光顾。两边年轻的云杉树排列整齐，密密匝匝，浓密的枝叶伸展开来，严严实实地遮挡住了公路。不过，偶尔也有一些稀疏的地方，可以看见一闪而过的斯潘赛山谷景象，农场后面的田地篱笆，一大片树桩，还有一片大火烧后的土地，现在长出了许多杂草和黄色的小花。

"为什么把这条路叫保守路？"安妮问。

"艾伦先生说，正如某个地方一棵树都没有，却会命名为林荫大道，这儿叫保守路也是同一个道理，"戴安娜说，"这条路上人烟稀少，常常从这条路上经过的只有科普家的老姑娘们，还有大路尽头的马丁·博维叶。年迈的马丁是个自由党人。保守党执政期间，把这条路修缮了一下，因此命名为保守路，以此来炫耀他们的业绩。"

戴安娜的父亲是个自由党人，而绿山墙的人从来都是保守党人，正是这个原因，戴安娜从来不和安妮讨论政治。

两个姑娘终于来到老科普家的庄园。从外表看，这里非常整洁，让绿山墙相形见绌。房子是老式的风格，坐落在一个斜坡上，所以房屋的一端下面用石头砌着地基。正房和外屋用石灰水粉刷过，白得晃眼。还有个传统的厨房花园，用白色栅栏围了起来，打扫得干干净净，看不到一根杂草。

"遮光的窗帘都放下来了，"戴安娜沮丧地说，"我估计没人在家。"

事实正是如此，两个姑娘互相看着，束手无策。

"我们该怎么办呢？"安妮说，"如果那个盘子就是我想要的那种，那我就在这里等她们回家，等多久也无所谓。可要是不一样，我们再去卫斯理·奇森家可能就太迟了。"

戴安娜看着地下室上面的一扇小方窗。

"你看，那应该是储藏室的窗户，"她说，"因为这个房屋的格局我见过，跟纽布瑞切镇的查尔斯叔叔家的一模一样，他们家的储藏室窗户就在那个位置。恰好窗帘没有放下来，我们爬到前面那个小房子的屋顶上，就能看到储藏室里的情况，说不定就能看到那只盘子。你觉得这样做是不是很不礼貌？"

"没问题。"安妮经过一番深思熟虑后说，"我们并不是出于无聊的好奇才这么做的。"

很重要的道德问题解决了，安妮准备攀爬前面提到的那个"小房子"。它是用木板条搭建起来的，屋顶尖尖的，以前是个鸭棚。科普家的姑娘们已经不养鸭子了——"因为这些家伙脏得要命"——这个房子已经很多年没有使用，只是偶尔让母鸡进去孵蛋。尽管如此，它也被刷上了石灰水，不过，树木已经有些变朽了。安妮把一只小桶倒放在一只木箱上，从最方便的位置爬上去，心里七上八下，老觉得这个房子摇摇欲坠。

"我怕它承受不住我的重量呀。"安妮说着，战战兢兢地走上房顶。

"把身子靠在窗台上。"戴安娜建议说。于是安妮斜靠在窗台上，透过玻璃往里边窥视。让她惊喜万分的是，她看到紧靠窗户的储藏架上放着一只蓝柳陶盘，正是她要寻找的那种。可是她正想看得更清楚点儿，灾难就降临了。兴奋不已的安妮忘记了脚下的危险，不再小心翼翼地靠着窗台，而是激动得跳了起来。转眼之间，她踩穿了屋顶，整个人就往下掉，幸好两只手平放在屋顶上，滑落到齐胸的位置，她就被死死地卡住，吊在了半空中。安妮使出浑身解数，怎么也把自己弄不出来，真是进退不得。戴安娜冲进鸭棚，拦腰抱住她这位倒霉的朋友，想用劲把她拉下来。

"啊……别这样！"可怜的安妮尖叫起来，"有几根长长的尖木片戳着我啦。你看能不能找些东西垫在我的脚下，或许这样我可以自己爬上去。"

戴安娜急忙把那只木箱上的小桶拎了进来，安妮发现它的高度正好合适，好像特别为她定制的，自己的脚刚好能踩到。不过，她依然没法摆脱困境。

"我爬上去，把你拉出来？"戴安娜提议说。

安妮绝望地摇了摇头。

"不行呀……这些尖木片把我戳得太痛啦。要是你能找来一把斧子，把木板条劈开，说不定就能把我弄出来。天啊，我真的开始相信，我生来就是个倒霉的家伙。"

忠诚的戴安娜到处给她寻找斧子，可是没有找到。

"我只好去找人来帮忙了。"戴安娜回到受困的"囚徒"身边，说道。

"不要！真是，你不要这样做，"安妮强烈反对说，"你要是这样，这事很快就会传开，让我以后怎么见人呀。别去，我们必须等科普家的姑娘们回来，求她们保守秘密。她们一定知道斧子在哪里，然后就能把我解救出来。我只要不乱动，就不难受——我的意思是说身体不难受。我不知道这个破房子值多少钱，我必须赔偿我造成的损失。只要她们能理解我从储藏室窗户偷看的苦衷，就是赔钱也无所谓。唯一让我安心的是，那只盘子正是我想要的那种，只要科普小姐肯把它卖给我，受什么苦难都不要紧。"

"可如果科普家的姑娘们要到晚上，或者明天才回来，我们该怎么办呢？"戴安娜提醒她说。

"如果太阳下山时她们还不回来，你就只好找别人帮忙啦。"安妮无可奈何地说，"不过，只要没到万不得已的地步，你就别去找人来。天啊，这真是太尴尬啦。摩根太太的女主角也会遭遇很多尴尬，可那也很有浪漫色彩，要是我能那样，倒也无所谓，可是我遭遇的尴尬全是滑稽可笑。想象一下，科普家的姑娘们驾车回家来时，发现自己外屋的屋顶上露出一个女孩子的脑袋和肩膀，她们会怎么想呀。听听……是马车的声音吗？哦，不，戴安娜，这是雷声！"

确实是雷声。戴安娜围着房子跑了一圈，看了看四面的天空，回来告诉安妮说，西北方向迅速冒起一片黑压压的乌云。

"一场大暴雨就要来啦！"戴安娜惊慌失措地尖叫起来，"噢，安妮，我们该怎么办呀？"

"我们必须做好准备。"安妮平静地说，跟已经发生的麻烦事相比，一场暴雨看起来只能算小事一桩，"你最好先把马和马车赶进那个敞棚里。幸好我的太阳伞带来了，就放在马车里，就在那儿……顺便把我的帽子带过去。玛莉拉早上讽刺我说，到保守路居然还要戴着最好的帽子，真是愚不可及，看来让她说中了。她总是正确的。"

戴安娜把小马解开，赶进敞棚里。豆大的雨点劈头盖脸地砸下来。她就坐在敞棚里，望着毫无休止的倾盆大雨，从天而降的雨帘又厚又密，透过雨帘，她几乎看不到安妮的身影。安妮光着脑袋，勇敢地举着太阳伞，对抗着暴雨。雷声并不多，可是大半个小时里，瓢泼大雨哗啦啦一直下着。安妮把伞往身后斜过去，向她的朋友挥手，似乎是在安慰说没事儿。不过隔那么远，又哗哗下着大雨，说什么话也听不到。最后，暴雨终于停下来了，太阳重新露出了脸，戴安娜鼓起勇气，踏着院子里的积水，到安妮这边来了。

"你湿透了吧？"她焦虑地询问道。

"噢，没有呀。"安妮兴高采烈地说，"头和肩膀都是干的，只是雨水落在木板条上时，把我的裙子稍稍溅湿了一点儿。别为我难过，戴安娜，我根本不在乎呢。我刚才一直在想，这场雨真是及时呀，我的花园都快渴死啦。我还想象，当雨点开始落下来时，那些花朵和叶芽该是多么高兴呀。我想象出紫菀花、香豌豆花、紫丁香花、金丝雀花同花园守护天神之间有一段非常有趣的对话。等我回家了，我要把这些全写下来。我真希望现在就有纸和笔，我担心等我回家时，我已经把最精彩的部分给忘光啦！"

值得庆幸的是，戴安娜正好带着一支笔，她又在马车上的箱子里找到一张包装纸，包着一个小石头扔给安妮。安妮收叠起太阳伞，戴好帽子，把包装纸展开，写下她的田园文学。虽然她身处的环境并不太适合文学创作，不管怎样，写出来的东西非常漂亮。安妮念给戴安娜听，戴安娜为之深深着了迷。

"噢，安妮，太美妙啦——真是太美啦。一定要把它投给《加拿大妇女》杂志！"

安妮摇了摇头。

"唉，它不合适。它根本没有情节，你看，只是一连串的幻想。我很喜欢这样的文章，可是它根本不适合发表。正如普里西拉说过的那样，编辑们需要有情节的作品。啊，那是莎拉·科普小姐回来啦。求求你，戴安娜，你赶紧过去给她解释一下吧。"

莎拉·科普小姐身材瘦小，身上的黑色衣服已经破旧不堪，比起这一身不起眼的打扮来，头上的那顶帽子还算凑合。她看到院子里这令人匪夷所思的一幕，感到惊讶万分。她的这副表情在这两个小姑娘看来却是再自然不过了。不过，当她听完戴安娜的解释之后，她立刻对她们充满了同情，赶快打开后门的锁，拿出斧子，麻利地劈开木板条，把安妮解救下来。安妮这时非常疲惫，身子僵硬，弯着腰从那个"牢房"中脱离出来，满怀感激地重新回到自由生活中来。

"科普小姐，"安妮诚恳地说，"我发誓，我从窗户看你家的储藏室，只是想看看你家是否有一个蓝柳陶盘。我没有看别的任何东西——我绝对没有别的企图。"

"没关系，我都知道了。"莎拉和气地说，"别担心，你没有损坏什么，谢天谢地。我们科普家随时都保持着储藏室的整洁，不算太难看，所以也不怕谁往里面看。至于那个破旧的鸭棚，把它弄坏了我高兴都来不及呢！现在玛莎或许会同意把它拆掉了。以前她不愿意拆，老是觉得这个鸭棚总有一天会派上用场，害得我每年春天都得费劲把它粉刷一遍。要是今天玛莎在家，她为了这个鸭棚可能会同你们大吵一架，不过她到镇上去了——我驾车送她去了车站。哦，你们是不是想买这个盘子？打算给多少钱呢？"

"二十块钱。"安妮说，她根本没想过要和科普家的人讨价还价，否则不会这么直截了当地提出自己的心理价位。

"嗯，等我考虑一下，"莎拉小姐谨慎地说，"幸好这个盘子是我的，否则我不敢做主卖掉它，因为玛莎不在家。我敢说，要是她知道了，肯定会暴跳如雷。玛莎是这个家庭的主人，我们不得不生活在另外一个女人的控制之下，我简直厌烦透啦。不说了，进来吧，进屋来，你们一定又累又饿了。我尽量给你们弄点儿吃的，不过首先得声明，除了面包、黄油和几根黄瓜，就别指望其他东西啦。玛莎在出门前把所有的蛋糕、奶酪和果酱都锁了起来。她总是这样干，因为她说，我招待客人老是大手大脚的，太铺张浪费了。"

两个姑娘真的饿坏了，任何东西吃起来都像山珍海味一般。她们尽情地享受着莎拉小姐的美味食品，把面包、黄油和几根黄瓜一扫而光。等她们都吃好了，莎拉说："我不知道是否该卖掉那只盘子，它值二十五块钱呢。那可是一个古董呢。"

戴安娜在桌子下轻轻地碰了碰安妮的脚，那意思是说："千万别同意，只要你坚持就给二十块钱，她一定会卖给你的。"可是安妮看着这只来之不易的盘子，不想在价钱上冒什么险，于是便爽快答应下来。莎拉的表情有些遗憾，看来她后悔自己没有索要三十块钱。

"好吧，那就成交。我现在手头正缺钱，正在东拼西凑的，是因为——"莎拉小姐突然抬起头，瘦削的脸上浮现出一片红晕，"——我准备嫁给……路德·沃莱斯。他二十年前就在等着我。我真的很喜欢他，可是他家境太贫寒了，我爸爸拒绝了他。我当时不应该一声不吭地让他离开，可是我不敢违抗我的爸爸。我真的不理解男人的行为。"

　　两个女孩子终于平安地离开了，戴安娜驾着马车，安妮小心翼翼地把盘子放在膝盖上，这是她梦寐以求的宝贝。大雨过后，保守路上清新翠绿，回荡着孩子们的笑声，让这片死气沉沉的地方开始变得自由灵动起来。

　　"等我明天到镇上去见到约瑟芬姑妈，我会拿今天下午'奇妙而不平凡的经历'把她逗乐。虽然历经千辛万苦，但总算如愿以偿啦。我拿到了盘子，大雨清洗掉了满天的尘灰，让世界变得更加美丽，真是皆大欢喜呀！"

　　"我们还没有回到家呢。"戴安娜悲观地给她浇冷水，"回家之前千万别发生什么意外。安妮，你总是一个喜欢冒险的家伙，现在不要节外生枝啦！"

　　"冒险是某些人的天性。"安妮平静地说，"参与冒险，你总会有收获的，否则就什么也得不到。"

美好的一天

　　"不管怎样，"有一次，安妮对玛莉拉说，"我认为，人生中最美好的时刻并不是那些灿烂光辉、精彩绝伦或者拍手叫绝的日子，而是一串串不起眼的小惊喜。它们像是断了线的珍珠，一次次温柔地滚落到你身边。"

　　正如安妮所说，绿山墙的生活就是在这样的日子中度过。安妮也如同别人一样，奇遇和灾难并没有一起冒出来，而是散落到一年的时光里，大部分时间都是平和安详的，工作、白日梦、欢笑和功课穿插在愉快的日子中间。八月下旬的一天，这种愉快的日子再次来临。这天上午，安妮和戴安娜带着兴高采烈的双胞胎，划船穿过池塘，到下游的沙滩上去采摘"甜草"。船桨拍打出朵朵浪花，风儿轻柔地吹过，仿佛在用竖琴弹奏着一首古老的抒情歌曲，这首乐曲大概是风儿在远古时期就已经学会了，成为它永恒的至爱。

　　下午，安妮来到艾文老屋看望保罗。浓密的冷杉树林遮蔽着屋子北面，树林旁边的河岸上绿草如茵，保罗就躺在这里，聚精会神地读着童话书。一看到安妮，他高兴得蹦跳起来。

　　"哇，你能来看我，我真是太高兴啦，老师。"他热切地说，"奶奶不在家。你留下来和我一起吃茶点，好不好？一个人吃茶点真是太孤单了。我曾经认真地想过，准备邀请用人玛丽·乔来和我共进下午茶，可我知道，奶奶一定不会准许的。她说，法国人就该老老实实地待在他们自己的地方。不过，和年轻的玛丽·乔说话真是太困难了，她总是笑着说：'嗯，你是我见过的最听话的孩子。'这可不是我和她说话的目的，我不需要她的这种表扬。"

"我当然乐意留下来吃茶点，"安妮愉快地答应了，"我正求之不得呢。自从上次来这里吃过茶点，我就一直期待着再次品尝你奶奶做的酥油饼呢。"

保罗一脸严肃。

"老师，要是一切由我来做主，你就可以尽情享用。"他站在安妮面前，双手插在口袋里，漂亮的小脸上迅速流露出一副无奈的神色，"可是现在是由玛丽·乔做主。我亲耳听见奶奶在出门前叮嘱她说，千万别让我吃酥油饼，那太油腻了，小孩子吃了会伤胃的。不过，只要我保证一点儿也不吃，也许玛丽·乔会拿一些给你吃的。"

"好啊，试试看。"安妮愉快地说道，她的乐观在这里得到了充分展示，"就算玛丽·乔态度坚决，一点儿酥油饼也不给我吃，那也无所谓的，所以你别太过担心啦。"

"如果她真不让你吃，你确定自己不会介意吗？"保罗焦虑不安地问。

"当然不会的，可爱的家伙。"

"那我就不担心啦，"保罗深深地松了口气，"我也觉得玛丽·乔会讲道理的，她不是个蛮不讲理的人，不过，她从过去的经验知道，奶奶的命令是不可违背的。奶奶是个好人，可是她总是要求别人必须听她的话。今天早上她对我非常满意，是因为我千辛万苦，终于把整整一盘麦片粥吃完了。虽然吃得很费劲，但总算是完成她给我的任务。奶奶说，她要这样把我培养成一个男子汉。可是，老师，我想问一个非常重要的问题，你要认真回答我，好不好？"

"我会尽力的。"安妮向他保证道。

"你觉得我的脑子有毛病吗？"保罗问道，仿佛他的生死全取决于安妮的这一回答。

"天啊！保罗，不是，"安妮惊愕地叫起来，"当然不是的！你怎么会有这样荒谬的想法呢？"

"是玛丽·乔说的……她并不知道我听见了。彼得·斯劳尼太太雇用的女孩维罗尼卡昨晚来看玛丽·乔。我穿过门厅时，听见她们在厨房里谈话。我听到玛丽·乔说：'那个保罗呀，真是个古怪的小东西，他老是说些很奇怪的话。我觉得他的脑子一定有些毛病。'我昨晚上床后很长时间都睡不着觉，一直在琢磨着这事，不知道玛丽·乔说得对不对。我不敢拿这事去问奶奶，但我打定主意问你。你觉得我的脑子没毛病，我真感到高兴。"

"当然没有毛病。玛丽·乔什么也不懂，不管她说什么，你都别介意。"安妮有些生气，暗自决定要给艾文太太一个合适的暗示，告诫玛丽·乔不要胡说八道。

"好了，这下子如释重负了。"保罗说，"我现在感到开心极了，老师，谢谢你。脑子有毛病可不是件好事，对吧，老师？我想，玛丽·乔觉得我脑子有毛病，是因为我常常对她谈起我的一些想法。"

"这种做法很不妥当。"安妮凭着自己的亲身经历，认真告诫他说。

"好吧，等会儿我把对玛丽·乔谈起的想法讲给你听，你看看是不是很古怪。"保罗说，"不过我要等到天快黑的时候再告诉你。每当那个时候，我就特别想找人说话，要是身边没有别的什么人，我就只得和玛丽·乔说话。不过，既然她觉得我的脑子有毛病，那我以后再也不和她说话了。就算很想找人说话，我也尽量忍着。"

"要是你太想找人说话，你可以来绿山墙，把你的想法讲给我听。"安妮很认真地建议道。正是她的这种认真态度，才特别受孩子们喜爱，尤其是那些渴望受到别人尊重的孩子。

"好呀，我会来的。不过我真心希望，我去的时候戴维不在家，因为他老是冲我扮鬼脸。当然我不会特别介意的，因为他还是个小孩子，而我比他大多了。可是有人对你扮鬼脸，你肯定还是会感到不愉快的。戴维做的鬼脸真是太恐怖，有时候我真担心他的脸再也不会恢复正常了。当我在教堂时，我应该思考些庄严的事情，可是他仍然对我扮鬼脸。不过朵拉很喜欢我，我也喜欢朵拉。可是她告诉米尼·梅·巴里说，等长大后准备嫁给我，从那以后我就不像以前那样喜欢她了。我长大了会和某人结婚的，可是现在我还太小，没必要去想结婚这种事，你觉得呢，老师？"

"你确实太小了。"安妮表示同意。

"说起结婚，让我想起另外一件事，近来一直让我烦恼不已。"保罗接着说，"上个星期的一天，林德太太到我家来，和奶奶一起吃茶点。奶奶让我把妈妈的照片拿出来给她看看——那张照片是爸爸寄给我做生日礼物的。我不太愿意把照片拿出来给她看。林德太太是个和蔼的好人，可是她和我并没有亲密到可以看我妈妈照片的程度。你能明白的，老师。不过当然，我还是乖乖听从了奶奶的话。林德太太说，妈妈非常漂亮，但是看起来像个女演员，而且年龄肯定比爸爸小很多。然后她说：'将来有一天，你爸爸会再娶别的女人。你愿意有个新妈妈吗，保罗少爷？'嗯，这个想法把我吓得差点儿喘不过气来，老师，可我不想让她看到我的恐慌，我努力保持镇静，直直地看着她的脸——就像这样——我说：'林德太太，我爸爸挑选我的第一个妈妈时，选得很好。我相信他下一次能找到同样好的人。'我真的很相信他，老师。不过我还是希望，就算他要给我找个新妈妈，也应该事先来问问我的意见。噢，玛丽·乔在叫我们去吃茶点呢。我去和她商谈酥油饼的事情。"

"商谈"的结果是，玛丽·乔端来了酥油饼，还外加一盘果酱。安妮沏好茶，和保罗一起坐在昏暗的老式起居室里，海湾的微风从敞开的窗户吹进来，享受着美味的茶点，真是惬意极了。他们说了很多"古怪"的话，这些话让玛丽·乔十分震惊，隔天晚上告诉维罗尼卡说，那个"学校的女教师"和保罗一样怪异。用过茶点，保罗带着安妮上楼到他的房间去，给她看他妈妈的照片，就是艾文太太藏在书橱里那个神秘的生日礼物。夕阳缓缓落下海平线，发出绚丽的光芒。方形的窗户嵌入墙体，窗外紧挨着的就是冷杉树林，婆娑的树影穿过窗户，投射在保罗低屋檐的小房间里，使得小房间如梦如幻。在迷人的霞光映照下，安妮看到这张照片挂在床头的对面墙上。照片上是一张少女般甜美的脸，眼睛里闪现出来的却是慈母般温柔的目光。

"那就是我的妈妈，"保罗自豪的口吻中透着无限爱意，

"我特意让奶奶把照片挂在那儿，这样每天早晨我一睁开眼睛就能看见她。我现在再也不害怕熄了灯睡觉了，因为我感觉到我的妈妈就在那儿陪伴着我。我爸爸虽然从来没有问过我的喜好，但是他知道我喜欢什么样的生日礼物。当爸爸的居然有这样的本事，真是太神奇啦！"

"你的妈妈实在是太美丽了，保罗，你看起来有些像她。不过她的眼睛和头发比你的要黑。"

"我眼睛的颜色像我爸爸的，"保罗在屋子里飞快地跑来跑去，把所有的垫子都找出来，叠放在窗户下面的座位上，"爸爸的头发很茂密，不过是灰白色的，你瞧，爸爸都快五十岁啦。应该说他有些老了，对不对？不过他的外表看起来虽然显老，但是他的内心却和别人一样年轻。好了，老师，来这儿坐，我就坐在你的脚边。我可以把头靠在你的膝盖上吗？我和我妈妈以前总是这么做。噢，我想，那真是太美妙啦。"

"好吧，我想听听你的那些被玛丽·乔称为古怪的想法。"安妮抚摩着身边保罗那蓬松的鬈发说。保罗不需别人的劝导就可以把自己的想法讲出来，尤其是对于意气相投的伙伴，说起话来更是滔滔不绝呢。

"有一天晚上，我在冷杉树林里想到了这些问题，"保罗梦幻般地说，"当然，我也不清楚这些想法是怎么冒出来的，可是它们就是在我的脑海里出现了。你能理解我，老师。我想把这些想法告诉给某个人，可是除了玛丽·乔以外就没有别的人了。玛丽·乔正在储藏室里做面包，我在她身边的长凳上坐下来，对她说：'玛丽·乔，你知道我在想什么吗？我在想，傍晚天空的星星就像是灯塔，照耀着精灵们居住的广袤土地。'玛丽·乔说：

'哎呀，你真是个古怪的孩子。这世上根本没有精灵这种东西呀。'我感到非常丧气。我当然知道世上没有精灵，可也没必要阻止我去想象啊。我说：'那好吧，玛丽·乔，你知道我在想什么吗？我在想，在日落之后，有一位天使来到人间漫步——一位身材高挑、浑身洁白的天使，背上有一对收叠起来的银色翅膀——轻声歌唱，花儿呀，鸟儿呀，都沉浸在歌声中慢慢睡去。只要孩子们仔细倾听，也能听到她的歌声呢。'然后玛丽·乔举起她沾满面粉的双手说：'好啦，你这个古怪的家伙，你把我吓着了。'看起来她确实是一副失魂落魄的样子。我只好走出去，把我剩下的想法悄悄说给花园听。花园里以前有棵小小的白桦树，后来死了。奶奶说是消毒液害死它的。不过我认为，这是它的树精出了问题，这个树精肯定是个马虎的家伙，它想跑出去到处走走，结果迷了路，回不来了，失去了树精，小树感到十分孤独，它伤心难过，然后就死了。"

"等以后那个又马虎又可怜的树精对世界感到厌倦，重新回到它的小树身边时，它一定会悲痛欲绝的。"安妮说。

"是的。既然树精犯了错误，它就应该承担后果的，就跟人一样，"保罗严肃地说，"你知不知道我把新月想象成了什么吗，老师？我把它想象成一只金色的小船，船里载满了各种梦幻。"

"当它碰到一朵云彩，就会轻轻摇晃起来，一些梦幻就会洒落下来，掉进人们的梦乡里。"

"正是这样呀，老师。哇，你什么都知道呢。我还想过，天使们为了让星光映照到地上，把天空剪出了些小洞，剪下的碎片纷纷坠落下来，刹那间就变成了紫罗兰。太阳光变老了后就成了金凤花，香豌豆升入天堂后会变成蝴蝶的。你看看，老师，你觉

192.

得这些想法古怪吗？"

"没有，可爱的小家伙，这些想法一点儿也不古怪。小男孩有这些想法，它们是多么奇特而美丽呀，有些人即使花上一百年，绞尽脑汁，也想象不出这么美好的东西，所以他们才会觉得这些想法很古怪，继续这样想象下去吧，保罗……我相信，有朝一日你会成为一名诗人的。"

当安妮回到家里，看到另外一个男孩，他的风格与保罗截然相反，他正在等安妮来哄他上床睡觉。戴维一直板着脸。安妮刚给他脱了衣服，他一下扑到床上，把脸深深埋进枕头里。

"戴维，该做祷告呀，你忘了吗？"安妮责备他说。

"不，我没有忘记，"戴维挑衅地说，"我再也不想做祷告了。我也不想努力当个好孩子了。我不管做得多好，你还是会更喜欢保罗·艾文的，所以我还不如干脆当个坏小孩，这比当好孩子好玩儿得多。"

"我没有更喜欢保罗·艾文些呀。"安妮认真地说，"我同样喜欢你，只是喜欢的方式不一样。"

"可是我想你用同样的方式喜欢我。"戴维撅着嘴说。

"不会有人用同样的方式喜欢不一样的人。难道你是用同样的方式喜欢我和朵拉的？"

戴维坐了起来，认真地想了想。

"是……是的，"他终于承认说，"我喜欢朵拉，因为她是我妹妹；我喜欢你，因为你是安妮。"

"所以呀，我喜欢保罗，因为他是保罗；我喜欢戴维，因为他是戴维。"安妮欢快地说。

戴维被这个逻辑说服了，他说："嗯，我真希望自己已经做完祷告了。我愿意做祷告，可是现在起床做祷告太麻烦啦。安妮，我明天早上做两次祷告行不行？反正都一样。”

“不行。”安妮坚决反对，“这不是一回事。”于是戴维只好爬起来，紧挨着她的膝盖跪下。当他说完祷告词，身子向后靠，坐在自己褐色的小脚跟上，仰起头看着安妮。

“安妮，我比以前乖多了。”

“是啊，的确乖多了，戴维。”安妮回答说，只要有表扬的机会，安妮决不会吝啬自己的赞誉之辞。

“我知道自己乖多了，”戴维自信地说，“我要告诉你，我是怎么知道自己变乖了的。今天玛莉拉递给我两片涂了果酱的面包，一片给我，一片给朵拉。一片比另一片大得多，而玛莉拉没有说哪一片是给我的，我把大的那一片给朵拉吃。所以我很乖，对不对？”

“非常乖呀，像个男子汉，戴维。”

“当然啦，”戴维坦然接受这个表扬，“朵拉并不很饿，她只吃了一半，把剩下的给我吃。不过我给她时，并不知道她会这样做，所以我很乖，安妮。”

黄昏时分，安妮漫步闲逛，来到了仙女泉边，看到吉尔伯特·布里兹穿过黑黢黢的闹鬼的树林子走了过来。她突然意识到，吉尔伯特不再是当年那个校园男孩了。他看起来浑身充满了男子气概——身材高大，英俊潇洒，肩膀厚实，眼睛里闪烁着清澈和坦诚的光芒。在安妮看来，吉尔伯特尽管不是安妮心目中完美的男性，但也算是个非常帅气的小伙子。安妮和戴安娜很早以前就讨论过，哪种男性才是她们欣赏的类型，结果她们心目中的白马王子标准非常相似。这个人必须身材高大，外表英俊，眼神

194.

深沉忧郁，让人无法看透，嗓音带着磁性，透着伤感和多情。而吉尔伯特的脸上看不到一丝忧郁，也看不出一点儿的深沉与神秘。当然，这丝毫没有影响他们之间的友谊。

　　吉尔伯特在仙女泉边的蕨草上平躺下来，舒展着身子。这时他入迷地看着安妮走过来。如果要问吉尔伯特，他心目中的白雪公主是哪种类型，那么他的回答对于安妮来说至关重要。尽管安妮脸上的七颗雀斑让她懊恼不已，可她仍然希望自己更漂亮些。吉尔伯特不是个小孩子了，小孩子们的梦想都大同小异。吉尔伯特将来肯定会和一个漂亮的女子长相厮守的，她一定有着清澈无比的灰色大眼睛，貌美如花。他已经拿定主意，他的未来一定要出人头地，那才能配得上他心中的女神。就算在这个毫不起眼的安维利镇，年轻的少男少女们都会遇上很多诱惑，更不用说白沙镇了，那里是年轻人约会的天堂。每当吉尔伯特到那里，很多女孩都围着他转，可是，他并没有扬扬自得，而是努力让自己变得更加优秀，好配得上与安妮的友谊。或许有那么一天，他能赢得安妮的爱。吉尔伯特用心地观察着她的一言一行，他注意到安妮总是特别关注她自己的言行，他对此都感到嫉妒，为什么她那双清澈的眼睛对自己总是视而不见呢？安妮内心的理想是崇高的，纯粹的，她把他们之间的关系只当成了友谊，并没有察觉到他们之间微妙的变化。她太过于专注自己的理想，而忽视身边的事，这样下去，她会因此失去一些东西。在吉尔伯特眼中，安妮最让他着迷的是，她从来不会像别的女孩子那样，自贬身份去追逐外表的漂亮，小小的心眼里藏着嫉妒、虚伪和明争暗斗，而在她身上，几乎找不到一丝儿这样的特性。她待人真诚，性情直率，从不虚伪做作，犹如清水芙蓉，冰山雪莲，有一颗冰清玉洁的高贵心灵。

不过，吉尔伯特不打算把他的想法说出来，因为他心里清楚，任何努力只会遭到安妮冷酷无情的打击——或者是嘲笑，甚至比这还糟糕上十倍。

"你站在那棵白桦树下，活脱脱就是一个仙女呀。"吉尔伯特取笑她说。

"我喜欢白桦树呀。"安妮说着，把脸颊贴在细长的树干上，树皮光滑得如同绸缎。她伸出双手，无限怜爱地抚摩着树干，看上去是多么纯真可爱啊。

"马乔·斯宾塞先生在乡村促进会的劝说下，正打算沿着他农场前的大路边种上一排白桦树呢，你还不知道这个消息吧？现在你一定欣喜万分吧！"吉尔伯特说，"他今天和我谈起这事。马乔·斯宾塞是安维利最积极上进和最有公德心的人。威廉·贝尔先生也准备在去他家的小路两边都栽上云杉树做成一道篱笆。我们的协会成绩斐然啊，安妮。乡村促进会已经告别了试验阶段，我们的努力已经得到大家的普遍认可，连老一辈的人对它也饶有兴趣。前不久，来自美国的游客到沙滩上去吃了一顿野餐，以利沙·莱特也跟着去了。听以利沙回来说，美国人对我们的路边美化大大赞扬了一番，而且说在全岛再也找不出比这更漂亮的地方了。或许在不久的将来，其他的农场主也会纷纷效仿斯宾塞先生，在道路两边种上装饰树木和树篱笆，那时候安维利将会变成全省最漂亮的地方啦。"

"援助会还提到要着手处理教堂墓地的事。"安妮说，"我希望他们尽快实施计划，因为他们不得不为此开展募捐活动，这样就避免让我们协会再来插手这件事，自那次的会堂事件发生后，我们就不太合适再去搞募捐活动了。不过，要不是我们协会非正式地讨论过这事，援助会可能还不会承担起这项工作呢。我们在教堂前种植的树木已经长得郁郁葱葱了。学校董事会向我做出承诺，说他们准备明年给学校修建围墙。要是他们这样做，我会发动一个植树节，让每个学生都种植一棵树。这样一来，我们在大路的拐弯处就能拥有一整片花园啦。"

"到目前为止，我们的计划——实现了，可是还有一个计划没有进展，那就是拆除鲍尔特的老屋的事。"吉尔伯特说，"我已经对此丧失信心，准备放弃了。李维决不会因为怕惹恼了我们而拆除老屋的，鲍尔特家的人都是倔脾气，李维·鲍尔特尤为突出。"

"朱丽叶·贝尔想再找一拨人去劝说他，不过我觉得，最好的办法就是离他远点儿，绝对不要打扰他。"安妮很明智地说。

"正如林德太太说的那样，让老天来解决这事吧。"吉尔伯特微笑着说，"显而易见，再也没有合适的人选去劝说他了，大家只是一味地惹恼他。朱丽叶·贝尔觉得你是合适的人选，她说只要你下决心要干好一件事，那就肯定能完成的。安妮，明年春天我们要发动一场运动，鼓动大家种植草坪，美化土地。所以我们就得在今年冬天及时播下良种草籽。我这里起草了一个关于草坪种植和管理的公约，我准备尽快就这个问题写篇文章。嗯，对了，我想我们的假期就快结束了，星期一就要开学啦。露比·格丽丝已经去卡莫迪学校上课去啦？"

"是的。普里西拉写信来告诉我，她执意要离开卡莫迪，回她家乡的学校去，于是卡莫迪董事会就把这份工作给了露比。普里西拉再也不回来了，我真感到难过。不过，正因为她不回来，所以露比才能得到卡莫迪学校的工作，我又为她感到高兴。露比每周星期六都会回来，这样一来仿佛回到了从前，她、简、戴安娜和我又可以聚在一起了。"

当安妮返回到家里时，玛莉拉也刚从林德太太家回来，正坐在门前的台阶上休息。

"我和雷切尔打算明天到镇上去。"玛莉拉说，"林德先生这周感觉身体好多了，雷切尔想趁着他未犯病前出去走走。"

"看来我明天早上很早就得起床，有很多事情要做呀。"安妮主动应承下来，"首先，我要把羽绒被的被套换一床新的，我早就该更换了，却一直拖到现在，这可是件讨厌的工作呢。对不喜欢做的事情就拖拖拉拉，这个习惯很不好，我以后再也不这样了，否则的话，我没资格告诫我的学生别养成拖拖拉拉的习惯，我可不想成为一个言行不一的人。然后我要给哈里森先生做一个蛋糕，还要为乡村促进会赶写一篇关于花园的文章，写信给斯特拉，把我的白色平纹薄纱裙洗干净再上浆，给朵拉做一件新围裙。"

"你一半也做不完。"玛莉拉说，"我从来不会计划着做一大堆事情，因为计划赶不上变化，总会有些计划外的事情打乱你的计划，一件接着一件地去做就行啦。"

意外总是接踵而至

　　安妮第二天一大早就起床了，愉快地迎来崭新的一天。第一道曙光划破了珍珠般银灰色的天空，绿山墙沐浴在金灿灿的阳光中，一道道绚丽的光芒伴随着白杨和柳树的影子翩翩起舞。在小路的那一头，是哈里森先生的麦田，金黄色的麦穗饱满结实，麦浪滚滚，在微风中起伏摇曳。这个世界太美好啦，安妮慵懒地靠在花园小门上，贪婪地享受着眼前的幸福美景，足足十分钟都不愿离开。

　　吃过早餐，玛莉拉做好了出门的准备。朵拉跟她一起去，这是玛莉拉很早以前就答应过她的。

　　"好啦，戴维，你要努力做一个乖孩子，别给安妮添麻烦，"玛莉拉严厉地告诫戴维说，"如果你听话，我就从镇上给你买个条纹棒棒糖回来。"

　　唉，玛莉拉为了让戴维乖些，不惜屈服于她一直不屑的"罪恶"的贿赂方式，真是"不择手段"啦！

　　"我不会故意捣乱的。可是，如果我不小心做错了事，那该怎么办呢？"戴维很想弄明白。

　　"你必须要管好自己，尽量不要出事。"玛莉拉训诫他说，"安妮，要是希尔先生今天到访的话，记得拿上好的烤肉和牛排来招待他。如果他今天不来，你就得宰只鸡，为他准备明天的午餐。"

安妮点了点头。

"今天的午餐只有我和戴维两个人，所以不用费心去准备。"安妮说，"我把火腿解冻了做午餐，然后油炸些牛排，等你回来后给你做晚餐。"

"我今天上午要去哈里森先生家帮忙拖红藻。"戴维宣称，"是他邀请我去的呢！我猜他肯定会邀我和他共进午餐的。哈里森先生真是一个好人呀，他也是一个善于交际的人。我希望我长大了就像他一样。我是说，我的行为举止像他那样，不是长得像他。不过我想，不用为长相的问题担心，因为林德太太说过，我是个非常英俊的小孩子呢。安妮，你觉得我长大以后会很帅气吗？我很想知道呢。"

"我敢保证是这样的。"安妮很认真地说，"你绝对是一个帅气的小男孩，戴维。"——玛莉拉看着她，示意她不要这么夸他——"不过你必须注意自己的言行，做一个彬彬有礼的绅士，就像你的外表那样美好，这样才算配得上帅气的长相呢。"

"我记得你有一天发现米尼·梅·巴里在哭，那是因为有人说她长得很丑。你告诉她说，如果她的心灵是美好善良的，人们就不会在意她的长相了。"戴维不满地说，"在我看来，在这个世界上，哪怕你长得很丑，只要你注重一言一行，老老实实，规规矩矩，人们都终究会喜欢上你的！"

"你难道不想做个好孩子？"玛莉拉问。她似乎明白很多事理，可似乎什么也没弄透彻，只好这样随口问道。

"想啊。我想做个好小孩，但是不想做得太好了。"戴维很谨慎地说，"不必做得太好就可以当周日学校的负责人呢。贝尔先生就是这样，他真是一个大坏蛋！"

"他肯定不是。"玛莉拉生气地说。

"他就是，他自己亲口说过的。"戴维一口咬定，"上个星期，他在周日学校祷告的时候这样说的。他说自己是一个可耻的寄生虫，可怜的罪人，犯下了最肮脏的罪行。玛莉拉，他到底干了什么坏事呢？他杀了什么人吗？还是偷了捐款箱的钱？我很想知道。"

这时候，林德太太驾着马车出现在了小路上，真是感谢上帝！玛莉拉借此赶快逃之夭夭，感觉就像是从猎人布下的陷阱中侥幸脱身，有一种大难不死的庆幸。她衷心希望贝尔牧师以后的祷告不再用如此艰涩的比喻，尤其是在听众席上，坐着这么一位老是说"我很想知道"的小男孩的时候。

安妮独自干着家务，虽然劳累，但她感到由衷的自豪。擦洗地板，整理床铺，喂养母鸡，把白色平纹薄纱裙子洗干净，挂在屋外的晾衣绳上。忙完这些后，安妮准备更换羽绒被的被套。她爬上阁楼去，随手抓起一件旧衣服穿在身上。那是一件深蓝色的喀什米羊毛衫，是安妮十四岁时穿的。这件衣服很短，就跟她当年第一次来到绿山墙时穿的那件难看的棉绒衣服一样短。不过就算沾满羽绒也没有关系，反正是旧衣服。安妮来到洗手间，把马修送给她的红白相间的大圆点手帕裹在头上，浑身上下全副武装起来。然后，安妮动身前往厨房边的小房间。玛莉拉不管自己要去什么地方，都要提前为安妮作好家务的相关准备。就在她今天出门前，已经帮她把羽绒被铺在房间里了。

201.

一张破裂的镜子挂在房间的窗户边。非常不幸的是，安妮从那面镜子里看到了自己。她的鼻子上那七颗硕大的雀斑，比往常要醒目得多，也许是因为阳光穿过打开的窗户，照在了雀斑上面，显得格外显眼。

　　"哦！我昨晚忘了擦洁面膏啦！"安妮心想，"我现在得赶紧去储藏室擦洁面膏。"

　　为了弄掉这些雀斑，安妮尝试过许多办法，也吃过不少苦头。有一次甚至鼻子弄得都掉了一层皮，可雀斑仍然纹丝不动。几天前她在杂志上看到了一个祛除雀斑的秘诀——擦洁面膏效果显著。制作洁面膏所需的原料她都能一一找到，于是她迫不及待地如法炮制。玛莉拉强烈反对她的这种做法，她说，如果神的旨意就是要让那些雀斑长在你的鼻子上，那你就必须让它们好好待着，这才是你义不容辞的责任。

　　安妮一路小跑来到储藏室。由于屋外有一棵大柳树紧挨着窗户，所以储藏室显得有些幽暗，为了防止苍蝇飞进来，窗帘现在也严严实实地拉上了，储藏室完全是漆黑一片。安妮从储藏架上摸到装洁面膏的瓶子，拿起一块小海绵，解恨似的在鼻子上涂了厚厚一层，仿佛这样能把雀斑给全部吓跑。这个非常重要的工作忙完之后，安妮重新回去更换羽绒被。她只需把一只被套里的羽毛全部换到另一只被套里，做过这种活的人都知道，等做完这一切，整个人就面目全非啦。她的衣服上沾满了羽绒，大手帕没把头发全部遮住，前额的头发上也沾上了羽绒，一圈的羽绒把她装扮起来，她简直就像天使，头上戴着光彩夺目的光环。就在这神圣的时刻，一阵急促的敲门声响起。

　　"一定是希尔先生。"安妮想着，"我现在真是乱成一团糟啦，可是我必须马上去开门，还得跑快点儿，他是个急性子呢。"

安妮飞一般地跑到厨房门后。这位绿山墙的闺秀眼下浑身沾满了羽绒，狼狈不堪，真恨不得从地板上找个缝马上钻进去，可是不管怎么祈祷，大慈大悲的地板没有裂开，也没有把她吞下去。门前的台阶上站着普里西拉·格兰特，她一身盛装打扮，丝质的面料金光闪闪，皮肤白皙。她的身后跟着两位太太，一位身材矮胖，头发灰白，身着花呢套装，另一位个子高挑，穿着优雅漂亮的女装，脸庞美丽而高贵，乌黑的睫毛下忽闪着一对紫色的大眼睛，这让安妮有种直觉，这就是夏洛蒂·E.摩根太太。

在这让人万分沮丧的时刻，安妮那混乱无比的头脑里冒出一个念头，就如同谚语里说的救命稻草，她紧紧抓住不敢放开。摩根太太笔下的所有女主角，都有着化险为夷的出色本领。不管她们遭遇了什么样的麻烦，她们总是应付自如，机智而巧妙地解决掉纷至沓来的一连串麻烦。不管是时间还是空间，都不会成为她的绊脚石。安妮这时感觉到，摩根太太笔下这神圣的时刻降临到自己身上，自己应该做到应付自如。她做到了。她做得太完美了，以至于后来普里西拉宣称，她对安妮·雪莉在那一刻的表现钦佩之至，简直是五体投地。安妮在当时的情境下，不管自己的感觉有多么的糟糕，她都不允许自己表露出来。她真诚地欢迎普里西拉的到来，平静地听普里西拉介绍她的同伴，那镇定自若的状态，就仿佛她身着漂亮的紫色亚麻盛装一样，而不是现实中的狼狈形象。可是，那位她本能直觉是摩根太太的女士根本就不是摩根太太，而是陌生的潘德斯特太太，而那位身材矮胖、头发灰白的才是摩根太太，毫无疑问，这给安妮带来了不小的震撼。不过更让人震撼的事情还在后头。安妮领着客人们穿过起居室，来

203.

到客厅里。她把客人留在那里，自己赶快到外面，帮普里西拉把马拴好。

"真的很抱歉，我们没有提前通知你就突然过来，"普里西拉向她道歉说，"可我也是昨天晚上才知道，我们今天要来这里的。夏洛蒂姨妈星期一就要离开了，她原来计划今天去镇上拜访一位朋友。可是昨天晚上，她的那位朋友电话通知她说，千万别去了，因为他们全家都感染上了猩红热，现在正被隔离检疫。于是我建议到你这里来，因为我知道你一直渴望见到她。我们在白沙镇旅馆给潘德斯特太太打了电话，邀她一同过来。她是姨妈的朋友，住在纽约，她的丈夫是个百万富翁。我们在这里不会待很久，潘德斯特太太五点钟前必须回旅馆去。"

几分钟后，她们把马拴好。普里西拉用迷惑不解的眼神偷偷打量着安妮，她的眼神被安妮捕捉到了。

安妮略微有点儿恼怒，心想："她不必这样盯着我看，就算她不知道更换羽绒被套是怎么回事，她也完全能想象到呀。"

普里西拉刚回到客厅，安妮这时正要逃到楼上去时，戴安娜刚好走进厨房。安妮猛地抓着她的胳膊，把她的这位朋友吓得不轻。

"戴安娜·巴里，你能猜到现在是谁在客厅里吗？夏洛蒂·E.摩根太太！还有一位是纽约一位百万富翁的妻子……我现在兴奋得很呀！可家里除了一块冷冻的火腿外，没有任何东西能端上桌来招待客人啦，戴安娜！"

就在这时，安妮注意到了戴安娜的眼神，她迷惑不解地盯着安妮，跟刚才普里西拉看她时一模一样。安妮气得简直快发疯啦。

204.

"喂，戴安娜，别那样看着我！"她恳求说，"你不是不明白，就算是世界上最爱干净的人，在更换羽绒被套后，身上也不可能干干净净，一片羽绒都不沾的！"

"可这……这……不是羽绒的问题呀，"戴安娜吞吞吐吐地说，"是……是……你的鼻子，安妮。"

"我的鼻子？哦，戴安娜，我敢打赌，我的鼻子没有任何问题！"

安妮跑到洗手台旁，从小镜子里看去，第一眼就看到了这个残酷的现实，她的鼻子居然变成了耀眼的鲜红色！

安妮跌坐在沙发上，她那原本大无畏的精神终于消失殆尽，无影无踪了。

"这到底是怎样回事？"戴安娜忍受不住自己的好奇心，开口问道。

"我本来是要拿洁面膏擦脸的，我想我肯定是拿到红染料了，那是玛莉拉用来染地毯图案的呀！"安妮绝望地回答说，"我该怎么办？"

"快把它洗掉吧！"戴安娜很现实地说。

"也许洗不掉啦。小时候，我把自己的头发染得怪模怪样的，现在我又染红了自己的鼻子。那一次染了头发，玛莉拉帮我把头发剪掉了，可是这一次就不能用这种方法了！哎，这是对我虚荣心的又一次惩罚，我真是活该呀！可是，这真是太让人难受了。虽然林德太太说过，世上并没有什么祸不单行的事，因为一切都是命中注定的，可现在看来，我是个十足的倒霉蛋啊！"

所幸的是，这些染料很轻易就被洗掉了，这让安妮感到了点儿慰藉。她赶紧回到东屋，戴安娜则冲回家去。不一会儿，安妮换好衣服下楼来，调整好了自己的情绪状态。她一直渴望能穿着那件白色平纹薄纱的裙子见摩根太太，可现在刚洗过，还在屋外的晾衣绳上高兴地荡来荡去呢，于是她只能屈尊穿上那件墨绿色的衣服，并且说服自己接受这一现实。当戴安娜返回来时，安妮已经生起炉火，把茶煮好了。戴安娜穿的正是她的白色平纹薄纱裙子，手上还拿着一个有盖子的餐盘。

"我妈妈让我带这个给你。"戴安娜把餐盘的盖子揭开，里面是一只烤鸡，色香味俱全，让安妮惊得瞪大了眼睛，连声说感谢。

跟烤鸡一起端上餐桌的还有色泽漂亮的新鲜面包、上好的奶油和乳酪、玛莉拉的水果蛋糕，另外还有一盘梅子酱，果肉漂浮在金黄色的糖浆中，犹如夏日的阳光凝固起来一般。餐桌上还摆放着一盆鲜花，粉红色和白色的紫菀花开得正艳。不过，这比起当初为了迎接摩根太太所精心准备的午餐要逊色多了。

不过，饥肠辘辘的客人并不觉得食物太少，这些简单可口的食物让她们胃口大开，尽情享受起来。午餐开始几分钟后，安妮觉得自己已经没必要去担心食物够不够的问题了。摩根太太的外貌让人有点儿失望，就算是她最忠实的崇拜者也只好被迫接受这一现实。不过，她十分健谈，是一位令人愉快的交谈者。她游历甚广，阅人无数，谈吐机智幽默，妙语连珠，让一旁的听众恍若置身于她的小说世界里，在亲耳聆听书中那些智者的人生箴言。她机智风趣的话语，让人能感受到一股强烈的现实感和女性特有的同情和博爱的胸怀，正是这些特质，让她轻易就能打动对方，并赢得众多的崇拜者，这是非常了不起的本领。在交谈中，她不会滔滔不绝地长篇大论，她会耐下性子，认真去倾听大家的谈话，并且最后归纳出谈话的要点，仿佛大家所说的话正是她的心里话一样。在这种氛围下，安妮和戴安娜没有丝毫的紧张，她们惊讶地发现，和她交流是这么地无拘无束、自由自在。潘德斯特太太话很少，她只是用她迷人的双眸和嘴唇微笑着，十分优雅地品尝着烤鸡、水果蛋糕和梅子酱，让人觉得她是在享用着仙馔和甘露。安妮后来对戴安娜说，如果有谁像潘德斯特太太那样貌若天仙，端庄美丽，她只需静静地坐在那儿，不需开口，也足以令在场的人为之深深倾倒。

用过午餐，她们轻松地散着步。一路上走过情人之路，穿过紫罗兰山谷，经过白桦路，返回来穿过闹鬼的树林子，来到仙女泉，然后她们坐在那儿聊天，度过了愉快的半个小时。摩根太太很想知道"闹鬼的树林子"这名字的由来，安妮用夸张的语调讲述她在闹鬼的子夜时分穿过树林的故事。摩根太太听完这个故事，开心地大笑起来，连眼泪都笑出来了。

当安妮的客人已经远去，她再次和戴安娜单独在一起时，她说："这的确是个心灵涌动和分享的宴会，对吧？我不知道我更喜欢做什么……是听摩根太太的谈话，还是欣赏潘德斯特太太的举止？由于我们预先不知道她们要来，免去了那一套繁琐的招待礼仪，这样我们反而过得更加愉快。戴安娜，你得留下来和我吃完茶点再走，我们要把今天发生的事情好好聊聊。"

"普里西拉说，潘德斯特太太的小姑要嫁给一位英国伯爵，可她太喜欢吃梅子酱啦！"戴安娜说，听她的口气，仿佛这两件事水火不容。

"我敢说，就算那位英国伯爵亲自前来，他那高贵的鼻子也会被玛莉拉的梅子酱深深吸引住的。"安妮骄傲地说。

那天晚上，当安妮把白天发生的事情讲述给玛莉拉听时，她对自己鼻子的不幸遭遇只字未提。不过她找出那瓶擦洗雀斑的洁面膏，倒在了窗外，把它倒得干干净净。

"我再也不尝试那些乱七八糟的美容东西了。"安妮暗自下了决心，"这些东西对于谨慎细心的人来说很合适，但对于我这种屡犯错误的冒失鬼来说一无是处，去瞎弄这些东西只能是自找麻烦。"

亲爱的拉文达小姐

新的一学期开学了，安妮重新回到自己的工作岗位，在教育这个问题上，现在的她不再坚持各种各样的理论，而是更多地从实际经验出发。班上来了几个新学生，都是六七岁大的孩子，这是他们第一次踏入校园，用圆溜溜的眼睛打量着这个奇妙的世界。其中就有戴维和朵拉。戴维坐在米尔迪·鲍尔特旁边，由于米尔迪已经上了一年学了，因此在戴维看来，他就是这个世界了不起的人物。朵拉和莉丽·斯劳尼商量好做同桌，这是她们上个星期天在周日学校商量好的，可是莉丽·斯劳尼开学第一天没来学校，于是朵拉被暂时安排和米拉贝尔·科顿坐在一起。米拉贝尔已经十岁，所以在朵拉眼里，她算是个"大姑娘"了。

"我觉得学校里太好玩儿啦！"这天晚上回到家，戴维对玛莉拉说，"你说过，我只要坐着不动就会难受得要命，我确实很难受——我发现你说的话很多都是对的——可是，我可以在桌子下摇晃双腿呀，这样就好受多了。有那么多男孩子可以一起玩耍，真是太棒啦。我跟米尔迪·鲍尔特坐在一块儿，他这人很不错。他比我高些，可我比他胖点儿。要是能坐到最后一排就太好了，不过我的腿还不够长，不能踩到地板上，所以我就只能老老实实地坐在前排。米尔迪在他的石板上画了安妮的画像，可是画得难看死了。我警告他说，要是他再把安妮画成这副模样，我就会把他揍得屁滚尿流。开始我想把他画下来，给他画上牛角和尾巴，不过我担心这样会伤害他的自尊心，安妮告诉过我，千万不要随意伤害别人的自尊心，自尊心受到伤害是件很可怕的事情，如果你想教训哪个男孩子，把他揍翻在地都可以，但是不要伤害他的自尊心。米尔迪说他并不怕我，他可以随时叫人来报复我。然后他擦掉安妮的名字，写上了芭芭拉·萧的名字。米尔迪说，他很讨厌芭芭拉，因为她总是叫他甜心男孩，甚至有一次她还拍打了米尔迪的脑袋。"

朵拉愣愣地说，她也很喜欢学校。她的反应很平静，好像有些不对劲。傍晚时分，玛莉拉吩咐她上楼去睡觉，她犹豫了好一阵子，最后忍不住哭了起来。

"我……我害怕，"她啜泣着说，"我……我不想一个人摸黑上楼去。"

"你的脑袋里冒出了什么怪念头啦？"玛莉拉问，"整个夏天都是你一个人上楼睡觉去的，以前从来没有害怕过呀！"

朵拉只是一个劲儿地哭，于是安妮把她抱过去，同情地搂着她，在她耳边轻声说："告诉我是怎么回事，亲爱的，你在害怕什么呢？"

"我怕……怕米拉贝尔·科顿的舅舅，"朵拉抽噎着说，"米拉贝尔今天在学校对我讲了她全家的事情。她家的人都快死光了——爷爷奶奶、外公外婆，还有那么多叔叔阿姨们，都死去了。米拉贝尔说，他们家族都习惯死亡了。有这么多死去的亲戚，米拉贝尔觉得十分骄傲。她告诉我他们是怎么死的，他们死

210.

前都说了些什么，他们躺在棺材里是什么样子。米拉贝尔说，她的一个舅舅死后被埋葬了，可有人看到他还在屋子里走来走去的，她妈妈就亲眼看到的。我倒是不怕别的死人，可我总会不由自主地想起她的舅舅来。"

安妮陪着朵拉一起上楼，守在她的床边，直到朵拉睡着了。第二天课间休息的时候，米拉贝尔被留了下来，安妮语气温和，但态度严肃地告诉她说："你得明白，就算你的家族非常不幸，真有那么一位舅舅被隆重下葬后还回到屋子里走来走去，但你也不应该把这样一件稀奇古怪的事情告诉你的同桌，因为她还是个年幼的小孩子。"米拉贝尔觉得这样的批评太苛刻了，科顿家族没有什么值得夸耀的，如果不准许她编造一些家里闹鬼的故事，她还能凭借什么在同学中维持自己的声望呢？

九月转瞬即逝，金秋十月优雅地到来。一个星期五的晚上，戴安娜过来了。

"我今天收到艾拉·金博尔的一封信。安妮，她邀请我们明天下午去她家吃茶点，并会见她那位从城里来的表妹艾琳·特伦特。可是，我们没有空余的马车可用，它们明天全都被占用了。你的小马腿又瘸了，所以我看只好推辞掉了。"

"为什么不走路过去呢？"安妮提议说，"我们直接从镇子后面穿过树林，就能找到去西格拉夫顿的大路，从那儿出发，走不了多久就能到金博尔家。去年冬天我走过那条路，所以现在记得很清楚，大概也就六公里左右的路程，而且我们回来时不用走路，因为奥利弗·金博尔肯定会驾车送我们的。凭借这样一个借口出门，他高兴还来不及呢。因为他一直想去看望卡丽·斯劳尼，可据说他爸爸基本上不会允许他独自一人驾车出门的。"

于是她们俩下定决心走路过去。第二天下午，她们出发了。走过"情人之路"，来到卡斯伯特家农场的后面，她们在那儿看到一条小路，径直通向树林深处。这片林子很大，林子里生长着山毛榉树和枫树，远远看去，红色像是跳动的火焰，黄色如金子般绚丽，红黄相间，漂亮极了。树林静静地横卧在黛紫色的大地上，无声无息地融入这无边的宁静与祥和中。

　　"我仿佛感受到，时光老人正跪在一座巨大的教堂里，在祥和的光线下做着祷告呢，你觉得呢？"安妮眼里洋溢着梦幻般的光芒，"要是就这样匆匆而过，好像很没有礼貌啊，就如同在教堂里乱跑一样，我感觉很对不住这样的美景。"

　　"可我们必须尽快赶路，"戴安娜看了看表说，"我们的时间所剩无几了，没工夫来慢慢欣赏。"

　　"好吧，我可以走快点儿，不过你最好别和我说话。"安妮说着，不由得加快了步伐，"我只想在这一天的美景中陶醉一会儿……我感觉它好像一杯梦幻般的红酒，正送到了我的嘴边，我每走一步就饮一口美酒。"

　　也许是她太陶醉于"品尝红酒"之中了，以至于她们走到岔路口时，本来安妮应该带路向右转的，可是两人却转向了左边。不过安妮事后仍然坚持说，那是她一生中最幸运的失误。她们最后来到一条人迹罕至的小路上，杂草丛生，举目四望，除了一排排的云杉树苗，什么也看不到。

　　"哎呀，我们这是到哪儿来啦？"戴安娜惊慌失措地叫喊起来，"这根本不是去西格拉夫顿的路呀。"

　　"我们是走错了，这是去中格拉夫顿的方向。"安妮有点儿惭愧地说，"一定是我在岔路口转错了方向。我也拿不准这是什么地方，不过可以肯定的是，我们离金博尔家大概还有五公里路。"

"那看来我们没办法在五点前赶到那儿去，因为现在已经四点半了。"戴安娜绝望地看看表说，"等我们到金博尔家，他们早就吃过茶点了，他们只得忙着重新给我们准备茶点，这会很劳烦他们的。"

"我们最好还是从原路返回吧。"安妮低声下气地提议说。可是戴安娜考虑了好一阵子，表示反对这样做。

"不用，我们已经走这么远了，最好还是继续朝前走吧，索性到他们家过夜，明天再回家。"

她们俩走了不远，又来到一个岔路口。

"我们该选哪一条路呢？"戴安娜迟疑地问。

安妮摇摇头。

"我也不清楚，我们不能再犯错误了。这里有一扇大门，还有一条直通树林的小路。那边肯定有户人家。我们过去问问吧。"

"这条老路走起来感觉多么浪漫呀。"戴安娜说道。她们脚下的这条小路蜿蜒曲折，曲径通幽。苍老古朴的冷杉树枝叶繁茂，绿荫如盖，树荫下生长着繁茂的苔藓。小路两边是褐色的林地，一缕缕阳光从树木缝隙中穿透下来，星星点点地落在地面上。一切都显得那么幽深、僻静，仿佛是一片桃花源地，尘世和尘世间的烦恼统统都被阻挡在遥远的地方。

"我感觉我们像是在一片被施了魔法的森林里游走似的。"安妮悄声说道，"戴安娜，你觉得我们还能找到回归现实世界的道路吗？我想，我们即将要来到一座宫殿前，里面有一位被施了魔法的公主呢。"

她们又拐过一个弯。出现在她们视线里的不是一座真正的宫殿，而是一座石头小屋。尽管不是富丽堂皇的宫殿，但要知道在这种地方，木头房子是一贯的传统，而这里却出现这样一座农舍，也足够让她们惊讶万分了。小屋与周围的环境融为一体，仿佛这一切都是同一粒种子长出来的东西。安妮停住脚步，对这一美景欣喜若狂，而戴安娜则兴奋地尖叫起来：

"啊，我知道这是哪儿了。这座石头小屋就是拉文达·刘易斯居住的地方。我想起来了，她把这座屋子叫作'回音蜗居'。我以前曾听人说起过，不过从来没有见过。这真是个非常浪漫的地方，是吧？"

"这是我所见过和所能想象得到的最可爱、最漂亮的地方。"安妮兴奋地说，"好像是从童话书里冒出来的一样，或者就像是梦境呀。"

小屋是用岛上红砂岩石料砌成的，低屋檐结构，尖尖的小屋顶上开着两扇天窗，上面是古香古色的木质天窗顶子，还有两只大烟囱。葱翠茂密的常春藤在粗糙的石墙上轻而易举找到了立足之地，以势不可挡的气概，覆盖了整幢房子，秋霜把藤蔓染成最美丽的古铜色，以及如红酒般的浅红色。

屋子前面是一座长方形的花园，外面就是小径的大门，这两个姑娘就站在敞开着的大门前。屋子的正面是这条小径，而另外三面则紧邻着陈旧的石头堤岸，上面覆盖满了苔藓、青草和蕨草，看起来甚至像一座高高的绿色长土堆。屋子左右两边簇拥着高大深色的云杉树，它们伸出粗大的树枝，遮住了石头小屋。树下是一块小小的草地，长满了翠绿的苜蓿，一直延伸到了格拉夫顿河。除此之外，眼前再也找不到任何别的房子，甚至也没有一片空地，只有遍地生长的年轻冷杉树，覆盖了所有的山丘与河谷。

"我真想知道刘易斯小姐是个什么样的人，"当她们打开大门，走近花园时，戴安娜猜测着说，"别人都说她是个很古怪的人。"

"那么她一定是个很有趣的人。"安妮断然说，"这类人不管有多么古怪，他们至少会是充满趣味的人。我刚才不是说过，我们会来到一座被施了魔法的宫殿吗？我早就知道，小精灵不会无缘无故地挥舞魔棒，把我们指引到这个地方来的。"

"可是，拉文达·刘易斯可完全不是一个被施了魔法的公主呀，"戴安娜笑着说道，"她是个老姑娘……我听别人说起，她已经四十五岁，满头灰发了。"

"噢，那只是魔法的一部分而已。"安妮很自信地断言道，"她的心灵依然年轻、美丽……只要我们知道怎样解除魔法，她就能重回青春时光，风采依旧地走出来。可是我们不会解除魔法——事实上只有王子才知道怎么解，而且总是这样的——拉文达小姐的王子还没有来，也许是不幸的灾难降临到他的头上了——不过这不太符合童话故事的套路。"

"恐怕这位王子很早以前就来过，后来又走了。"戴安娜说，"据说拉文达小姐曾经和斯蒂芬·艾文订过婚——就是保罗·艾文的父亲——那时候他们都很年轻。不过他们吵了一架，然后就分手了。"

"嘘，"安妮提醒说，"门开着呢。"

两个姑娘在门廊里停下，门廊上满是常春藤的卷须。她们敲了敲门。屋里传来一阵嗒嗒的脚步声，一个长相怪异的小姑娘出现在门口，她大约十四岁，满脸雀斑，狮子鼻，嘴巴很宽，看起来嘴巴就是从一个耳根伸到另一个耳根处。浅黄色的头发编成了

215.

两根长长的辫子，上面扎着巨大的蓝丝带蝴蝶结。

"刘易斯小姐在家吗？"戴安娜问。

"在，小姐。进来吧，小姐。走这边，小姐。请坐，小姐。我去告诉拉文达小姐你们来了，小姐。她在楼上，小姐。"

这位小小的女仆话一说完，就撇下客人，一溜烟跑得无影无踪了。两个姑娘趣味盎然地打量着周围。这幢神奇的小屋不仅外表让人啧啧称奇，里面的陈设同样与众不同。

小屋的天花板很低，有两扇方形的窗户，窗格很小，窗帘装饰有平纹薄纱的褶边。所有的家具都是传统的老式风格，经过一番精心布置，显得雅致得体，非常考究。不过，坦率地讲，对于这两位迎着秋风长途跋涉了七八公里的姑娘来说，她们早已饥肠辘辘了，眼下最具吸引力的就是餐桌，桌子上淡蓝色瓷盘里盛满了美味佳肴，桌布上点缀着金黄色蕨草，充满了如安妮所说的"宴会的氛围"。

"拉文达小姐一定在等候客人来品尝茶点。"安妮小声说道，"这里有六个座位。不过，那位小女仆太滑稽了，她看起来就像是来自妖精王国的使者。我本来想让她给我们指路的，可是我现在对拉文达小姐非常好奇，想见见她。她……她……她来了。"

话音刚落，拉文达小姐就出现在门口。她的模样让两个姑娘惊讶万分，甚至忘记了基本的礼仪，只是目不转睛地盯着她。她们原本以为看到的会是一位普普通通的老姑娘，就是她们凭经验知道的那一种——瘦骨嶙峋、头发花白但却一丝不乱，戴着一副老花镜。拉文达小姐的形象和她们想象中的大相径庭。

她身材瘦小，浓密的银发卷曲得非常漂亮，精心梳理过并盘了起来，显得蓬松整齐。头发下是一张完全如小姑娘般的脸，面

216.

颊红润，双唇甜美娇嫩，一双褐色的大眼睛流露出温柔的目光，脸上还有一对酒窝，一对名副其实的酒窝，穿着非常优雅的米黄色平纹薄纱外衣，上面点缀着白色蔷薇花。要是别的女性在她这样的年纪穿着这件外衣，一定会显得矫揉造作，别人会觉得是在装嫩，一定会觉得滑稽可笑，可是穿在拉文达小姐身上却非常匹配，甚至根本不会让人想起她的实际年龄。

"夏洛塔四号说你们想见我。"她说，她的嗓音和她的气质很般配，听来如沐春风。

"我们想来问路，去西格拉夫顿的路该怎么走。"戴安娜说，"我们受金博尔家邀请去吃茶点，可是在穿过森林时迷路了，在一个岔路口本来该转向西格拉夫顿的，结果转错了方向。我们现在该往大门的左边还是右边转呢？"

"向左。"拉文达小姐说，她迟疑地看了一下桌上的茶杯，然后像是突然做出了一个重大决定似的，大声对她们说，"不过，嗯，你们是否愿意留下来和我共进午茶呢？等你们到了金博尔家时，他们早就吃过了。我和夏洛塔四号都期待你们能留下来，一起吃茶点。"

戴安娜没有说话，只是用眼神询问安妮。

"我们非常乐意。"安妮不假思索地应承下来，因为她暗自打定主意，想多了解些这位让人惊讶的拉文达小姐，"但愿这没有给你带来不便。看来你是在等候别的客人呀，对不对？"

拉文达小姐又看看她餐桌上的茶点，脸变得通红。

"我想你们一定会觉得我太愚蠢了。"她说，"我真的很傻……让别人知道了，我会挺难为情的，不过这事除非我说出来，不会有人发现的。我并没有等谁……我只是假装在等客人。

你们瞧，我的生活太寂寞了。我喜欢有客人来拜访——就是那种很正派的客人——不过很少有人来这儿，因为这里太偏僻了。夏洛塔四号也感到非常孤单，所以我假装要举办茶会，我为此特意准备了茶点，把餐桌装饰起来，摆上我母亲结婚时的瓷器，我还特意梳妆打扮了一番。"

　　戴安娜暗自想到，这位拉文达小姐确实像人们所传言的那样古怪。一个四十五岁的女人居然还会假装举行茶会，简直就像小女孩玩过家家！不过，安妮的眼睛里闪着兴奋的光芒，高兴地大叫道："哇，你也想象这种事情吗？"

　　这个"也"字揭示了她和拉文达小姐是志趣相投的一类人。

　　"是的，我经常这样。"拉文达小姐毫不掩饰地承认说，"当然我也知道，在我这把年纪还这样做确实愚蠢可笑。可是，如果你想干点儿傻事，又不会妨碍别人，却胆小不敢去做，那么一个老小姐还靠什么来寻点儿乐趣打发时光呢？一个人总得要找点儿乐趣来填补空虚和孤独的。有时候我不假装做点儿事情，就不知道自己还能不能活下去。当然这种傻事一般不会被人发现的，夏洛塔四号也从不对别人说起。虽然今天被你们发现了，但我很高兴，因为你们真的来我家了，而且我的茶点都已经为你们准备好了。你们能不能到楼上客房去把帽子脱下来？就在楼梯尽头那扇白色的门里边。我得赶紧去厨房看看夏洛塔四号，让她别把茶煮得太浓了。夏洛塔四号是个好姑娘，不过她老是把茶煮得很浓。"

　　拉文达小姐迈着轻盈的脚步去了厨房，一心琢磨着如何热情地招待这些期待已久的客人。这两个姑娘自己上楼去，打开洁净的房门，客房同样整洁无比。阳光从挂满常春藤的天窗照射进

218.

来，安妮说，这里看起来真是个适合做美梦的地方。

"这真是一次奇遇呀，不是吗？"戴安娜说，"虽然拉文达小姐有点儿古怪，但是她非常可爱，对吧？她可一点儿也不像个老姑娘。"

"我觉得她就像是美妙的音符。"安妮回答说。

两位姑娘走下楼时，拉文达小姐正把茶壶端进来，她身后跟着欢天喜地的夏洛塔四号，手里端着一盘热乎乎的饼干。

"现在，把你们的名字告诉我吧。"拉文达小姐说，"你们都很年轻，这让我感到非常高兴，我喜欢年轻的姑娘，当我和她们在一起时，很容易就能把自己想象成一个小姑娘，我确实不喜欢——"她做了个鬼脸，"——承认自己老了。嗯，你们叫什么……为了说话方便，告诉我你们的名字，好吗？戴安娜·巴里？你是安妮·雪莉？我可不可以假装早在一百年前就认识你们了，就直接叫你们安妮和戴安娜，好吗？"

"当然可以啦。"两个姑娘异口同声地说道。

"那就请舒适自在地坐下来，尽情享用这些茶点吧！"拉文达小姐开心说，"夏洛塔，你坐到桌子那一边，方便照看厨房里的烤鸡。幸好我做了松软蛋糕和炸面圈饼。当然啦，为假想出来的客人准备这样的食物有些愚蠢——我知道，夏洛塔四号就是这样想的，我说得对不对，夏洛塔？可是你瞧，现在证明我做得一点儿没错呀。这些食物当然不会浪费掉，因为我和夏洛塔四号最终会把它们吃光的。不过，这种松软蛋糕放久了就不太好吃了。"

这顿特殊的茶点吃得真是太愉快了。吃完过后，她们来到外面的花园，在草地上躺下来，享受着这令人沉醉的阳光。

"你住的这个地方真是太可爱啦。"戴安娜打量着四周，羡慕地说道。

"你为什么把这里叫'回音蜗居'呢?"安妮问。

"夏洛塔,"拉文达小姐说,"去屋里把挂在钟架上的小锡号拿出来。"

夏洛塔蹦蹦跳跳地进屋去,很快拿着小号出来了。

"吹吧,夏洛塔。"拉文达小姐命令说。

于是夏洛塔使劲吹起来,发出一阵粗哑刺耳的号声。号声停下来的片刻里,四周悄然无声……然后,从河那边的森林里,传来无数美妙的回音,那是欢快、清脆的天籁之声,仿佛"精灵王国"的所有号角都迎着阳光一起吹响。安妮和戴安娜高兴得欢呼起来。

"现在笑一笑,夏洛塔,大声笑吧!"

夏洛塔对拉文达小姐唯命是从,就算让她倒立起来,她也会毫不犹豫地去做。她爬上石凳,开怀大笑起来。回音很快就来了,好像在那片四周围着冷杉树的紫色密林里,有一大群顽皮的小精灵在齐声模仿她的笑声。

"别人都非常羡慕我这里的回音。"拉文达小姐说,好像这里的回音是她的私人财产,"我自己也非常喜欢它们,它们是我的好朋友——当然啦,这有点儿一厢情愿的意思。在宁静的夜晚,我和夏洛塔四号常常坐在屋外,在回音中自娱自乐。夏洛塔,把小锡号拿回去,小心地放回原处。"

"你为什么把她叫夏洛塔四号呢?"戴安娜对这个问题一直非常好奇,终于忍不住问道。

"那只是为了避免和我记忆中的其他夏洛塔混淆在一起了。"拉文达小姐很认真地说,"她们长得也相像,很难把她们

220.

区分开来。她的真实名字其实根本不叫夏洛塔，而是——让我想想……叫什么呢？我想应该是利奥娜拉吧——对，就是利奥娜拉。你们知道吗？事情是这个样子的。十年前我妈妈去世时，我没法一个人在这里生活下去，可是又雇不起成年的女佣。于是我就把小夏洛塔·鲍曼领来和我一起生活，我只供养她的食宿和衣服。她的名字真的就叫夏洛塔——她就是夏洛塔一号。那时候她只有十三岁。她和我一直生活到她十六岁，然后去了波士顿，因为她在那里会谋到更好的差事。接着她的妹妹来和我一起生活。她的名字叫朱丽叶塔——我觉得鲍曼太太有个坏毛病，就是总喜欢取些花里胡哨的怪名字——可朱丽叶塔跟夏洛塔长得太像了，所以还是一直叫她夏洛塔，她也不在乎，于是我就不再试图记住她的真实名字了。她就是夏洛塔二号。她离开后，艾维丽娜来了，也就是夏洛塔三号。现在这是夏洛塔四号。她现在十四岁了，等她长到十六岁时，也要到波士顿去。到那时候，我真不知道该怎么办了。夏洛塔四号是鲍曼家最小的一个女孩子，也是最好的一个。别的夏洛塔总觉得我假装做一些事情是愚蠢可笑的，她们的心思我能看出来，而我从来没觉得夏洛塔四号也像她的姐姐们那样看待我。不管她心里真的是怎么想的，我其实并不在乎，只是别表露得太明显让我看出来就可以了。"

"嗯，"戴安娜遗憾地看着西边的落日，"要是我们准备天黑前赶到金博尔先生家，现在就该动身了。我们在这里过得太愉快了，刘易斯小姐。"

"你们愿意以后再来看我吗？"拉文达小姐恳求她们道。

身材高挑的安妮伸手搂住这位瘦小的小姐。

"我们一定会来的。"安妮承诺道，"既然我们知道了你这个好地方，我们一定会经常来拜访的，直到你厌烦为止。是啊，我们必须动身了……正如保罗·艾文每次来绿山墙时说的那样，'我们不得不含着泪水离开'。"

"保罗·艾文？"拉文达小姐的声音发生了微妙的变化，"他是谁？我还不知道，在安维利有人叫这个名字。"

安妮对自己的粗心大意感到恼火。她忘记了拉文达小姐的恋爱史，不小心说出了保罗的名字。

"他是我的一个学生，"她吞吞吐吐地解释说，"他是去年从波士顿来的，和他奶奶艾文老太太住在海滩的路边。"

"他就是斯蒂芬·艾文的儿子？"拉文达小姐问，一边假装弯腰去看满是薰衣草的花坛，把脸深深地藏了起来。

"是的。"

"我要送你们每人一束薰衣草。"拉文达小姐欢快地说道，好像她没有听到安妮的回答，"它多么可爱呀，你们觉得呢？我妈妈特别喜欢它，她以前把整个花坛都种满了。我爸爸也喜欢它，所以才给我取名叫拉文达的（译注：薰衣草的英文音译就是拉文达）。我爸爸第一次见到我妈妈，是他和我妈妈的哥哥一起去东格拉夫顿她家拜访时。妈妈家里人把爸爸安置到客房睡觉，床单散发出薰衣草的芳香，他迷恋上了妈妈，彻夜未眠。从那以后，他一直就很迷恋薰衣草的香味，所以他才给我取名叫拉文达。亲爱的姑娘们，别忘了过些天就来看我呀，我和夏洛塔四号都一直等候着你们。"

她打开冷杉树下的大门，把安妮她们送出门外，看着她们离去。突然之间，她看起来苍老了许多，而且一脸疲惫，红晕和光彩从脸上慢慢消退，虽然她送别时的微笑依旧甜蜜，洋溢着不可磨灭的朝气，可是，当她们走到小路的第一个拐弯回头望去时，却看见拉文达小姐正坐在花园中间白杨树下的旧石凳上，脑袋有气无力地靠在手臂上，脸上满是疲惫的神色。

"她看上去确实很孤单，"戴安娜轻声说，"我们一定要经常来看望她。"

"我觉得她的父母给她取的名字太贴切了，只有这个名字才配得上她。"安妮说，"就算她的父母随便给她取个名字，叫什么伊丽莎白、内莉或者穆莉尔之类的，最终她还是会被人称作拉文达的，我觉得她的性格就决定了她的名字。这个名字让人联想到传统的美好、优雅和漂亮。可是，我的名字流露出来的是黄油和面包、补丁衣服和家务活的味道。"

"噢，我可不认为是这样。"戴安娜说，"在我看来，'安妮'这个名字非常高贵，就像是女王一样。如果你的名字偶然选择了'克伦哈普奇'之类的，我依然会喜欢那个名字。我觉得人们名字的美丑，完全取决于这个人自身的品质高低。我现在很讨厌杰西和格蒂这两个名字，可是在我认识派伊家的姑娘们前，我还觉得这两个名字很棒呢。"

"你讲得太好了。戴安娜。"安妮欢欣鼓舞地说，"好好生活，为你的名字争光，哪怕你的名字开始听起来并不那么漂亮，也不要紧——要让这个名字在人们头脑里留下深刻印象，让人总能想起一些快乐美好的事情，使人根本不会注意到名字本身好不好听这个问题。谢谢你，戴安娜。"

家庭琐事

"正是因为这样，所以你们就和拉文达·刘易斯小姐在石屋里吃茶点？"第二天早上，玛莉拉在早餐桌上问道，"她现在变成什么样子了？我最后一次见到她已经是十五年前的事情了。那是个星期天，就在格拉夫顿的教堂里见到的。我想，她已经变化很多了吧。戴维·凯西，如果你想吃什么东西，又够不着，就请别人帮你递过来，不许用那种方式去拿，你把整个身子都压在餐桌上了！保罗·艾文来这里吃饭时，你看到过他像你这个样子没有？"

"可是，保罗的手比我长呀！"戴维嘟囔着说，"他的双手已经长了十一年了，而我的才长七年呢。另外，我刚才说过'请'了，可是你和安妮都忙着说话，根本没有注意到我。另外，保罗从来没有在这个餐桌上吃过正餐，每次都只是来吃些茶点，吃茶点当然容易守规矩啦，这跟吃早餐能比较吗？吃茶点时只有一点点饿呀。可是，从第一天的晚餐到第二天的早餐隔了那么长的时间，人早都饿坏啦。而且，安妮，这个汤勺怎么不比去年的大点儿呢？我已经长大了很多呀！"

"当然是有变化，我不知道拉文达小姐以前长什么样子，不过变化应该不会太大。"安妮一边说着，一边帮戴维把枫糖浆

224.

递过来，又帮他舀了两勺，把他安抚下来，"她的头发全白了，不过脸色红润健康，就像少女一样。她那双褐色的眼睛最漂亮啦——就像是褐色树林般漂亮的色调，里面带着金黄色的光彩，让人为之陶醉——她的嗓音非常动听，就像是白色的绸缎、叮叮咚咚的水流和小精灵的铃声混合在一起的那种感觉。"

"估计她年轻的时候肯定是个大美人。"玛莉拉说，"我并不太了解她，不过，自从我知道她以后，我就特别喜欢她。不过有些家伙觉得她非常古怪。戴维！要是我再看到你装模作怪，你就给我待到一边去，等每个人都吃完了后你再来吃！"

安妮和玛莉拉在聊天的时候，绝大多数都和这对双胞胎在一起，她们的对话老是被打断，很大一部分精力都放在呵斥和阻止戴维上面了。眼下就是活生生的例子。戴维没法用汤勺把最后几滴枫糖浆舀起来，感到左右为难，不过他最终想出办法来解决这个难题，他用双手举起盘子，伸出粉红色的小舌头，把盘子舔得干干净净。安妮十分震惊地看着他，这个小"罪人"脸涨得通红，一半是出于羞愧，一半是出于挑衅，他说："这样一滴糖浆都不会浪费。"

"只要某人和别人不一样，就总是被看作古怪的家伙，"安妮说，"而拉文达确实和别人不一样，不过，很难说清她在哪些地方与众不同。也许是因为，她是一个永远不会变老的人。"

"当你那一代的人都垂垂老矣，那么你也最好跟着变老。"玛莉拉说，她的评论非常直率，"如果你不变老，那么你走到哪里都不受欢迎。我想这就是拉文达·刘易斯逃避现实的原因。她生活在与世隔绝的地方，让所有的人都慢慢地忘掉她。那座小石屋是这个岛上最古老的建筑之一，那是八十年前刘易斯老先生从英国来这里时建造的。戴维！别摇朵拉的手！嘿，我亲眼看到的！你别给我假装无辜的样子。今天早上你怎么这么不守规矩呢？"

"也许是早上起床时，我从错误的那一边下的床。"戴维解释说，"米尔迪·鲍尔特说，如果你下错了方向，那一整天你都会很倒霉的。这是他奶奶告诉他的。可是，从哪一边下床才是正确的呢？如果你的床有一边靠着墙的话，那该怎么办呢？我很想知道。"

"我总是在思考，在斯蒂芬·艾文和拉文达·刘易斯之间到底出现了什么问题。"玛莉拉毫不理睬戴维，继续说，"二十五年前，他们毫不犹豫地订了婚，可是随即就分手了。我不知道问题出在哪里，但可以肯定的是，他们之间一定发生了很严重的冲突，因为斯蒂芬远走美国，并且从此再也没回到家乡。"

"也许根本就没有什么深仇大恨，我觉得生活中的一些琐事会引发很大的争端，甚至比那些大事更难以收拾。"安妮灵感闪现时候的洞察力非常深刻，远比由经验积累起来的判断力强得多，"玛莉拉，请别把我去拉文达小姐家的事告诉林德太太，如果她知道了这事，肯定会问我成千上万个问题，我可不喜欢这样……如果拉文达小姐知道的话，她也一定会不高兴的，我敢肯定是这样。"

"我敢打赌，要是雷切尔知道了，一定会好奇得要命。"玛莉拉也承认道，"尽管她现在没有多少时间能像往常那样四处打听，也不能对别人的事情刨根问底了，她现在被托马斯拖在家里抽不开身，而且她现在情绪消沉，我想是因为她不再对丈夫病情好转抱有希望了。如果托马斯有个三长两短，雷切尔太太会非常孤独的。她的孩子都去西部谋生了，只有伊莉莎留在镇上。可雷

226.

切尔并不喜欢伊莉莎的丈夫。"

玛莉拉话中有话，是在影射伊莉莎对她丈夫爱得死去活来的。

"雷切尔太太说，如果托马斯能振作起来，激起昂扬的人生斗志，他的病情就会好一些的。可是，怎样才能让这位软弱的人坚强起来呢？"玛莉拉接着说，"托马斯·林德束手无策。结婚前，他的妈妈一直管束着他，结婚后就由雷切尔接着管束他。这次居然没有经过雷切尔的许可就生起病来，我真疑惑他竟敢如此胆大妄为呢。不过我不会把这话说出口的，雷切尔对他来说是个好妻子。如果雷切尔不在他身边，他就什么事也不会做的，这是事实。他天生就是受人约束的，幸好他遇上了雷切尔这样聪明能干的管理者。他丝毫不介意雷切尔的行事风格，也不用费神对任何事情做出决定。戴维！别像鳗鱼一样扭去扭去的！"

"我没什么事情可做啦！"戴维抗议道，"我已经吃不下了，看着你和安妮吃饭，一点儿也不好玩儿！"

"好吧，你和朵拉可以出去了，去给母鸡喂些小麦，"玛莉拉说，"不许再去拔白公鸡尾巴上的羽毛！"

"我想弄些羽毛来做我的印第安头饰。"戴维悻悻地说，"米尔迪·鲍尔特就有一顶漂亮的头饰，那是他妈妈把他们家的老火鸡杀掉，然后拔下白羽毛做成的。你可以让我去拔一些嘛。反正那只公鸡身上羽毛多的是，它也用不着那么多呀。"

"阁楼上那只旧鸡毛掸子可以给你，"安妮说，"我可以帮你把那些羽毛染成绿色、红色和黄色。"

"你这样会把孩子宠坏的！"玛莉拉说。这时戴维神采飞扬，跟着规规矩矩的朵拉出去了。玛莉拉这六年来的教育观念有了突飞猛进的变化，可是她仍然没有摆脱一些传统的观念，她认为迁就孩子可不是件好事。

"戴维班上的每个男孩子都有一顶印第安头饰，所以戴维也想做一顶。"安妮说，"我能理解那种感觉——我从来没有忘记过，当别的女孩子都有灯笼袖衣服时，我曾经是多么渴望自己也有一件。戴维并没有被宠坏，他每天都在进步。你想想看，自从他一年前来这里后，他发生了多大的变化呀。"

"自从他上学以后，他确实没那么调皮捣蛋了。"玛莉拉承认道，"我想他和别的男孩子相处后，已经慢慢改掉了那些坏习惯。不过，我们已经很久没有收到他舅舅理查德·凯西的来信了，自从去年五月份就音讯全无，这让我很纳闷儿呢。"

"我倒很害怕收到他的来信，"安妮叹了口气，开始动手收拾餐具，"要是他真的来信了，我也不敢拆开它，害怕信里说，让我们把这对双胞胎给他送去。"

一个月后，真有一封信寄来了。但不是理查德·凯西写的，而是他的一个朋友写的，信里说，理查德·凯西两周前因肺病去世了。这封信的执笔人是他的遗嘱执行人，根据遗嘱，总共有两千元钱要留给玛莉拉·卡斯伯特小姐托管，直至戴维·凯西和朵拉·凯西成年或结婚再交付给他们。同时，这两千元的利息就是他们的抚养费。

"我居然对别人的死亡感到高兴，这太可怕了。"安妮严肃地说，"我为可怜的凯西先生感到难过，不过我们因此可以继续照顾这对双胞胎，我又感到特别高兴。"

"能拿到这笔遗产，这真是件好事呀。"玛莉拉很实际地说，"我也一直想继续照顾他们，可是我真不知道我拿什么去供养他们呢，尤其是他们长大以后，花销会更大的，农场的租金只能维持家庭的基本开销。我已经下定决心,不能把你存的钱花在这两个孩子身上,你本身已经为他们付出太多了。朵拉不需要你为她买新帽子,就如同猫儿不需要两条尾巴。不过现在不同了,未来的道路已经铺平,他们的开销问题已经解决了。"

戴维和朵拉一听说他们可以在绿山墙"永久"住下去,顿时开心极了!他们那位素不相识的舅舅去世的消息对于他们来说简直无足轻重。不过朵拉还是感到有些担心。

"理查德舅舅真的被埋起来了吗?"她小声问安妮。

"是的,亲爱的,当然被埋起来了。"

"他……他……应该不会像米拉贝尔·科顿的舅舅那样,是不是?"她仍然焦虑不安地低声问道,"他被埋起来后,就不会在房子外面走来走去的,对吧,安妮?"

拉文达小姐的爱情史

　　"我想在傍晚的时候散步去回音蜗居看看。"在十二月一个星期五下午，安妮对玛莉拉说。

　　"可是看起来快要下雪啦。"玛莉拉有些担忧。

　　"下雪之前我就能抵达回音蜗居，我打算在那儿住一宿。戴安娜不能一同前往，因为她家来客人了。我相信拉文达小姐今晚也一定在翘首期盼我过去，我们整整有两个星期没有见面啦。"

　　自从十月份第一次见到拉文达小姐起，安妮已经多次拜访过回音蜗居了。她和戴安娜有时候驾车顺着大路绕过去，有时候她们徒步穿过森林抄近路去。当戴安娜脱不开身时，安妮就独自一人前去拜访。她和拉文达小姐已经建立起一种积极热诚的友谊关系，维持她们关系的秘诀在于一位是在心灵深处都保持着青春活力的妇人，一位是天真烂漫、不靠经验而靠直觉生活的姑娘。安妮终于发现了一位真正"情投意合"的知音。安妮和戴安娜走进这位娇小的女士那孤独、与世隔绝的生活，拉文达小姐本来已经"遗忘了世界，也被世界所遗忘"了，而现在安妮和戴安娜给她带来了外部世界久违的欢乐和愉悦，她们给石头小屋带来了热情似火的青春活力，也带来丰富多彩的外在生活。夏洛塔四号总

230.

是笑容满面地欢迎她们的到来——虽然夏洛塔的嘴笑起来有些宽——她爱着她们，一方面是出于对她女主人的尊敬，另一方面也因为她们本来就讨人喜欢。石头小屋从未有过的"狂欢"在这里持续上演，迟迟不肯离去的绚丽秋日最终归去，十一月看起来就是十月的重复，没有任何变化，就连到了十二月，阳光依然灿烂。

可是就在某一天，或许是十二月突然想起这该是冬天了，天空陡然变得灰暗起来，四处阴沉沉的，寂静得连一丝风都没有，眼看一场大雪就要到来。尽管如此，安妮仍然兴致勃勃地步行穿过山毛榉树林中灰暗的曲折小径，虽是孤身一人，但她一点儿也不觉得孤单，她想象出沿途居住着很多快乐的同伴，她设想自己和他们愉快地交谈着，这比现实中的交谈更加妙趣横生、引人入胜，在现实中，人们有时候不能迎合你的要求，让你感到深深失望。而在精心挑选、假想出来的一群人物中，他们与自己心心相通，他们说的每一句话都是你想听到的，他们还会给你提供恰当的机会，让你说出你想说的话。安妮在这群无形朋友的陪伴下，穿过树林到达冷杉小路，就在这时候，鹅毛般的雪花从天空中轻柔地飘落下来。

刚拐过第一个弯道，安妮就看到拉文达小姐了，她穿着一件深红色的保暖长袍，站在一棵亭亭如盖的大冷杉树下，一条银灰色的丝质围巾把她的头和肩膀都包裹了起来。

"你看起来就像是冷杉仙女国的女王呢！"安妮开心地叫喊道。

"我猜你今晚会来这里的，安妮。"拉文达小姐一边说，一边迎着跑上前来，"你今天的到来让我倍加高兴，因为夏洛塔四号不在家。她妈妈生病了，她今晚必须回家去。要是你不来，我会感到非常孤独的——哪怕梦幻和回音也不能给我带来欢乐。噢，安妮，你多么漂亮呀！”她突然插进了这么一句。她注意到了眼前这位姑娘的美丽，身材修长苗条，由于走了一段路，面颊升起玫瑰般柔和的红晕，“多么漂亮，多么年轻呀！十七岁真是幸福快乐的年纪，不是吗？我都有些嫉妒你啦！”拉文达小姐坦率地说。

“可是你的心灵也只有十七岁呀。”安妮微笑着说。

“不，我老了……或者说我已经到中年啦，这听起来还不算太糟糕。”拉文达小姐叹了口气，“有时候我假装自己还没老，可是在另外的时候我还是意识到自己老了。我像大多数女人一样，无法接受自己已经变老这个事实。自从我发现自己的第一根白头发，直到现在，我还一样具有反叛精神。不过，安妮，你不要做出这样的表情，好像你正在努力理解我，十七岁这个年龄是无法理解的。好了，我准备立刻假装自己也是十七岁，既然你在这里，我就能做到。你把你身上的青春活力像礼物一样带给了我，我们会度过一个愉快的夜晚。先吃些茶点吧。你想吃什么？只要你喜欢的，我们都搬上桌来。你一定要想出那些好吃却又不容易消化的食物来，我可不是老年人！”

那天晚上，石头小屋里传出阵阵喧闹声和欢笑声。不管是做菜、吃喝、制糖浆、欢笑，还是“假装做”，拉文达小姐的举动完全不像四十五岁、举止端庄的老姑娘，而安妮也一点儿没有学校教师的那份稳重。最后，等她们都精疲力竭的时候，她们在客厅壁炉前的地毯上坐下来，屋里只有壁炉里跳跃着的柔和红光，壁炉架上拉文达小姐的广口玫瑰花瓶里散发出浓郁的芳香。微风拂来，围着屋檐轻声低吟，雪花轻柔地扑打着窗户，好像上百个暴风精灵在拍打着窗户，也想进来赶热闹。

"很高兴你在这里陪我，安妮。"拉文达小姐轻轻咬了一小口糖果，"要是你不在这里，我会感到郁闷的——非常郁闷——郁闷得要死。在白天，在阳光下，我可以在梦幻和假想中寻找慰藉，可是到了黑夜，有了暴风雪，没有什么能让我感到安心的。这时候，人就需要现实的东西。不过你完全不会知道的——一个十七岁的姑娘是不会明白的。当你十七岁时，梦想能够让你得到满足，因为你觉得美好的未来正在等待着你。当我十七岁时，安妮，我根本无法想象我四十五岁时竟然会是个满头白发的小个子老姑娘，我的生活中除了梦想，便一无所有了。"

"可是，你并不是个老姑娘。"安妮说，微笑地看着拉文达小姐那双满是惆怅的褐色眼眸，"老姑娘是天生的……她们不是慢慢变成的。"

"有些人是天生的老姑娘，有些人是主动当老姑娘的，还有些人则是被逼出来的。"拉文达小姐滑稽地模仿安妮的腔调说。

"那么你应该是主动当老姑娘这一类的人吧。"安妮大笑道，"你做得很漂亮呀，我想，要是每个老姑娘都像你这样，简直会变成一种时尚呢！"

"我做事情总是喜欢尽善尽美。"拉文达小姐陷入了沉思，"既然我不得不做个老姑娘，我就下决心要做得非常完美。人们说我古怪，只是因为我按照自己的方式做老姑娘，而不是遵循人们一贯认可的那种样子。安妮，有没有人给你说过斯蒂芬·艾文和我之间的事情？"

"有人说起过，"安妮坦率地说，"我听说你和他曾经订过婚。"

"我们是订过婚——那是二十五年前的事——现在想起来好像是上辈子的事情了。我们已经计划好第二年春天结婚,我甚至把婚礼服都准备好了,不过除了妈妈和斯蒂芬外谁也不知道这事。从某种角度来说,我们几乎算是生来就订了婚的。当斯蒂芬还是个小孩子的时候,他妈妈经常带着他来看我妈妈。他第二次来的时候,他九岁,我六岁,他在花园里告诉我说,他已经下定决心,长大后要娶我。我记得我当时说了'谢谢你'。当他走了后,我很认真地对妈妈说,我这下终于放心了,我再也不用担心自己成为一个老姑娘了。我可怜的妈妈笑得差点儿回不过气呢!"

　　"后来到底出了什么问题?"安妮屏住呼吸问道。

　　"只不过是我们之间发生了一次愚蠢、幼稚、普通的争吵。实在是太普通了,我都记不起是因为什么开始吵架的,确实是这样,你要相信我。我完全不清楚谁该多担点儿责任。事实上,是斯蒂芬首先发难的,可是,我猜想我肯定是用了某种愚不可及的方式,把他完全激怒了。你要知道,那时他有一两个情敌。而我当时虚荣心很强,常常爱卖弄风情,喜欢作弄他。他是个很容易上当但又特别敏感的家伙,结果弄得他暴跳如雷,就这样,我们分手了。我以为这没什么大不了的,过不了多久斯蒂芬会回来找我,然后我们就会和好如初的。安妮,亲爱的,说起这事来我太难受了……"拉文达小姐压低了声音,好像要承认自己有杀人的癖好似的,"我是个很爱生气的人。噢,你别笑……真是这样的。我特别容易对人生闷气。斯蒂芬回来时,我的气还没有消,我不想听他说话,也不想原谅他,于是他就走了,永远离开了。他太自傲了,所以不肯再回头来找我,然后我觉得他竟然不理睬我,于是我也开始赌气,也许我可以找人给他送个信,可是我不愿意如此低声下气，我跟他一样高傲自负……高傲和赌气是最糟糕的组合，安妮。可是我永远无法喜欢别的男人，我也不想去喜欢别人。在这里等上一千年，我下定决心，非斯蒂芬不嫁，不然我宁愿变成老姑娘。唉，当然，现在看起来就像是一场梦。安妮，你的样子看起来是多么同情我啊……不过那仅仅是十七岁才有的同情。当心别做过度了。虽然我的心已经破碎了，不过还能幻想，我的头脑里装满了小精灵，所以我真的很愉快。我的心破碎了，当我意识到斯蒂芬·艾文再也不会回来时，我的心碎了，再也无法修补。不过，安妮，在现实生活中，破碎的心并没有书中描述的那么可怕，还比不上书里描述的一半痛苦呢，这完全就像牙疼一样——尽管你会觉得用它来比喻爱情并不贴切。很长一段时间里，你时常给疼得无法安睡，不过在疼痛的间隙里，它会让你好好享受生活、梦想、回音和花生糖，让你感觉不到有什么烦心的事。现在，你的样子看起来有些失望了。在五分钟前，那时候你相信，我在脸上堆满笑容的背后，勇敢地把那些悲痛的回忆极力压抑、隐藏起来，而你现在觉得，我不再是个很有趣的人了。这是现实中最糟糕的生活……也是现实中最好的生活，安妮。它不该让你陷入悲惨之中，而是努力让你的生活过得更舒适些……也更加成功……就算当你已经决定了不幸或者浪漫的结局时，难道这块糖果就变得不好吃了吗？我已经吃了很多美味的糖果，而且我要不顾一切地再吃下去。"

沉默了片刻后，拉文达小姐突然开口说道："你们第一次来这儿时，我听你们说起斯蒂芬的儿子，这让我太吃惊了，安妮。从那以后我一直不敢向你提起他，不过我很想知道关于他的所有事情。这是个什么样的男孩子？"

"他是我所见过最可爱、最乖巧的孩子，拉文达小姐。他也喜欢幻想呢，就像你和我一样。"

　　"我真想见见他，"拉文达小姐柔声说道，就好像在自言自语，"我真想知道他是不是就像我假想中的小男孩，在我想象中，他是和我生活在一起的。"

　　"要是你真想见到保罗，那我以后带他一起过来。"安妮说。

　　"那就太好了……不过不要这么快就把他带来。我需要时间去好好想一想。也许这给我带来的是痛苦而不是快乐——如果他长得太像斯蒂芬的话……或者他不很像斯蒂芬，我也会难过的。一个月后你再把他带来吧。"

　　于是，一个月后，安妮和保罗步行穿过树林，来到石屋。他们在小路上遇见了拉文达小姐。她没有料想到他们这时会来，脸色顿时煞白。

　　"这就是斯蒂芬的孩子？"她低声说道，拉着保罗的手，反复地打量着他。保罗穿着整洁时髦的小毛皮外套，戴着帽子站在那里，一脸的孩子气，显得非常漂亮，"他……他跟他的爸爸一模一样。"

　　"大家都说我是我爸爸的翻版呢。"保罗毫不拘束地回答说。

　　安妮一直在旁边看着这一幕，现在她终于长长地吁了口气。她看得出来，拉文达小姐和保罗都彼此"喜欢"上了对方，不会出现拘谨和尴尬的场面。拉文达小姐虽然爱幻想，也曾有过伤心的恋爱史，不过她是个通情达理的人，在刚开始时稍微流露出了一点点真情，然后便把自己的感情隐藏了起来，愉快而坦然地款待保罗，好像他仅仅是一个前来拜访她的普通人家的孩子。整个下午他们都过得非常快活，晚饭时他们吃了很多油腻的美食，要是艾文老太太知道了这事，一定会惊讶得高举双手，说不出话来，她会认为保罗的肠胃因此受到损坏，永远无法康复了。

"欢迎你再来玩，孩子。"拉文达小姐在告别时跟他握手说。

"要是你愿意，你可以吻我的。"保罗很认真地说。

拉文达小姐弯下腰，吻了他。

"你怎么知道我想吻你？"她小声问保罗。

"因为你刚才看我的样子，就像从前我妈妈想吻我时的样子。一般来说，我不喜欢别人吻我，所有的男孩子都不喜欢，你知道的，刘易斯小姐。不过我还是愿意让你吻我。当然我还会来拜访你的。我想，要是你不反对，我愿意和你成为很特别的好朋友。"

"我……我想我不会反对的。"拉文达小姐说。话音刚落，她转身飞快地回屋去了。不过片刻之后，她出现在窗口上，愉快地向他们挥手，微笑着道别。

"我喜欢拉文达小姐，"他们走过树林时，保罗宣称说，"我喜欢她看着我的样子，喜欢她的石屋，我也喜欢夏洛塔四号。我真希望艾文奶奶雇用的是夏洛塔四号，而不是玛丽·乔。我敢肯定，如果我把自己那些奇思妙想讲给夏洛塔四号听，她绝对不会说我的脑袋有毛病的。今天的茶点太好吃了，是吧，老师？奶奶说，男孩子不应该老是惦记着吃，可是当他确实很饿时，他还是会忍不住想的。你要知道，老师，我认为，如果一个男孩子不喜欢吃麦片粥的话，拉文达小姐是不会强迫他吃的，她会给他准备一些他真正喜欢吃的东西。不过，当然啦，"保罗很公道地说，"这可能对他没有多大好处。话说回来，老师，你知道的，偶尔换一换口味还是很不错的。"

生活在自己王国里的预言家

五月的一天，夏洛特敦的《企业日报》刊登了一篇题为《安维利琐记》的文章，作者署名为"观察家"，这篇文章在安维利的居民中掀起了小小的骚动。传言说，这篇文章的作者应该是查理·斯劳尼，一部分原因是，查理一贯就喜欢写一些类似的嘲讽文章，另一部分原因是，文章中的某些地方看起来包含了嘲笑吉尔伯特·布里兹的味道。安维利的青年人都坚持认为，吉尔伯特·布里兹和查理·斯劳尼是一对情敌，他们都在追求一位想象丰富的灰眼睛少女。

正如往常一样，流言蜚语总是错误的。那篇文章的作者是吉尔伯特·布里兹，他是在安妮的鼓舞和帮助下写出来的，为了迷惑读者，他加了一些嘲讽自己的语言。文章中有两处与接下来要讲的故事有关。

传言说，在雏菊花盛开之前，我们村里将举行一场婚礼。一位备受尊重的新公民将会和一位我们村颇受欢迎的女士携手走进婚姻的圣坛。

我们这里享有盛名的气象预报家亚伯老叔，预言五月二十三日晚将有一场雷电交加的特大暴风雨，时间将从晚上七点整准时开始，暴风雨的范围将覆盖我省的大部分地区。那天晚上将要出门的人请务必带上雨伞或雨衣。

"亚伯老叔确实在春天的某个时候预言过有一场暴风雨的，"吉尔伯特说，"另外，你认为哈里森先生是不是真的要去拜见伊莎贝拉·安德鲁斯？"

"我不这样认为，"安妮笑出声来，"我敢确信，他只是过去找哈蒙·安德鲁斯先生下棋，不过林德太太说，她知道伊莎贝拉·安德鲁斯肯定很快就要结婚了，因为她在整个春天里都朝气蓬勃。"

可怜的亚伯老叔被这篇文章给气坏了。他怀疑这个观察家是想作弄他。他愤怒地向人解释说，他根本没有给那场暴风雨指定一个非常确切的时间，可是没有人相信他。

安维利的生活继续周而复始着。乡村促进会为了庆祝植树节，开展了植树活动，活动如期举行，每一位乡村促进会的成员都种下了五棵观赏性植物。这个组织现有四十名成员，这就意味着总共种下了两百棵树。早茬的燕麦长得绿油油的，覆盖了红色的原野。农庄附近的苹果园里，枝丫上挂满了鲜花。白雪女王把自己装扮一新，就像是等候丈夫归来的新娘子。安妮喜欢开着窗户入睡，让樱桃花的芳香整夜都轻拂着她的脸庞。她觉得这一切是多么富有诗情画意，可是玛莉拉觉得她是在拿自己的生命开玩笑。

一天傍晚，安妮和玛莉拉坐在门前的石阶上，听着青蛙呱呱呱的大合唱，安妮对玛莉拉说："感恩节应该在春天过才更合适呀。十一月份的时候，许多生物都已经死去了，大地陷入了沉睡中，所以我觉得感恩节在春天过比在十一月份更合适。万物复苏，春暖花开，你正好怀着感恩之心纪念这个节日。不过在这五月份就没什么值得感谢的了——万物都还活得好好的，再也找不出别的事情来感谢了。我能准确感觉到夏娃在伊甸园的那种感觉，那时候还没有发生偷吃禁果的事情，她当时的感受就跟我现在的一样。那片低洼地的小草是绿色的还是金黄色的？玛莉拉，对我而言，珍珠般美好的生活就是这样的，百花盛开，微风轻拂，这种纯粹的愉悦，就像是置身天堂一样惬意。"

玛莉拉看起来有些心神不宁，她担忧地向四周远望，以确保那对双胞胎没有走出视线范围之外。这时，他们从房子的一个角落转弯走过来。

"夜晚的气息真是太香啦！对不对？"戴维问道。他开心地呼吸着空气，满是泥巴的双手握着锄头挥舞着。他正在自己的花园里劳动。今年春天，玛莉拉为了把戴维那沉迷于玩泥巴的激情转移到有用的途径上来，她在花园里特意给他和朵拉每人划出一小块地方。他们以自己独特的方式急切地投入到这项工作中去。朵拉工作小心翼翼，按部就班，冷静地播种、锄草和浇水。作为回报，她的那块地里已经绿油油的一片，长出来的蔬菜郁郁葱葱，非常喜人。可是，戴维工作起来没有丝毫拘谨，而是热火朝天，他精力充沛地挖洞、锄地、耙土、浇水、移植，一个劲儿地在地里折腾，所以播下的种子根本没有存活的可能。

"你的花园打理得如何了，戴维小朋友？"安妮问。

"有点儿慢哦，"戴维叹了口气说，"我不知道这些东西为什么长不好。米尔迪·鲍尔特说，我应该在月亮变暗的时候播种才行，我没做到，所以才会有现在的麻烦。他说，在错误的月亮出现时，你千万不能播种、杀猪、剃头或者做其他任何重要的事情，这是真的吗，安妮？我想知道。"

"你每天都把你种的东西挖出来，想看看它们的根须长出来没有，如果你不这么做，它们也许会长得很好的。"玛莉拉挖苦他说。

"我也只挖了六个呀，"戴维辩解道，"我想看看根下面是不是长虫子了。米尔迪·鲍尔特说，如果不是因为月亮的问题，那么一定是根下长虫了。我真找到了一只虫子，那是一只又大又肥的虫子，缩成一团。我把它放在一块石头上，拿起另外一块石头，把它砸得扁扁的。我给你讲，砸扁它真是好玩儿极了。可是没有更多的虫子，真是很遗憾啊。朵拉的花园跟我是同一个时间种的，她的蔬菜长得很好。所以这一定不是月亮的问题。"戴维郑重其事地下了结论，看得出他经过深思熟虑。

"玛莉拉，你瞧那棵苹果树，"安妮说，"它的模样就像是一个人呢。它伸出长长的手臂，优雅地把它粉色的长裙提了起来，吸引我们去好好欣赏它。"

"那些苹果树收成向来都很好。"玛莉拉很满足地说，"今年更是硕果累累呀，我真的很高兴，足够今年做苹果馅饼啦！"

不过玛莉拉和安妮万万没有料想到，这些苹果树这年一只苹果也没结出来，更别提做苹果馅饼了，这是谁也没料到的事。

五月二十三日如期而至。这一天，天气闷热难当，安妮和她那群繁忙的小学生坐在安维利学校的教室里，忙着同分数和句法打交道，一个个热得大汗淋漓。滚烫的风吹了整整一上午，依然无法缓解空气中的燥热。正午刚过，热风躲藏起来了，到处一片死气沉沉，令人窒息。三点半的时候，空中响起低沉的隆隆雷声。安妮从容应对，立即宣布放学，好让孩子们在暴风雨来临前赶回家。

当他们走出教室，来到操场时，安妮注意到，虽然阳光依旧耀眼，但是有一片黑暗的阴影正慢慢笼罩世界。安妮塔·贝尔紧张不安地抓着她的手。

"啊，老师，快看，那片乌云好吓人！"

安妮看了看那片云，不禁尖叫起来。在西北方向，有一大团乌云正气势汹汹地涌了过来，安妮生平从来没有看到过如此让人害怕的乌云，它漆黑一片，只有在翻卷的边缘处勉强能看到一点儿带着乌青的苍白色。它以排山倒海的气势，转眼就把清澈的蓝天遮得严严实实，一道道闪电时不时划破长空，随即就是一阵阵惊天动地的雷声响起。乌云低垂着，眼看就要压着山顶上的树梢了。

哈蒙·安德鲁斯驾着他的货运马车，他催促着他的那一队灰马全力飞跑，在急促的马蹄声中爬上山坡来。冲到学校门口，他使劲勒住缰绳，把马车停了下来。

"亚伯老叔这一生中居然猜中了一次，安妮。"他叫喊道，"只不过他的这场暴风雨来得提前了点儿。你以前见过这种乌云没有？嘿，你们这帮小家伙，和我顺路的都上车来，挤紧点儿！那些路远点儿的，快跑到邮局去躲雨，等雨停了再回家。"

安妮一手拉一个，紧紧抓住戴维和朵拉的手，飞快地跑下山，沿着白桦路，经过紫罗兰谷和柳池，一路狂奔。那对可怜的双胞胎，他们两只小胖腿都快支撑不住了。不到一会儿，他们就回到了绿山墙。在门口他们遇到玛莉拉，她刚把鸡鸭赶进棚子里。他们几个同时跑进屋去。他们刚冲进厨房，所有的亮光突然消失了，好像是被强劲的气流给吹灭了似的。可怕的乌云翻滚而来，遮住了太阳，无边的黑暗一下子笼罩了整个天地间。就在这时，震耳欲聋的雷声和明晃晃的闪电席卷而来，冰雹劈头盖脸地砸下来，肆无忌惮地破坏着一切美好的东西。霎时天昏地暗，狂风大作。

天地间充斥着各种喧嚣声，暴风雨如鼓点般密集，树枝狠狠地抽打着房子，树枝折断时的噼啪声不绝于耳，玻璃被打碎了，一阵阵刺耳的破裂声在空中响起。在短短的三分钟里，西边和北边窗户上的所有玻璃都被打碎了。冰雹从窄窄的缺口涌进来，地板上铺满了冰粒，哪怕最小的冰雹，也有鸡蛋那么大。在接下来的四十五分钟里，暴风雨毫不歇息地肆虐着大地。经历过这场灾难的人对它永世难忘。玛莉拉一辈子都没有这么惊慌失措过，她被陡然而至的恐怖场景吓得瑟瑟发抖。她跪在厨房一角的摇椅旁边，在震耳欲聋的雷声轰轰的间隔时，她恐惧时的喘息声和啜泣声清晰地传来。安妮脸色苍白，她把沙发从窗户边拖过来，让这对双胞胎一左一右坐在身旁。戴维听到第一声炸雷时就吓得号啕大哭起来："安妮，安妮！这是不是世界末日？安妮，安妮！我决定以后再也不淘气啦！"他把脸埋在安妮的膝盖里，一直不敢抬起头来，小小的身子像筛糠一样抖个不停。朵拉脸色有点儿发白，不过很安静，任由安妮抓着她的小手，呆若木鸡，除非是一场地震才能把她摇动。

然后，就像暴风雨倏然而至那样，它现在突然消失得无影无踪。冰雹停了，雷声渐小，隆隆地向东滚去，太阳兴奋地钻出来，照耀着这个面目全非的世界。谁也无法想象，在短短的四十五分钟，这里已经发生了触目惊心的变化。

玛莉拉站了起来，虚脱一般，仍颤抖不停，她无力地瘫坐进摇椅里，面容憔悴，好像突然衰老了十岁。

"我们都还活着吧？"她神情庄严地问道。

"我们当然活着，这还用说吗？"戴维兴奋得尖叫起来，他很快就恢复到了往常的神态，"我一点儿也不害怕……刚开始有一点点。它来得太突然了。就在那一刻，我想到星期一不能和特迪·斯劳尼打架了，虽然我已经和他约好了的。可是，现在我也许还是要和他打的。喂，朵拉，你吓坏啦？"

"是的，我有点儿害怕，"朵拉老老实实地回答说，"不过我紧紧抓着安妮的手，然后在心里一直不停地祷告。"

"对呀，我也应该祷告的，可是我当时没有想到，不过，"戴维得意扬扬地说，"你瞧，虽然我没有祷告，可是也和你们一样平安呀。"

安妮给玛莉拉倒来一杯烈性的醋栗子酒——这种酒的度数安妮很清楚，因为在她小时候，这酒给她惹出了天大的麻烦——然后两人走到门前，看着屋外一派面目全非的景象。

漫山遍野覆盖着没膝深的冰雹，就像铺了一床厚厚的白地毯。屋檐下和台阶上的冰雹堆得像小山似的。一直要等到三四天之后，待冰雹慢慢融化，人们才能看清楚这场冰雹造成了多么严重的损失，因为田地里和花园里的每一棵绿色植物都被砸得惨不忍睹。在苹果树上，不仅花朵和树叶被打得七零八落，就连粗壮的树枝也难逃一劫。至于促进会成员栽种的两百棵树，也无一幸免，绝大部分都被拦腰劈断。

"这真是一个小时前的那个世界吗？"安妮茫然地问，"我觉得要造成这么惨重的损失，一定不可能只用这点儿时间就能做到。"

"这可是爱德华王子岛从未发生过的事情。"玛莉拉说，"从没有过。我记得我小时候有过一场特大的风暴，不过简直没法和这次相提并论。我们将会听到些悲惨的事情，这是肯定的。"

"我真希望孩子们都能平安无事。"安妮低声说道，话音里充满了焦虑。幸运的是，她的愿望真实现了。孩子们躲过了这场灾难，因为那些路远的孩子听从了安德鲁斯先生明智的建议，都躲到邮局去了。

"瞧，约翰·亨利过来了。"玛莉拉说。

约翰·亨利傻笑着，一副惊魂未定的模样，艰难地踩着厚厚的冰雹走了过来。

"啊，卡斯伯特小姐，这太可怕啦，对吧？哈里森先生让我过来看看你们是不是都还好。"

"我们都还活着，"玛莉拉说，"房子也没有倒塌。我希望你们也同样平安无事。"

"唉，小姐，我们没有你这么走运，我们遭到雷击了。闪电击中了厨房的烟囱，把它给打得粉碎，又从烟道钻下来，打翻了姜黄的笼子，然后在地板上劈出一个大洞，最后钻进了地窖，小姐。"

"姜黄受伤了吗？"安妮询问道。

"是的，小姐，它伤得很严重，现在死了。"

过了一会儿，安妮到哈里森先生家想去安慰安慰他。她看见他坐在桌旁，用颤抖的手抚摩着姜黄艳丽的羽毛，羽毛下面是一具冷冰冰的尸体。

"可怜的姜黄再也不会骂你了，安妮。"他悲伤地说。

安妮从来没有想过自己会为姜黄哭泣的，可眼泪还是忍不住流了出来。

"它是我唯一的伙伴，安妮……现在它死了。唉，算了，我太多愁善感了，真是个老傻瓜。我自己要坚强些。我知道，你等我一闭嘴就要说些同情我的话——求你别这么做。要是你安慰我，我就会像小孩子一样号啕大哭的。这真是一场恐怖的风暴，我想以后再也没有人会嘲笑亚伯老叔的预言了。他这一生预言了无数次风暴，都没有出现，而这次仿佛是把以前没有出现的风暴全都偿还了。我就不明白，他怎么算得这么精准呢？瞧瞧我们这儿的一片狼藉吧。我得赶紧去找几块木板，把地板上的那个洞修补好。"

第二天，安维利的人们没有做别的事。他们相互拜访，比较遭受损失的轻重。大路上堆满了冰雹，马车根本没法通行，人们只能步行或者骑马。邮寄迟迟才到，内容全是来自全省各地的坏消息。房屋遭雷击，人们被闪电击伤或击死，电话系统一片混乱，在牧场的大量幼畜死伤惨重。

亚伯老叔这天一大早就踱到铁匠铺，在那儿待了一整天。这是亚伯老叔最得意的时刻，他尽情地享受了这次"胜利"。当然也不能说亚伯老叔对这场风暴拍手称快，这样的说法对他不公平。不过既然风暴已经发生了，他还是可以对自己的预言炫耀一番——尤其是连日期都这么精准。亚伯老叔忘记了当初他是怎么气急败坏地否认这个预言的，但到了这个时候，这种小事就抛到九霄云外啦。

吉尔伯特傍晚时来拜访了绿山墙，看见玛莉拉和安妮正忙着修补破损的窗子，使劲把油布钉敲进去。

"只有老天才知道我们什么时候才能买到窗户玻璃了！"

玛莉拉说，"巴里先生下午去了趟卡莫迪，可是不管花多少钱，或不管多么受人尊敬，也没法弄到一块玻璃。罗森和布莱尔的店铺早在十点钟时就被卡莫迪的人抢购一空了。白沙镇的风暴严重吗，吉尔伯特？"

"确实严重。我和所有的孩子都被困在了学校，有些孩子给吓得精神都有点儿失常了，有三个学生吓昏了过去，两个女孩子歇斯底里地大叫，汤米·布列维从头到尾都一直用他最尖的声音拼命尖叫。"

"我只尖叫了一声呢。"戴维骄傲地说，"我的花园被夷为平地了，"他用凄惨的语气继续说，"不过朵拉的也完全毁掉了。"他的腔调中好像在暗示，这一切都应该归咎到吉列德身上似的。

安妮从西屋跑下楼来。

"噢，吉尔伯特，你听说了吗？李维·鲍尔特的老房子被雷击中了，烧得精光。虽然听说有很多的损失，但这事让我感到很高兴，尽管看起来我很不道德。鲍尔特先生说，他坚信就是我们乡村促进会施的魔法，故意把这场风暴召唤来的。"

"嗯，有一件事情可以确定，"吉尔伯特大笑着说，"'观察者'让亚伯叔叔这位气象预言家名声大噪。'亚伯老叔的暴风雨'将会被当地的历史记载下来，这真是个不同寻常的巧合，它就在我们任意挑选的这天不期而至。我真的感觉到有些罪恶感，就好像真是我把它'召唤'来的。对于那幢老房子的倒塌，我们不妨高兴一下，因为再也找不到别的让我们高兴的事情了，我们栽种的小树几乎全都毁了，存活下来的不到十棵。"

"唉，是啊，我们不得不在明年春天再种植一次了。"安妮富有哲理地说，"在这个世上有一件事情值得高兴，那就是春天永远都会再次来临的。"

安维利的风波

　　这是六月里一个明媚的清晨，离亚伯老叔的风暴事件已经过去两个星期了。安妮手里提着两棵被风暴摧残的白水仙，从绿山墙的花园里蹒跚着走出来。

　　"玛莉拉，你瞧！"安妮把白水仙举到玛莉拉的眼前，难过地说。玛莉拉神情肃穆，用绿色格子棉布包着头发，手里拎着一只拔了毛的鸡，正要进屋去。安妮接着说："只有几颗花苞幸存下来，而且都是伤痕累累的。我真的很难过……我很想找些花儿放到马修的坟上去。他生前最喜欢这种花儿了。"

　　"我对它们的遭遇感到难过，"玛莉拉深表同情，"可是比这更惨重的事情有很多，所以它们也不值得我们去哀悼……所有的庄稼和水果都颗粒无收了。"

　　"不过人们可以再播种一茬燕麦，"安妮十分欣慰地说，"哈里森先生说，他觉得今年夏天的气候不错，燕麦的长势一定会很好，只是比往年要迟点儿成熟。我的那些一年生植物也会长起来的。噢，不过，什么也无法取代我的白水仙呀。可怜的海斯特·格莱的小花园里现在什么也没有了，我昨天傍晚回来时绕路去那里看了看，什么也没有留下。我想，她一定会怀念它们的。"

"安妮，我觉得你这么说就不对了，"玛莉拉很严肃地说，"海斯特·格莱去世已经三十年了，她的灵魂……应该到天堂去了，我希望是这样。"

"是啊，不过我想她仍然记得她的那片花园，并且很怀念那些花儿。"安妮说，"如果是我，不管我在天堂待了多久，我还是愿意到人世间来，看看我的亲友在我坟前摆放的鲜花。如果我有一个像海斯特那样的花园，就算我在天堂过了三十几年，我仍然会深深怀念我的花园。"

"够啦，可别让那对双胞胎听到你这番话。"玛莉拉苍白无力地反驳安妮道，然后提着鸡进屋去了。

安妮用别针把水仙花别在头发上，走到院子大门前，在那儿站了好一阵子，享受着六月明媚的阳光，然后回屋开始忙碌她星期六早晨的各种家务活。世界再次变得可爱起来，大地母亲在竭尽全力消除那场风暴的痕迹，尽管她做得不是那么成功，那样完美，不过她确实取得了惊人的成绩。

"我真想悠闲地享受这一整天，"安妮对柳树枝头上欢快地唱着歌的蓝鸟说道，"可是作为一个学校老师，还要养育一对双胞胎，千万不能放纵自己的慵懒，小鸟儿。你的歌声多么甜美呀，鸟儿，你把我心灵深处的感受都唱出来了，简直比我自己表达得还要贴切呢。咦，那是谁来了？"

一辆快运马车从小路上摇摇摆摆地驶过来，马车前面坐着两个人，后面放着一只大旅行箱。马车驶近了些，这时安妮认出马车夫是布莱特河车站代理商的儿子，不过他的同伴是个陌生人，一个瘦小的女人。马车还没有停稳，她就敏捷地跳下车，来到大门前。她是个非常娇小漂亮的女人，看上去快五十岁，不过面颊红润，乌黑的眼睛里闪烁着光芒，一头亮丽的黑发，头上戴着一顶装饰着羽毛的绣花软帽。虽然马车在尘土飞扬的马路上跑了十二公里，她全身上下却依然光鲜整洁，这身衣服就好像是刚从包装盒里拿出来穿上的。

"请问詹姆斯·A.哈里森先生住在这里吗？"她问道，语速很快。

"不是，哈里森先生住那边。"安妮回答道，她太惊讶了，都忘了说些礼貌的话。

"那就对啦，我正还有些疑虑，这里这么干净，完全不像是詹姆斯住的地方，除非是我认识他以后，他已经大变样了。"这位小个子的女人絮絮叨叨地说，"听说詹姆斯要和住在这里的某个女人结婚，这是真的吗？"

"不，哦，绝对没有。"安妮大声说道，心虚得脸都红了，以至于那位陌生的女人奇怪地看着她，好像她有些怀疑，正是眼前这个姑娘将要嫁给哈里森先生。

"可是我在一张《岛报》上看到这条消息的。"这位陌生的女人坚持说，"一个朋友寄了一份报纸给我，并且标注了出来——朋友们总是喜欢做这种事情。詹姆斯的大名就出现在了《新市民》这个栏目里。"

"噢，那则消息只不过是个玩笑，"安妮急忙解释道，"哈里森先生不打算和任何人结婚，这个我可以向你保证。"

"听到这个消息太高兴了，"这位面色红润的女人说着，敏捷地爬上马车，坐回到自己的座位上，"因为他已经结了婚了，我就是他妻子。噢，你也许感到非常惊讶吧。我想他一定把自己乔装成单身汉，到处去招摇撞骗，让女人们为他伤心难过。好

啊，好，詹姆斯！"她神气十足地对田野那边的白房子点点头，
"你的逍遥日子到头啦。我来了，要是我不知道你在搞什么恶作剧，我才不愿意来操这份闲心呢。我想起来了，"她转头对安妮说。"他的那只鹦鹉还像以前那样满口脏话吗？"

"他的鹦鹉……已经死了……我想是这样的。"可怜的安妮结结巴巴地说，这个女人的一席话让她极为震惊，她感到有些神思恍惚，估计在这个时候，连自己叫什么名字都说不出啦。

"死啦！那就谢天谢地了。"这位面色红润的女人高声欢呼道，"只要没有那只鸟儿碍手碍脚的，詹姆斯就很容易对付啦。"

她说完这句让人摸不着头脑的话，高兴地继续赶路了。安妮飞快地跑进厨房，找玛莉拉去了。

"安妮，那个女人是谁？"

"玛莉拉，"安妮很严肃地说，不过眼睛里闪动着光芒，"你看我是不是像发疯了？"

"跟平时没什么两样呀。"玛莉拉随口说道。

"那么，你觉得我很清醒？"

"安妮，你到底在胡说些什么呀？我在问你那个女人是谁？"

"玛莉拉，如果我没有发疯，意识也很清醒，那么这个女人就不是梦境里造出来的虚幻东西了……她肯定是真实的人。不管怎么样，她说她是哈里森先生的妻子，玛莉拉。"

玛莉拉转身过来，目不转睛地盯着安妮。

"他的妻子！安妮·雪莉！那他为什么冒充自己是未婚呢？"

"我也不知道为什么，真的。"安妮尽量客观公正地评价道，"他从来没有说过自己是未婚的，那只是人们对他的误解。噢，玛莉拉，林德太太会怎么看待这件事呢？"

252.

这天傍晚，林德太太来到绿山墙，她们明白林德太太肯定会说说她的看法。她一向对这种事情津津乐道。可是，出乎大家意外的是，林德太太一点儿也不惊讶，她竟然对哈里森结婚一事一清二楚！

　　"想想被哈里森抛弃了的这位太太，多可怜呀。"林德太太义愤填膺地说，"那种感觉就像是你知道我们国家发生了一件耸人听闻的事，但谁能料到这件事居然发生在安维利这个地方呢？"

　　"可是我们不知道他为什么要抛弃他妻子，"安妮反驳说，她宁愿相信她的朋友是清白的，除非有事实证明他真是罪有应得，"我们对这件事的原因一无所知呀。"

　　"嗯，我们很快就能知道原因的。我正准备去他家探个究竟，"林德太太直截了当地说，似乎她从来就不知道词典里有"优雅"这个词，"我不会直接说，我去拜访的理由是他的妻子到了。哈里森先生今天从卡莫迪镇给托马斯带了些药回来，这是个绝佳的拜访借口。我一定会去弄个水落石出，顺路回来的时候，就把事情的真相告诉你们。"

　　林德太太径直去了哈里森先生家，安妮真担心这会冒犯他的。林德太太没有任何权利去审查哈里森先生，不过安妮对这事也特别好奇，这是人的天性，她心里暗自感到高兴，幸好有林德太太自告奋勇地要去解开这个谜团。她和玛莉拉充满期待地恭候这位好心太太回来，直到夜深了，林德太太也没有回绿山墙来。戴维晚上九点从鲍尔特家回来，解释了林德太太没来的原因。

　　"我看见林德太太在旅馆里遇到了一个很奇怪的女人，"他说，"她们马上就开始聊起天来，显得好优雅哦。林德太太让我带话给你们，说今天太晚了不能来拜访，她感到非常遗憾。安妮，我好饿呀。我四点钟时在米尔迪家吃了茶点，不过我觉得鲍尔特太太真是太小气了，她不给我们吃任何果酱或者蛋糕——连面包都是硬邦邦的。"

"戴维，当你到别人家里拜访时，不应该对主人招待的茶点评头论足，"安妮严肃训诫道，"这样做显得很没礼貌。"

"好吧……我只是在心里这样想想，"戴维开心地说，"请给'在下'一些吃的，安妮。"

安妮看着玛莉拉，玛莉拉跟着安妮走进餐具室，轻轻关紧了门。

"你给他一些果酱和面包，安妮。我知道李维·鲍尔特家里的茶点是怎么回事，那可真不像话。"

戴维拿起一片面包和果酱，叹了口气。

"这个世界真是让人失望透顶啊，"他大发感慨，"米尔迪有一只猫，有癫痫病，这三个星期以来，它每天都会发作几次。米尔迪说，它癫痫发作的时候很有趣。我今天专门想去看看它是怎么发作的，可是这个小气的家伙竟然一次也没有发作，健康得很。虽然米尔迪和我在屋子里闲逛了一个下午，可一直没有等到它发作。不过没有关系——"戴维吃着果酱，一脸的幸福，好像果酱钻进了他的灵魂里，连五脏六腑都舒服极了，"——我以后也许有机会看到的。它不可能从此就再不发病的，它一直有发病的习惯，对不对？这果酱太好吃啦。"

戴维一点儿也不为那只猫感到难过。

星期天一直在下雨，大家都待在屋里，无所事事。不过到了星期一，关于哈里森故事的好几种版本开始流传起来，就连学校里也传得沸沸扬扬，戴维放学回家，把他听到的所有消息都讲了出来。

254.

"玛莉拉，哈里森先生有个新妻子……嗯，不是很新的那种，他们结了婚后又停了很长一段时间，米尔迪告诉我的。我一直以为，人们一旦结了婚就要一直保持这个关系，米尔迪说不是这样的，如果你不同意这个关系，就会有很多办法停止婚姻的。米尔迪说，一种方法就是走远些，离开你的妻子，哈里森先生就是这么做的。米尔迪还说，哈里森先生离开他的妻子，是因为她对他掷东西——很硬的那种东西。而阿蒂·斯劳尼说，那是因为她不让他抽烟。内德·克莱则说，主要是因为她总是对他破口大骂。要是我的话，我肯定不会因为这种小事离开我妻子的，我只用跷起二郎腿，对她说：'戴维太太，你应该做些让我高兴的事情，因为我是个男人。'我想，这样肯定会让她安静下来的。不过安妮塔·克莱说，是他妻子离开他的，因为他不愿意在门前把靴子擦干净，这不能责怪他妻子。我现在就到哈里森先生家去，瞧瞧他妻子长什么样子。"

没过多久，戴维就垂头丧气地回来了。

"哈里森太太不在家，她和雷切尔·林德太太去卡莫迪了，去买裱糊客厅的墙纸。哈里森先生让我带信给安妮，请你过去一趟，因为他想和你谈谈。告诉你们，他家的地板擦洗得很干净，哈里森先生刮了胡子，可是昨天教堂没有举行布道呀。"

在安妮看来，哈里森先生家的厨房简直是焕然一新啊。地板擦洗得干干净净、光洁明亮，屋里的每件家具物品都擦洗得纤尘不染，炉子擦得锃亮，简直可以当镜子了。墙壁粉刷一新，窗户玻璃在阳光下闪闪发亮。哈里森先生坐在桌旁，身上穿着他的工作服，这衣服在上周星期五以前还以破烂出了名，可是现在却缝补得整整齐齐，浆洗得干干净净呢。他的胡须也刮得很干净，稀

255.

疏的头发已经被精心修剪过。

"请坐，安妮，坐吧。"哈里森先生说，他悲切的语气就像安维利的人们在葬礼上说话的口吻，"埃米丽和雷切尔·林德太太去了卡莫迪，她已经和雷切尔·林德结成了深厚的友谊。女人真是反复无常的动物啊！好了，安妮，我悠闲的日子就此结束了——全都结束了。我想，我剩下的半辈子里，只能忍受着干净和整洁的无尽折磨了。"

哈里森先生想尽量把话说得很悲惨，可是他眼中却绽放出幸福的光芒，那无法遏制的光芒，让他的真实感受一览无余地呈现在安妮面前。

"哈里森先生，你的妻子回来了，你心里其实很高兴，"安妮指着他大声说道，"你不用假装啦，你不是这样想的，我看得明明白白。"

哈里森先生放松下来，露出了羞涩的笑容。

"嗯……嗯……我在慢慢适应，"他接着说，"不能说我一见到埃米丽就难过。一个男人生活在这样一个居民区里，的确需要一些保护。在这里，他想和邻居下盘棋，并不是以此为借口，想娶邻居的妹妹为妻，可谣言却满天飞，居然还闹得上了报纸。"

"如果你不假装未婚，也就不会有人怀疑你看上了伊莎贝拉·安德鲁斯了。"安妮认真地说。

"可是我没有假装未婚啊，要是有人问我是否结婚了，我肯定会告诉他是的，可是他们只是想当然地认为我没有结婚。我很不喜欢谈及这事，不是因为我很焦虑，而是我觉得这太心酸了。如果雷切尔·林德太太知道我妻子离开了我，她肯定会觉得我是个疯子，现在不正是这样的吗？"

256.

"可是很多人都说，是你抛弃了她。"

"不是这样的，安妮，是她先挑起事端的。我要把整个事情经过都告诉你，因为我知道你不会把我想得很坏，当然你也不要把埃米丽想得很坏。我们还是到走廊上去说吧。这里的每件东西都打扫得太干净了，让我很不习惯，我真怀念以前那种邋遢的生活。我想过一段时间后就会习惯的，不过让我看看院子吧，这样我会轻松一点儿，埃米丽还没有时间收拾整理院子呢。"

他们来到走廊上，刚舒坦地坐下来，哈里森先生就迫不及待地开始讲起他那不幸的往事。

"安妮，我来这里之前，住在新不伦瑞克的斯科茨福德。我的姐姐帮我打理家务，她和我脾气相投，她虽然很讲究整洁，但从不约束我，结果把我宠坏了——埃米丽是这样认为的。但是三年前，我姐姐去世了。她去世前很担心我的将来，最后她让我保证尽快结婚。她建议我娶埃米丽·斯科特，因为埃米丽很富有，而且很会操持家务。我告诉她说，我早就说过，'埃米丽·斯科特不会看上我的'。可我姐姐说：'你先问问她，看看她的态度。'为了宽慰她，我答应去问问……然后我真的去问她了，而埃米丽竟然说她愿意嫁给我。我从来没有这么吃惊过，安妮，因为她是一个聪明美丽、娇小可爱的女人，而我是个糟糕的老家伙。实话告诉你，当初我觉得自己太幸运了。于是我们就结婚了，然后到圣约翰去度了一个短暂的蜜月，两个星期后我们就回了家。我们是晚上十点钟到家的，我告诉你，安妮，半个小时后，这个女人就开始打扫房屋。噢，我知道你心里在想，我的房子确实需要打扫——你脸上的表情表明了你的想法，安妮，你的想法就像印刷品一样印在你的脸上呢——不过事实不是这样的，房屋并不脏。我承认，当我是个单身汉时，那房子确实够乱的，可是结婚前我请人打扫过了，大部分房间重新粉刷了，家具也重新布置了一番。我告诉你，就算埃米丽来到一座崭新洁白的大理石宫殿，只要她找来一套旧衣服换上，她就会马上费劲地打扫卫生。总而言之，她一直打扫我的房屋，忙到深夜一点，然后四点钟起床又开始打扫，她就一直这么干，我从来没有见过她停下来休息片刻。她就这样无休无止地擦洗、清扫、掸灰。星期天是个例外，必须停下来，不过她会眼巴巴地盼着星期一的到来，然后接着干。这是她自娱自乐的方式。只要没有妨碍我，我是可以接受这一切的。可是她得寸进尺，决心要把我彻底改造成爱整洁的人，这太晚了，要是在我年轻的时候，她来改造我，我想一定会很有效的。她要求我必须在门前脱下靴子，换上拖鞋才准许进屋。我从此再也不敢抽烟斗了，除非躲到牲口棚里偷偷抽两口。我说话时的语法不标准，埃米丽以前做过学校老师，她仍然没有从这个身份中走出来，总是纠正我的语法错误。另外，她很讨厌我用刀叉吃饭的样子。所以，就这样纠缠不清，唠唠叨叨，没事找事地争吵，结果闹得不可开交。不过，安妮，平心而论，我的脾气也好不到哪里去。我没有尽力去改变自己，这本来是能够改变的。每当她找出我的毛病，我就恼羞成怒，死不认账。有一天我讥讽她说，当初我向她求婚时怎么没有发现我的语法错误呢？这样说确实有些过分了。一个女人可以原谅男人动粗，但很难容忍男人暗示说，她急着想嫁给他。嗯，我们总是像这样吵吵闹闹，相处得非常不愉快。可是，如果没有姜黄的话，说不定我们过段时间就彼此习惯了。姜黄让我们的婚姻濒于破裂。埃米丽很讨厌鹦鹉，更难容忍姜黄满口脏话的习性。我收养这只鸟儿是出于我那水手弟弟的缘故。当我们是小孩子的时候，我就特别宠爱我弟弟。他在临死前，托人把姜黄带给我，我觉得它根本不明白那些脏话是什么意思。我最憎恨人类说脏话，可是对于一只鸟儿来说，它只是在重复别人的话，它不知道这些话的意思，就好像我不懂外国话一样，我们应该原谅它。可是埃米丽根本不谅解它，女人总是没有逻辑可言。她试图让姜黄改掉骂人的毛病，可是一点儿效果也没有，就好像要让我不说'我明白'或者'他们的事儿'一样，只是徒劳。而且结果往往还适得其反，她越努力，姜黄就越糟糕，就如同改造我一样。

"唉，情况就这样不断恶化，我们也越来越烦躁，终于有一天，战争爆发了。埃米丽邀请我们的牧师和他的妻子来我们家吃茶点，正好牧师家里还有客人，是前来拜访他们的另外一位牧师和他的妻子，于是他们也一同受邀来我家。我答应过埃米丽，要把姜黄放到一个安全的地方，不让客人听到它的叫声——就算给埃米丽一根三米长的竹竿，她也不愿意拿着竹竿去碰那只鸟笼——我自己也想把它弄远些，我不希望牧师们在我家里听到不愉快的声音。可是我忘了这事——埃米丽老是担心我的领子不够干净，语法不够标准，让我都没有精力考虑其他事情了——直到我们坐下喝茶的时候，我才想起那只可怜的鸟儿。一位牧师开始做感恩祷告，正当进行到中途时，餐厅窗外走廊上的姜黄突然扯起嗓子大叫起来。原来一只火鸡走进了院子里，让姜黄看到了。火鸡的样子总是会让姜黄感到莫名的难受。它那次骂得超有水平。安妮，你可以笑出声来，我得承认，后来我还偷偷笑过几次，不过在那个时候，我和埃米丽一样羞愧不已。我出去把姜黄拎到牲口棚去。那次茶点吃得很不愉快。我看着埃米丽的脸色，就清楚姜黄和我接下来会没有什么好日子过的。等客人走后，我去奶牛场，一路上我都在反思。我觉得自己很对不住埃米丽，我本来可以对她体贴一些，应该对她的劳动心怀感激的，可是我没有做到。另外，我很担心牧师可能会认为姜黄那些骂人的话是跟我学的。思来想去，我最后决定，要用最仁慈的方式把姜黄解决掉。我把奶牛赶回家，准备找埃米丽说这件事。可是，她离家出走了，只在桌子上给我留了一封信——就跟故事书里的套路一样。埃米丽在信中说，我必须在她和姜黄之间作个选择。她已经回娘家去了，除非等我去告诉她，我已经处理掉那只鸟儿，否则她就不会回来的。

"当时我气得七窍生烟，安妮。我说，如果她想等到这种结果，那她就慢慢等吧，一直等到世界末日，我决不会屈服的。我把她的东西收拾好，派人给她送了过去。这惹起了各种流言蜚语——在传闲话这点上，斯科茨福德和安维利一样可怕——所有的人一致同情埃米丽。这让我大为恼火，脾气也变得越来越坏，我明白我只能躲远些，否则甭想过安稳日子。于是我决定来王子岛居住，我小时候来过这儿，后来一直很喜欢这个地方。而且埃米丽总是说，她不喜欢住在海边，住在那里的人们晚上不敢出门，害怕会掉进水里去。为了跟她作对，所以我就搬到这里来了。这就是整个事情的前因后果。我从那以后就再也没有埃米丽的任何消息，直到上周星期六，我从地里回到家，看见埃米丽正在擦洗地板，桌子上还准备了丰盛的午餐，这是自从离开她后我的第一顿体面的午餐。她让我先吃饭，然后我们再好好谈谈——我从这一点上看出来，埃米丽已经学会如何跟男人相处了。所以她就留在这里，并且准备一直待下去——因为姜黄已经死了，而且

260.

这个岛比她想象的要大得多。哦，林德太太和她已经回来啦。不，安妮，不要走，坐一会儿吧，和埃米丽熟悉熟悉。星期六那天她对你印象很好——她很想知道隔壁家那个漂亮的红发姑娘是谁。"

哈里森太太兴高采烈地向安妮问好，坚持要她留下来吃茶点。

"詹姆斯给我说了很多关于你的事情，说你特别热心，帮他做蛋糕什么的，"她说，"我想尽快和我的新邻居熟悉起来。林德太太特别可爱，是吧？而且待人非常友好。"

在清爽宜人的六月暮霭里，哈里森太太陪同安妮穿过田野往家里走去。暮色中，萤火虫点亮了它们的小灯笼，就像点点繁星。

"我想，"哈里森太太很信任地说，"詹姆斯已经把我们的事情告诉你了吧？"

"是的。"

"那我就不用再费口舌了，詹姆斯是个诚实的男人，不会说假话的。这也不能全怪他。我现在也看明白了。其实在我跑回娘家不到一个小时就后悔了，我真希望自己当时没有那么草率，可是又不愿意退让。我现在明白了，当初我对男人的要求太苛刻。我居然抓住他的语法不规范的缺点死死不放，现在想来，那真是太傻了。只要男人能养家糊口，不会偷偷跑到储藏室里看你一周用了多少白糖，那么语法不太规范又有什么关系呢？我现在觉得我和詹姆斯就要开始享受真正幸福的日子了。我真想知道那位'观察家'是谁，好当面对他表示感谢。我真心诚意地想感谢他。"

安妮没有说什么，哈里森太太根本不知道她要表达感谢的对象就在面前。那篇很可笑的"琐记"影响竟然如此深远，安妮对此大惑不解。它让一个男人和他的妻子破镜重圆，还为一位预言家赢得了好名声。

林德太太来到绿山墙的厨房里，她正绘声绘色给玛莉拉讲述事情的原委。

"你觉得哈里森太太这个人怎么样？"她问安妮。

"很不错呀，我觉得这个娇小的太太很可爱。"

"说得一点儿没错，就是这样。"雷切尔·林德太太强调说，"刚才我正给玛莉拉说起她，我觉得因为她的缘故，我们也应该原谅哈里森先生的怪毛病，尽量让她觉得这里就是她自己的家，这个很重要。好了，我该回去了。托马斯一定等我都等急了。自从我女儿伊莉莎来了后，最近这几天他情况好多了，我也可以出门走走，但是不能走得太远。另外，我听吉尔伯特·布里兹说，他已经辞掉了白沙镇的教师工作，我猜想他今年秋天可能要去上大学了。"

雷切尔·林德太太用敏锐的眼光打量着安妮，可是安妮正弯腰下去，低头向在沙发上昏昏欲睡的戴维凑过去，林德太太从她脸上什么也看不出来。安妮抱起戴维，用少女的鹅蛋脸颊紧贴着戴维金色鬈发的小脑袋。他们来到楼上，戴维睡眼蒙眬地伸出手臂，搂住安妮的脖子，拥抱着她，并给了她一个纯真的吻。

"你真是太好了，安妮。米尔迪·鲍尔特今天在石板上写了这样的话，专门送给詹妮·斯劳尼。

> 玫瑰花红，紫罗兰蓝，
> 糖果儿甜，你也甜。

"这正好能表达我对你的感情，安妮。"

峰回路转

托马斯·林德从人世间悄然离去，就像他生前一样默默无闻。他的妻子给予了他温柔体贴、耐心细致、无微不至的护理。虽然他的迟钝和软弱时常会惹林德太太发火，甚至林德太太在他的健康方面要求有些过分，可是当他病倒了后，在他看来，没有谁比她的声音更柔和温顺，没有谁的举动比她更温柔贤淑，没有谁的护理比她更任劳任怨的了。

"对我来说，你是天底下最好的妻子，雷切尔。"在一个薄暮时分，林德太太坐在他身边，用她那布满老茧的手握着他日渐消瘦、苍老泛白的手，他发自肺腑地说，"一个好妻子，可是让我感到难过的是，我不能给你留下什么，不过孩子们会照顾好你的。他们都聪明能干，就像他们的母亲一样。一个好母亲……一个好女人……"

他就这样永远沉睡过去了。

第二天清晨，乳白的曙光正爬上低洼地带的冷杉树尖时，玛莉拉轻手轻脚地走进东屋，叫醒了安妮。

"安妮，托马斯·林德去世了——他们家雇用的男孩刚刚带来口信。我现在就去雷切尔那里看看。"

托马斯·林德葬礼过后的第二天，玛莉拉在绿山墙走来走去，一副心事重重的样子。她不时看着安妮，欲言又止，然后摇摇头，紧抿着嘴。吃过茶点，她又去看望雷切尔太太去了。等她回家后，她来到东屋，安妮正在批改学生作业。

"林德太太今晚情况怎么样？"安妮问。

"她现在的心情平静了一些，变得更加镇定了。"玛莉拉回答着，在安妮的床上坐了下来——这个动作非常特别，因为按照玛莉拉的家庭道德标准，随便坐在别人整理好的床铺上绝对是一种冒犯行为，很显然，她的内心这时异常激动——"可是她非常孤独。伊莉莎今天不得不赶回家去，而她的儿子近来身体不太好，她觉得自己在家里一刻也待不下去了。"

"等我批改完这些作业，我就赶快去林德太太家，陪她说说话。"安妮说，"我本来打算今晚学习拉丁文写作的，不过这可以往后推一推。"

"我在想，吉尔伯特今年秋天就要去上大学了。"玛莉拉突然转移到这个话题，"你也很想去，对吧，安妮？"

安妮抬起头，满脸的惊讶。

"我当然想去，玛莉拉，可是，这怎么可能呢？"

"我想这是有可能的。我总觉得你应该去上大学。我一想到你为了我放弃了那么好的机会，心里就不能平静下来。"

"可是，玛莉拉，我对自己留在家里从来没有感到过遗憾呀，我一直都过得很愉快的……噢，这两年真是太美妙啦！"

"嗯，是的，我知道你心里很满足。可是这不是问题的关键。你应该继续接受教育。你自己已经攒足了去雷德蒙念书的第一年开销所需的钱，从牲口身上挣来的钱可供你第二年的费

264.

用……而且你还可以赢得奖学金一类的奖励。"

"我知道，但我不能去，玛莉拉。你的眼睛确实有了好转，但我不能抛下你单独照顾这对双胞胎，这需要很大的精力才能把他们照顾好。"

"我不会单独照顾他们的，这也正是我想和你商量的事情。我今晚和雷切尔谈了很久，安妮，她在很多事情上都感到很悲观。她现在经济有些困窘。八年前，为了给小儿子筹措去西部发展的本钱，他们把农场抵押出去了，从那以后，他们的收入就只能够付清抵押利息。然后就是托马斯的病，各种各样的花费很大，不得不把农场卖掉了。雷切尔明白，在付清各类欠款后，已经所剩无几。她说她不得不准备去和伊莉莎一起生活，可是一想到就要离开安维利，她心都快碎了。像她这么大年纪的女人已经很难去结交新朋友，她也没有一些轻松的兴趣爱好。安妮，就在她谈到这些问题的时候，我突然想到，我可以请她来绿山墙，和我一起生活。不过我想应该事先和你商量一下，然后才能给她讲。如果让雷切尔来和我一起住，你就可以去上大学了。你觉得这个想法怎么样？"

"我觉得……如果……有人……能够帮我一把……嗯……我不知道……不清楚……对你的打算……该怎么办。"安妮茫然地说，"不过，至于请林德太太来这里住，这应该由你来决定，玛莉拉。你觉得……你确实……你愿意这样做？林德太太是个好心肠的人，也是个不错的邻居，可是……可是……"

"可是她也有一些缺点，你是不是想说这个意思？是的，她当然有缺点，可是，只要能让雷切尔留在安维利，再严重的缺点我都愿意接受。要是她走了，我会特别怀念她的。她是我来到这

265.

里后唯一最亲密的朋友，如果没有她在身边，我会不知所措的。我们做了四十五年的邻居，从来没有吵过架——不过当初她第一次看到你时，说你长着红头发，一点儿也不漂亮，你对她大发脾气，我和她也差点儿吵了起来。你还记得吗，安妮？"

"我当然记得啦，"安妮懊悔地说，"对于那种事情，我怎么也忘不掉。那时候我真是恨死这位可怜的雷切尔太太了！"

"之后你就给她'道歉'了。唉，说实话，你那时真是太难管教了，安妮。我对你一点儿办法也没有，不知道该怎么管教你。马修倒是很能理解你。"

"马修对所有的事情都很理解。"安妮柔声说。每当谈及马修，她总是这样说话。

"好啦，我认为我和雷切尔能和睦相处，根本不会发生冲突的。我一向认为，如果同住在一个屋子里的两个女人合不来，那一定是因为她们没法共用同一间厨房，总是会彼此妨碍的。现在，如果雷切尔来这里的话，北屋可以作为她的卧室，客房可以当作厨房，反正我们根本不需要客房的。她可以把她的炉具搬进去，还有她想保留下来的家具也可以搬过来，这样会过得非常舒适，又不受拘束。当然，她的生活费用不着我们操心——她的孩子们会处理好的——所以，我只是给她提供几个房间而已。是的，安妮，我觉得这一切都很简单，我愿意这样。"

"既然这样，那就去问问她的意见吧。"安妮爽快地说，"眼看着林德太太黯然远去，我心里也很难过的。"

"要是她同意过来，"玛莉拉继续说，"你就可以安心上大学去。她可以和我做伴，对于照顾这对双胞胎，我没做好的，她一定能帮着做好。所以你再也没有什么需要牵挂的了，就安心上学去吧。"

这天晚上，安妮坐在窗前想了很久。喜悦和遗憾交织，她的内心久久不能平静。她终于来到了人生的转折处——一切来得那么突然，太出乎意料了。在这条人生的道路上，走过道路的转弯处，就是大学生活，那是她数百次彩虹般的梦想所在。可是安妮也明白，她要转过这个弯道，就必须放弃许多美好的东西——所有琐碎而简单的责任与快乐。这两年来，她对它们投入了巨大的热情，使得它们变得非常重要，同时也给自己带来了无比的欢乐。她也必须放弃她的学校——可是，她深爱着自己的每一个学生，包括那些迟钝和调皮的学生。一想到保罗·艾文，她就不禁开始怀疑，雷德蒙学院是否值得自己放弃这么多。

"这两年来，我在这里已经扎下了许多小小的根，"安妮对着月亮，自言自语道，"当我要被拔走的时候，那些根须将会受到很大的伤害，可这是我最好的选择。我认为玛莉拉说得对，我没有理由不去。我必须重新拾起自己尘封已久的理想，掸去灰尘，把它再次擦亮。"

第二天，安妮递交了辞职书。而雷切尔太太在和玛莉拉经过一番真诚的交流之后，满怀感激地接受了邀请，准备来绿山墙安家。不过，她决定这个夏天仍然住在自己家里，因为农场要等到秋天才能卖出去，而且还有很多事情需要慢慢处理。

"我真的从来没有想过，自己会住到远离大路的绿山墙农庄去。"雷切尔太太自言自语道，"不过说真的，绿山墙也并不像以前那样与世隔绝了……安妮有很多的朋友，还有那对双胞胎，让那里充满了活力。不管怎么样，我宁愿做这里的井底之蛙，也不愿意离开安维利。"

安妮将要上大学和林德太太将住到绿山墙，这两个决定一时间传遍了整个安维利，大家对此议论纷纷，而哈里森太太的到来则慢慢淡出了人们的话题。一些德高望重的人都对玛莉拉·卡斯伯特纷纷摇头，反对她如此轻率地邀请林德太太住进绿山墙来。大家一致认为，这两个人不可能和睦相处，她们的生活方式大相径庭，而且都非常固执。许多悲观的预言纷纷出炉，不过没有什么预言能够打扰这两个当事人的生活。她们都清楚，在新的生活中，彼此的职责和权利非常明确，并将共同遵守。

"我不会干涉你的生活，你也不要来干涉我。"雷切尔太太坚决地说，"至于这对双胞胎，我很乐意帮着照看他们，但是我不会承担起回答戴维问题的责任，我就这个要求。我不是百科全书，也不是一个精明的律师。回答他的问题那是安妮的责任，你们去想念她好啦。"

"有时候安妮的回答跟戴维的问题一样古怪。"玛莉拉干巴巴地说，"这对双胞胎会想念她，有了安妮，他们才不会犯错误。可是，不能为了满足戴维的求知欲望，就牺牲掉安妮的大好未来呀。如果戴维问我一些没法回答的问题，我就会告诉他，乖小孩是不能叽叽喳喳吵闹不停的。我自己就是这样长大的，我不知道还有什么其他更新奇的方法来教导小孩子，但我觉得旧的方法不会差到哪里去。"

"唉，安妮的方法看起来管理戴维非常有效。"林德太太微笑着说，"戴维改了很多呀，真的！"

"戴维的本质不坏。"玛莉拉评论说，"我从来没有想到自己会这么喜欢他们。戴维总能讨你喜欢，而朵拉也是个可爱的孩子，不过她……有点儿……嗯，有点儿……"

"单调？肯定是这样，"雷切尔太太接口说，"就像一本书里，每一页都是一样的内容，真的。朵拉长大后会是个值得信赖的好女人，她永远不会干出在池塘里放一把火这种事情来。不过，她做的事有时会让人觉得非常无聊。"

　　听到安妮辞掉工作而备感兴奋的，大概只有吉尔伯特·布里兹一个人。安妮的学生一听到这个消息，就如同晴天霹雳，全然没有回过神来。安妮塔·贝尔一回到家就歇斯底里大发作了。安东尼·派伊无故地激怒别的孩子，挑起两场打架，以此来发泄他心里的烦闷。芭芭拉·萧哭了整整一个晚上。保罗·艾文伤心地告诉他的奶奶，在这一周里她就甭指望他会吃一口麦片粥。

　　"我办不到啊，奶奶。"保罗说，"我真不知道我还能吃下什么东西。我觉得有一块可怕的东西卡在我的喉咙里。要不是杰克·冬尼尔一直看着我，我会从学校一路哭回家的。我觉得我上床睡觉时会哭出来的，明天我的眼睛不会留下痕迹的，对吧？哭泣是一种很好的放松方式。但是，不管怎么样，我都吃不下粥。我需要调动我所有的意志力来对抗这个痛苦，奶奶，我已经没有任何精力来解决麦片粥了。噢，奶奶，我那美丽的老师就要走了，我真不知道我该怎么办呀。米尔迪·鲍尔特说，他敢打赌，简·安德鲁斯会来这所学校教我们。我猜想安德鲁斯小姐一定很好。可是，我明白，她不会像雪莉小姐那样来看待我们。"

　　戴安娜对这件事情的看法也很悲观。

　　"这个冬天，这里将充斥着可怕的寂寞气息。"在一个薄暮时分，她悲哀地说。月亮慢慢升起，梦幻般的银色穿过樱桃树的枝叶，照进绿山墙的东屋，让屋里充盈着如梦如幻的轻柔光线，屋里坐着两个姑娘，她们正在聊天。安妮坐在窗边的矮摇椅上，戴安娜则像土耳其人那样盘腿坐在床上。"你和吉尔伯特都要走了，艾伦夫妇也准备离开了。他们邀请艾伦先生去夏洛特敦，艾伦当然答应下来了。这真是太糟糕啦。我想，我们整个冬天都会很无聊，而且还必须听一长串的候补牧师们来布道……起码有一半的牧师都很糟糕。"

"我希望他们无论如何也不要邀请东格拉夫顿的巴科斯特来。"安妮坚决地说，"他本人倒是很想来这里，可是他的布道做得死气沉沉的，非常压抑。贝尔先生说他是守旧派的牧师，不过林德太太说，他除了有点儿消化不良外，也没有什么问题。他的妻子好像不太擅长烹饪，林德太太说，如果一个男人接连两三周都不得不吃酸面包，那么他的宗教信仰一定在某个地方会纽结成一团乱麻。因为将要离开这里了，艾伦太太感到十分难过。她说，自从她像个新娘一样来到这里后，每个人都对她非常友好，现在她感觉就像是要离开终生相伴的朋友一样。你知道，她那婴儿的坟墓也在这里。她说她怎么能说走就走呢，离开以后，她就再也看不到他了……他是个只有三个月大的小家伙，她说，她很担心他的孩子会想念他的妈妈，虽然她十分舍不得离开这儿，可是她不知道该怎么向艾伦先生说起这事。她说她几乎每个晚上都偷偷溜到牧师馆后的白桦林里，到孩子的墓地去，为他唱一首摇篮曲。昨天傍晚，我带着刚刚盛开的玫瑰花到马修墓前去，遇到了艾伦太太，她亲口告诉了我这一切。我向她保证，只要我还在安维利，就一定帮她在孩子的墓前摆放鲜花。当我离开安维利后，恐怕就……"

"那就由我来做，"戴安娜衷心说道，"我当然会接着做下去。我也会在马修的墓前摆放鲜花，这是因为你的缘故，安妮。"

"啊，谢谢你！如果你愿意，我还想请你帮个忙，还有海斯特·格莱的墓，好吗？请别忘记了她。你知道吗？我经常想着海斯特的事情，也时常做着关于她的许多梦。她是那么真实地出现在我的脑海里。我想她回到了她的小花园里，来到那个清凉、静谧、翠绿的角落里。我在幻想，我能通过明暗交替的魔法时间隧道，回到那个春天的傍晚，偷偷来到这个花园。我轻手轻脚地走过山毛榉小丘，害怕自己的脚步惊动了她。我发现这个花园已经像当年那样，遍地是白水仙和刚刚盛开的玫瑰花，她那小小的房屋就在花园那边，墙上爬满了常春藤。身材娇小的海斯特·格莱就在这里徘徊着，目光温柔，黑发随风飘扬，指尖轻触着水仙花萼，轻声地与玫瑰花说话。我迈着轻盈的脚步慢慢地走上前去，伸出我的手，对她说：'亲爱的海斯特·格莱，我能成为你的同伴吗？因为我也特别喜欢玫瑰花呢。'然后我们一起坐在陈旧的长凳上，轻轻交谈着心里的秘密，一起分享美妙的时光。渐渐地，月亮慢慢升起来，我环顾四周，海斯特·格莱不知去向何方，爬满常春藤的小屋消失了，玫瑰花也不见了，只剩下破旧荒凉的花园，水仙花星星点点地在杂草中开放着，晚风在轻声叹息，樱桃树林中弥漫着悲凄的氛围。唉，我简直无法辨别这一切是真实存在的，还是我幻想出来的。"

戴安娜爬上床，背靠在床头挡板上。当你的伙伴在夜色昏暗的时候给你讲一些阴森的故事，你肯定会感觉到有什么可能躲藏在你的背后，所以最好是背靠着什么东西，这样才会让人安心一些。

"我担心当你和吉尔伯特走了后，乡村促进会可能面临解散的命运。"戴安娜忧心忡忡地说。

"一点儿也不用担心。"安妮轻快地说，这时她的心思正从梦境回到现实生活中来了，"这个组织基础现在非常牢固了，尤其是年老的人也积极参与到我们的活动中来后，它的生命力越来越旺盛了。看看这些老人们夏天为了他们的草地和小路所做的一切就可以证明这一点。另外，今年冬天我会在雷德蒙多加留心，注意有什么好的点子，然后写成报告寄给你们。别用这么悲观的眼光来看待生活，戴安娜。也别和我计较，我此时此刻高兴得有些忘乎所以，过不了多久，我就要离开这儿了，再也不会有现在这么高兴了。"

"那恰恰应该是让你高兴的事情呀……你就要上大学去了，你将要在那里享受愉快的求学时光，而且还会交一大群可爱的新朋友的。"

"我希望能交些新朋友。"安妮沉思着说，"结交新朋友会让生活更加多姿多彩，可是，不管交到多少新朋友，他们也不及我的老朋友那样亲近——尤其是那个带酒窝的黑眼睛姑娘。你能猜到那个姑娘是谁吗，戴安娜？"

"可是，在雷德蒙有很多这样聪明的女孩子，"戴安娜叹息道，"我是个愚笨的乡下姑娘，经常会说'我常常看到……'一类的土话。不过我停下来想一想，心里明白这个机会确实对你很好。好啦，过去的这两年真是太愉快了，以至于我都不愿意它结束。不管怎样，我知道有个人对你去雷德蒙非常高兴。安妮，我想问你一个问题——一个很严肃的问题。别生气，要认真回答我。你对吉尔伯特感觉怎样？"

"就像朋友一样关心他，但是一点儿也不是你所想的那种方式。"安妮平静而又坚定地回答道，她认为这是她由衷的回答。

戴安娜叹了口气。不知怎么的，她希望安妮能给她另外一种回答。

"你曾经想过要结婚吗，安妮？"

"也许……有那么一天……当我遇到了合适的人时，我会结婚的。"安妮说着，抬头看着月光，梦幻般地微笑了。

"可是，你怎么确认某个人就是你所谓的那个合适的人？"戴安娜穷追不舍。

"噢，我会知道是这个人……他的某种东西会告诉我的。你应该明白我的意思，戴安娜。"

"可是人们时常会改变自己的想法。"

"我不会的。那些不能达到我要求的男人，我根本不会在意的。"

"要是你永远遇不到那个人呢？"

"我宁愿当一个老姑娘，直到老死。"这真是个令人振奋的回答，"无论如何，我敢说这不是最困难的死亡方式。"

"唉，我认为死亡是件容易的事情，可我不喜欢过老姑娘的那种生活。"戴安娜认真地说，没有丝毫想说点儿风趣话的打算，"虽然我不介意自己成为一个像拉文达小姐那样的老姑娘，可是我不可能成为一个这样的人。等我四十五岁的时候，我会变得肥胖臃肿。浪漫的恋爱可能会发生在一个苗条的老姑娘身上，但绝对不可能发生在一个肥胖的人身上。哦，告诉你吧，尼尔森·阿金斯三周前向露比·格丽丝求婚了。露比亲口告诉我的，她说她根本没有嫁给他的想法，因为只要嫁给他，就不得不跟一大群老人一起生活。不过露比说，尼尔森的求婚非常完美，非常浪漫，把她已经完完全全给迷倒了，不过她并没有匆忙做出决定，她提出要用一个星期的时间好好考虑。两天后，露比参加了尼尔森母亲举办的缝纫聚会，她在客厅茶几上看到了一本书，名为《礼仪指导全书》。露比说，当她翻到某一部分时，标题正是'求爱与结婚的行为举止'，她顿时心乱如麻，简直无法描述那种感受，她发现尼尔森的求婚完全是从这里照搬下来的，丝毫不差。她回到家里，给尼尔森写了一封拒绝信，对他狠狠地挖苦了一番。她说，既然他的父亲和母亲会担心他投河自尽，那么他们一定会轮流照看他的。不过露比又说，他们其实不用担心，因为在'求爱与结婚的行为举止'这一章节里提到过，被爱人拒绝后应该有什么样的行为举止，但没有提及去投河自尽。然后她又说，维尔布·布莱尔正是为了她已经完全消瘦下去了，可是她对此爱莫能助。"

安妮做出了一个不耐烦的动作。

"我不喜欢这么说……感觉有点儿背叛她……不过，唉，我现在确实不太喜欢露比·格丽丝。当我和她一起上学，一起去奎恩高等专科学校时，我和她比较亲近，当然不及和你以及和简的关系亲近。可是去年在卡莫迪我见到她，看起来她变化非常大……非常……非常……"

"我知道，"戴安娜点点头，"这是格丽丝家族共有的毛病，她也没办法。林德太太说，在格丽丝家族女孩的交流谈话中，是不可能不涉及男孩子的话题的。她们会把男孩子挂在嘴边，显示男孩子们是如何地恭维自己，在整个卡莫迪，所有的男孩子都为她而疯狂。事情就是这么奇怪，这些男孩子真是这个样子的，唉。"戴安娜有点儿愤愤不平地说，"昨天傍晚我在布莱尔的店铺里看到了露比，她悄悄告诉我说，她找到了一个'意中人'。我不想问她这个倒霉鬼是谁，因为我知道她正急迫地等我

274.

问她。嗯，我想，这就是露比想要的生活吧。你还记得吗？当她还是个小姑娘的时候，她就总是说，等她长大了，她想和几十个花花公子交往一番，在她订婚之前，她要好好享受青春最愉悦的时光。她和简是截然不同的两种人，不是吧？简通情达理，心地善良，像个淑女一样。"

"亲爱的老朋友简就是一颗宝石，"安妮赞同道，"可是——"她接着说，身子向着枕头斜靠过来，温柔地拍拍戴安娜那双带着小窝的圆胖小手，"——再怎么好也比不过我的戴安娜。戴安娜，你还记得吗？我们初次相见的那个晚上，就在你家花园里，我们'发誓'要做永远的朋友呢。我们一直在遵守着'诺言'，让我想想……'我们永不吵架，永不冷战'。那天当你告诉我你很爱我时，那种激动像电流一样穿过我的身体，让我终生难以忘怀。在我整个的童年生活中，我的内心曾经一直都很孤独，渴望着别人的爱。我现在才意识到，那种对爱的渴望和孤独曾经是多么的真实，没有人关心我，没有人在乎我。如果我没有那些奇怪的梦幻，去想象出我所渴望的朋友和爱，那么我就只能悲惨地生活着。可是，当我来到绿山墙农庄时，一切都改变了，然后我就遇到了你。你并不知道你的友谊对我来说意味着什么。我想，就在此时此地，我要给你说声谢谢，亲爱的，你总是给予我温暖而真挚的爱。"

"而且永远，永远都会。"戴安娜啜泣着说，"我将再也不可能像爱你一样去爱别人……别的女孩。如果我将来结婚了，有了我自己的小女孩，我会给她取名叫'安妮'的。"

在石屋的下午

　　"安妮，你要去哪儿呢？打扮得这么漂亮呀，"戴维很好奇地问，"你穿上这套裙子真是酷毙啦。"

　　安妮穿着一件淡绿色平纹薄纱裙子，走下楼来。自从马修去世后，这是她第一次穿上彩色衣服。这件裙子把她衬托得越发美丽，原本像花儿一样粉红的脸显得更加娇嫩，头发也更富有光泽。

　　"戴维，不准用'酷毙'这个词，跟你说过多少遍啦！"安妮严厉地训诫他，然后说，"我要去回音蜗居。"

　　"带我一起去吧。"戴维恳求道。

　　"不行。如果我坐马车的话可以带上你，但我今天准备走路过去。你一个八岁的小孩子，两条小短腿走不了那么远的路。再说了，保罗会跟我一起去，我担心你遇到他后会很不开心的。"

　　"噢，从前我是不太喜欢他，但是现在我已经有些喜欢他了。"戴维对着他的甜点心狼吞虎咽，"自从我开始变乖了后，我才不管他有多么好呢。如果我一直这样变下去，总有一天我会跟他一样棒的，腿也会和他一样长的。而且，保罗对我们小学二年级的男生可好啦。他不让别的大男孩子欺负我们，还教我们玩各种游戏。"

276.

"昨天中午休息的时候，保罗掉进小河里了，那是怎么回事？"安妮问，"我在操场上碰到他，他浑身湿透了，像个落汤鸡一样狼狈不堪，我让他赶紧回家换衣服，所以没有时间问他到底是怎么回事情。"

　　"哎呀，那只是个小小的意外。"戴维解释说，"他打算把头伸进水里，结果剩下的部分突然全部掉进去啦。那时候我们都在河边，不知道为什么，普利莉·罗杰逊冲着保罗暴跳如雷——普利莉又小气，又凶恶，只是长得很漂亮——她说保罗的奶奶每天晚上都要把他的头发绾成小疙瘩，弄出这种鬈发。保罗应该不会在意她的疯话，我想，可是格莱斯·安德鲁斯听了哈哈大笑，然后保罗的脸涨得通红，你要知道，格莱斯是保罗的女朋友呢。保罗一直在追她，给她送鲜花呀，帮她拎书呀，还陪她走很远的路，把她送到海滨路。保罗的脸红得像红萝卜，辩解说他奶奶从来没有这样做过，他的鬈发是天生的。然后他趴在河岸边，把头伸进水里，想把头发弄湿了证明给她们看。噢，那不是我们喝的那种水——"玛莉拉也过来了，一脸的惊恐，"——是洼地水坑里的水。可是河岸太滑了，保罗一下子就滑进河里去了。我告诉你，保罗掉进水里的声音真是酷毙了。噢，安妮，安妮，我不是故意要说那个词的……那个词没经过我的大脑就从嘴里溜出来啦。他掉进水里的声音真是好听呀。可是，等他爬起来的时候，样子真是太好笑了，全身湿漉漉的，还沾着很多烂泥巴。女孩子们笑得可厉害了，可是格莱斯没有笑。她看起来很难过的样子。格莱斯是个好女孩，可是她长着一个狮子鼻。等我长大了找女朋友，坚决不要狮子鼻的……我要找个鼻子和你一样好看的女朋友，安妮。"

"吃个甜点心都弄得满脸糖浆，这种男孩子不爱干净，女孩子看都不会看他一眼的。"玛莉拉讽刺他说。

"可是我求婚前会把脸洗干净的，"戴维反驳道，连忙用手背擦了擦脸上的污点，"我也会把耳朵背后的地方洗干净，不用别人来提醒。今天早上我就做到了，玛莉拉。只要我做过了，就不会完全忘掉的。可是——"戴维深深地叹了口气，"——一个人有那么多地方要洗，要把它们全部记住实在是太难啦。好吧，既然我不能去看拉文达小姐，那我就去看望哈里森太太吧。告诉你们，哈里森太太真是个大好人呀。她在储藏室里专门为小男孩们准备了一坛子小甜饼呢，还经常从做葡萄干蛋糕时用的盘子上刮下碎屑来给我吃。你们要知道，盘子里还粘着许多的葡萄干呢。哈里森先生一直都是个好人，不过自从他重新结了婚后，他比以前好上两倍了。我想，结婚会让人变得更好的。可是，玛莉拉，你为什么不结婚呢？我很想知道。"

玛莉拉这种幸福的单身生活永远不会成为让她恼怒的话题，所以她只是意味深长地看了戴维一眼，回答非常和蔼："我想大概是因为没有人想要我吧。"

"可是，也许是因为你从来没有问过别人要不要娶你呀。"戴维反驳道。

"喂，戴维，"朵拉很拘谨地开口了，她对戴维的话非常震惊，忍不住插嘴道，"必须由男人主动求婚呀。"

"我真搞不懂，为什么总是让男人做这种事情。"戴维抱怨说，"这个世界上，我看什么事情都要男人来做！能再给我一点儿甜点心吗，玛莉拉？"

"你已经吃得够多啦！"玛莉拉说，不过她还是给他拿了一

278.

块中等大小的甜点心。

"我真希望人们每天只吃点心就可以生活。为什么人们不这样呢，玛莉拉？我很想知道。"

"因为人们对点心很容易就会吃腻的。"

"我倒很想试试看，"戴维很不相信，"可是我想，在钓鱼或者聚会的时候光吃点心就可以的呀。米尔迪·鲍尔特家的人从来不吃点心的。米尔迪说，当家里来了客人，他妈妈只给客人吃奶酪，她亲自切……给每人只切一小片，如果要表示礼貌，才会再切一片的。"

"就算米尔迪真这样说他的妈妈，但也不准许你这样说，连照着说也不允许。"玛莉拉板着脸说。

"我的天啊！"戴维兴致勃勃地模仿哈里森先生的神态，这句话是他的口头禅，"米尔迪这是在夸奖他的妈妈呢。他因为有这样的妈妈而沾沾自喜，大家都说他妈妈就算吃石头也能生活下去的！"

"我……我想起来了，那群讨厌的母鸡又跑到花圃里糟蹋紫罗兰啦！"玛莉拉连忙站起来，急匆匆地跑了出去。

那群被冤枉的母鸡根本没有在紫罗兰花圃附近，玛莉拉也根本没去看一眼，而是坐在地窖口大笑不止，笑到最后自己都不好意思了。

这天下午，当安妮和保罗到达石屋时，看到拉文达小姐和夏洛塔四号正在花园里愉快地忙着锄草、耙土、修剪、整枝，正在幸福地享受着劳动时光呢。拉文达小姐穿着她最喜欢的带皱褶和花边的衣服，显得特别可爱、娇艳。当她看到客人到来，立刻扔下大剪刀，欢快地跑出来迎接，而夏洛塔四号也高兴得咧着嘴笑了。

"欢迎你呀，安妮。我想你今天肯定会来的。你属于这个美好的下午，所以它就把你带到我这里来了。物以类聚嘛，人们如果都能明白这个道理，会省下不少的麻烦呢。可是很多人都不明白，所以他们东拉西扯，把天上地下毫不相干的东西硬拉到一起来，白白浪费精力，徒劳无益呀。呀，保罗，你又长高啦！比你前次来的时候高出半个头了！"

"是呀，就像林德太太说的那样，我现在开始长个子了，长得就像夜里的藤蔓那样快，" 保罗脸上洋溢着毫不掩饰的喜悦之情，"奶奶说这全是吃麦片粥的结果。也许是吧。老天才知道是不是——"保罗深深地叹了口气，"——我吃得太多了，谁吃这么多都会长高的。既然我开始长个子了，我真希望这样一直长下去，长到和我爸爸一样高。他身高有一米八呢，拉文达小姐，我想你是知道的。"

是的，拉文达小姐很清楚。一团红晕飞上了她漂亮的脸颊，她一手牵着保罗，一手拉着安妮，一言不发地向石屋走去。

"今天的天气可以听到回声吗，拉文达小姐？"保罗焦急地问道。他第一次拜访这里时，风太大了，听不到回声，保罗感到非常失望。

"今天的天气最合适不过啦，"拉文达小姐从她的白日梦中清醒过来，回答他说，"不过我们首先要去吃点儿东西，你们两个穿过山毛榉树林，走了这么远的路，没饿才怪呢。我和夏洛塔四号每天随时都可以吃东西，这真得感谢我们的好胃口。我们已经打劫过储藏室了，所幸的是里面依然食物充足，能让人食欲大增呢。我早就有预感，今天会有客人到访，所以我和夏洛塔四号把食物都准备好了。"

"我觉得你是一个保证储藏室里随时都有美食的人。"保罗宣称，"奶奶也喜欢这么做，可是她认为在两顿正餐之间不能吃点心。我有些担心，"他沉思着继续说，"既然我知道她不同意吃点心，那我在别人家里该不该吃呢？"

　　"噢，你走了那么远的路，我想她如果知道了，是不会反对你吃点心的。今天的情况很特殊嘛。"拉文达小姐越过保罗棕色的鬈发脑袋，同安妮交换着好笑的眼色，一边对保罗说道，"我认为吃点心有益于健康呢，正因为如此，我们在回音蜗居常常吃点心。我们——我和夏洛塔四号——跟别的饮食习惯完全相反，我们吃的是各种不利于消化的食物，只要我们想吃，不管是白天还是晚上的任何时候，我们都可以吃。这样会让我们像月桂树一样精力旺盛。我们总是想在饮食方面进行改进。当我们在报纸上读到一篇文章，警告说不要吃某种我们原本喜欢的东西，我就会把这篇文章剪下来，把它钉在厨房的墙壁上，这样可以随时提醒我们自己不要吃。可是，不知怎么的，我们从来没有做到过，除非我们吃了这个东西，事实证明对身体真的不利，我们才会再也不吃了，可是现在还没有出现过这种情况呢。到目前为止，还没有什么食物危害到我们的健康。不过，我们要是在睡觉前吃了油炸圈饼、碎肉馅饼和水果蛋糕的话，夏洛塔四号会做噩梦的。"

　　"奶奶让我在睡觉前喝一杯牛奶，吃一片黄油面包。星期天晚上她会让我吃果酱面包，"保罗说，"所以每到星期天晚上，我都会很开心——当然不仅仅是这一个原因。我感觉住在海滨路上，星期天会显得特别漫长。奶奶说，对于她来说，星期天特别短暂，我爸爸小时候总是觉得星期天非常好玩儿。如果我可以去和我的石头人聊天，我也不会觉得星期天漫长，可是奶奶不让我星期天去看我的石头人，所以我从来没有去过。我只能胡思乱想，可是我又担心我的想法太漫无边际了。奶奶说，我们在星期天只能思考一些神圣的事情。可是老师曾经说过，所有真正美好的想法，不管它的内容是什么，也不管我们是在星期几想到的，它们都是神圣的。但我知道，奶奶认为只有在布道和周日学校学习时你才能够真正思考神圣的事情。当奶奶和老师的意见不同的时候，我就不知道该怎么办了。在我的心中，"保罗伸出一只手，按在胸膛上，抬起头，用蓝色的眼睛望着拉文达小姐那满是同情的面孔，"我赞成老师的意见。可是，你知道，奶奶就是用这种方式培养爸爸的，把他教育得非常成功，但是老师并没有把谁培养成才，尽管她正在照顾戴维和朵拉，但也不能算是成功。你也并不能确定他们将来会是什么样子，除非等到他们都长大成人，所以有时候我觉得按照奶奶的意见去做会保险些。"

"我也这么认为。"安妮很认真地说，"无论如何，我敢肯定，你奶奶和我都是在全心全意地培养孩子，尽管我们的看法有所不同，但是都是为了达到同一个目的。你现在最好听从你奶奶的教导，因为她的经验已经被事实证明是成功的。我的经验还需要等待，一直要等到这对双胞胎成才，那时我才敢说我的方法同样有效。"

吃过午餐，他们回到花园里，安妮和拉文达小姐坐在白杨树下的石凳上聊天。保罗好奇地和"回声"玩着，感到从未有过的兴奋。

"你准备今年秋天就要走了？"拉文达小姐忧郁地说，"我应该为你感到高兴的，安妮……可是我感到非常难过，这是我的自私心在作怪。我会非常想念你的。唉，有时候我觉得交朋友一点儿也没用。他们会在不久以后离开你的生活，只会给你带来离别的伤感，比起认识这些朋友前的那种空虚来说，这种离别的伤感更加让你痛苦。"

"这种话听起来就像是伊丽莎·安德鲁斯小姐说的，但绝对不该是拉文达说的话。"安妮说，"世上没有比空虚更痛苦的事情了，况且我也并没有离开你的生活。我们还可以写信，或者假期时我们会相聚的，亲爱的，你怎么啦？你的脸色看起来有点儿苍白，满脸的倦怠。"

"噢……哈……哈……噢……"保罗爬上堤岸，在那儿使劲地制造出各种声音。他发出的声音并不全都是悦耳动听的，但是经过河对岸的精灵施展点石成金的魔法以后，这些声音顷刻之间转变成美妙的乐音，犹如金银般清脆悦耳。拉文达小姐不耐烦地挥了挥她那双纤纤玉手。

"我只是对这一切都感到厌烦了——甚至对这回声也是。我孑然一身，只有空洞的回声陪伴着我——让我失去了希望、梦想和欢乐的回声。它们很动听，但是却带着对我的嘲笑。唉，安妮，我居然对自己的客人说这种扫兴的话，我真是太糟糕了。我看我正在变老，连回声都不认同我了。我知道，等我六十岁时，我将会变成一个让人害怕的疯婆子。不过，也许我只需要吃点儿蓝色的药丸子就没事了。"

午餐后就消失得无影无踪的夏洛塔四号这时回来了，她宣称说，奥利弗·金博尔先生家牧场的西北角上有一块早熟的草莓，现在已经红透了，问安妮·雪莉小姐是否愿意去采些草莓回来。

"早熟的草莓正好可以做茶点呢！"拉文达小姐高兴地喊了起来，"噢，我并没有想象中的那么老嘛！我也不需要那些蓝色的药丸子，一颗也不需要！姑娘们，等你们采了草莓回来时，我已经在白杨树下准备好茶点啦。我会拿出自制的奶油招待你们的！"

安妮和夏洛塔四号顺着刚探出来的小路，来到金博尔先生家的牧场。这片绿色的草原非常辽阔，空气犹如天鹅绒般柔软，到处都弥漫着紫罗兰的香气，金色的光辉就如同琥珀般瑰丽。

"噢！这儿真是清新可爱的地方呀，不是吗？"安妮深深地吸了一口气，"我感觉自己已经完全陶醉于这宜人的阳光中啦！"

"是啊，小姐，我也是呢。这正是我感觉到的呀！"夏洛塔四号应声附和道。如果安妮发表感慨说自己像是荒野的一只塘鹅，夏洛塔四号也肯定会附和说自己有同样的感觉。自从安妮拜访了回音蜗居后，夏洛塔四号总是把自己关在厨房那边的小房间里，站在镜子前模仿安妮的说话、眼神和举止。夏洛塔四号认为自己模仿得很不成功，不过熟能生巧，就如同在学校读书一样，慢慢有了些形似。她特别希望，在不久以后能够模仿出安妮说话时下巴微微扬起的神情，还有她像星星一样闪亮的、灵动的眼神，以及如同树枝在风中摇摆的走路姿势。当你观察安妮时，会觉得这些都很简单。夏洛塔四号从内心深处崇拜安妮，但她并不觉得安妮非常漂亮。夏洛塔四号觉得，戴安娜·巴里红润的脸颊和一头黑色的鬈发显得楚楚动人，而在安妮明亮的灰色眼眸中，散发着如月光般迷人的光辉，脸颊上印着淡淡的玫瑰红，这在夏洛塔四号看来，安妮的漂亮比起戴安娜要逊色一些。

"可是我更喜欢你的风格，而不是漂亮。"她发自肺腑地对安妮说。

安妮笑了起来，慢慢享用着这份赞美中的甜蜜，而忽略掉其中不中听的部分。安妮总是习惯于把别人对她的赞美分开来看待。大众对安妮的外貌评价从未达成过一致意见。有人听说安妮很漂亮，等见到她后大失所望，而有的人听说安妮相貌平平，当见到她后大为惊讶，不禁怀疑别人的眼睛是不是出了毛病。安妮从来不觉得自己很漂亮。当她照镜子的时候，她只看到一张略带苍白的面孔，鼻子上还有七颗雀斑。可是她的镜子永远不可能向她展示她那难以描述的表情，它能随着情感的变化而变得异常生动。镜子也无法映照出她大眼睛中深藏的东西，迷人梦幻，盈盈笑意，这些在她眼睛里交替呈现。

不管怎么去严格定义"漂亮"这个词，安妮都很难称得上漂亮。她拥有的不是所谓的"迷人"，而是一种很独特的吸引力，这完全有别于她的外貌。她的少女时代里言行举止都很温柔，这给旁观者留下了一个让人满意的愉悦感，不过大家都没能意识到她骨子里蕴藏着一股强大的潜力。只有两个人对安妮非常了解，不过他们也没有意识到这一点。安妮最大的吸引力是她身上散发出来的那种气息——对未来拥有超乎寻常的自信，她相信自己能够创造一切。

当她们开始采草莓时，夏洛塔四号向安妮吐露了自己对拉文达小姐的担心。这位热心的小女佣对主人非常忠诚，担忧着主人现在的状况。

"雪莉小姐，拉文达小姐这段时间不是很好。虽然她从来没有抱怨过什么，但我肯定她真的不太好。自从那天你带着保罗一起拜访这里后，她看起来就不像以前的她了，这样都过了很长一段时间了，小姐。我敢确定，正是在保罗来的那天晚上，她就感冒了，小姐。你和保罗回去了，天黑之后，她走出屋子，在花园里来来回回走了很长时间，没穿什么保暖的衣服，只披了一条披肩。路上覆盖了一层积雪，我觉得她着了凉，小姐。从那以后，我就注意到她看上去很疲惫的样子，神情十分孤寂，看起来对任何事情都不感兴趣了，小姐。她再也不会假装客人要来拜访的样子，也不准备各种食物，什么都不想做了，小姐。只有当你来看她时，她的精神才会稍微振作一点儿。雪莉小姐，她最让人叹气的是，"夏洛塔四号压低了声音，好像要讲什么稀奇古怪、特别可怕的事情，"就是我打碎了什么东西，她现在竟然一点儿也不生气。这是怎么啦，雪莉小姐？昨天，我把一个放在书架上的浅绿色花瓶打碎了，那是她奶奶从英国带回来的，拉文达小姐一直很小心地保管着。我昨天非常小心地给它掸灰，雪莉小姐，结果它掉了下来，掉得太快了，我没有抓住它，就摔成了数不清的碎片。我给你讲，我非常难过，也特别害怕。我想拉文达小姐肯定会狠狠地责骂我的，小姐。不过我倒希望她这样大骂我一顿，而不是根本不理睬我，结果她走进来，看都没看那些碎片，只是说：'不要紧，夏洛塔，把碎片收拾干净，扔到外边去就行了。'就是这样的结果，雪莉小姐。她竟然说出这种话，'把碎片收拾干净，扔到外边去就行了'。就好像那不是她奶奶从英国带回来的花瓶。唉，她真的不对劲呀！我觉得她情况太糟糕了。除了我就没有人可以照顾她了。"

夏洛塔四号的眼眶里饱含着泪水。安妮手拿着装草莓的粉色杯子，同情地碰了碰夏洛塔的棕色小手。

"我认为拉文达小姐需要改变一下，夏洛塔。她独自一人在这里待得太久了。我们能不能建议她外出做个小小的旅行？"

夏洛塔忧伤地摇摇头，头上夸张的蝴蝶结也跟着摇晃。

"我觉得这没有用，雪莉小姐。拉文达小姐很讨厌去别人家拜访。她只拜访过三个亲戚，她说她去拜访他们，仅仅是因为出于家庭的职责。最后一次拜访回家后，她说她再也不会为了家庭职责去拜访任何人了。'我喜欢家里的这种孤独感，夏洛塔，'她对我说，'我再也不想离开我的葡萄藤蔓和无花果树了。我的亲戚们都费劲地把我当作老姑娘来接待，我非常讨厌这种事情。'就是这个样子的，雪莉小姐。'我非常讨厌这种事情。'所以我认为建议她出去旅行是没有任何效果的。"

"我们必须考虑一下该怎么办，"安妮把最后一颗草莓摘下来放进粉色杯子里，态度坚决地说，"我的假期很快就要到了，我一放假就过来，陪你们住上一个星期。我们可以每天都出去野餐，假装各种有趣的事情，看看这样能不能让拉文达小姐振作起来。"

"那真是太棒啦，雪莉小姐！"夏洛塔四号欣喜若狂地叫喊起来，她不仅为拉文达小姐感到高兴，也为自己感到高兴。这样她就有整整一个星期的时间，可以不断地模仿安妮，她确信自己一定能够学会安妮的行为举止的。

当这两个姑娘回到回音蜗居时，她们看到拉文达小姐和保罗已经把厨房里的小方桌抬到花园里来了，所有的茶点都已准备妥当。草莓配着奶油吃起来太香甜了，没有什么美味能胜过它们。头上是广袤的蓝天，朵朵白云飘过，树木的影子拉得长长的，风声里传来树木阵阵呢喃低语。

吃过茶点，安妮帮着夏洛塔四号在厨房里清洗餐具，而拉文达小姐挨着保罗坐在石凳上，听他讲石头人的故事。这个可爱的拉文达小姐一副听得很认真的样子，可是到最后，保罗竟然发现，她好像突然对故事里的双胞胎水手失去了兴趣。

"拉文达小姐，你怎么用这种眼神看着我呢？"保罗很认真地问道。

"我的眼神怎么了，保罗？"

"你看着我的时候，眼神透过我，心里在想着另外一个人。"保罗拥有着这种不可思议的洞察力，虽然一闪即逝，却会让人有种隐私被曝光的不安全感。

"是的，你让我想起很久以前我认识的一个人。"拉文达小姐神情恍惚地说。

"你年轻时认识的？"

"是的，那时候我正值青春年华。你看我是不是老了，保罗？"

"你知道吗？我很难想象出你年老的样子，"保罗陷入了沉思，"从你的头发看起来你有些老了——我从来都不觉得年轻人会长出白头发的。可是，当你微笑的时候，你的眼睛就跟我的老师一样充满朝气。我告诉你吧，拉文达小姐，"保罗这时的声音和神态严肃得像个法官，"我想你能成为一个优秀的妈妈，从你的眼神我就可以看出来，我妈妈以前就是你这种眼神，可是你没有自己的孩子，真是太遗憾了。"

"我有一个幻想出来的孩子，保罗。"

"哇，真的吗？他多大了？"

"我想他跟你的年龄差不多吧，不过他要比你稍微大一点儿，因为你还没有出生的时候，我就开始幻想他了。不过我从不让他超过十一二岁，如果我让他随着时间长大，我就会失去他的。"

"我能明白，"保罗点点头，"这就是梦幻人的好处——你想让他们多大，他们就多大。在这个世界上，我只知道三个人才拥有梦幻人，就是你、我美丽的老师和我。而且我们能够相互认识，这真是太有趣，太美妙啦！不过我想，这种人总会相互认识的，物以类聚嘛。奶奶就没有梦幻人，玛丽·乔听我讲那些石头人的故事，认为我的脑袋有毛病，可是我认为能拥有梦幻人真是太美妙了。你是明白的，拉文达小姐。你给我讲讲你的梦幻小男孩吧。"

"他有着一双蓝色的眼睛，一头短短的鬈发。他每天早上都会偷偷溜进我的房间，把我吻醒。然后，我们整天都在花园里游玩嬉戏。我们玩各种各样的游戏，我们玩赛跑，跟回音对话。我还会讲故事给他听。等夜幕降临……"

"我知道啦，"保罗抢过话头，急切地说，"他来到你的身边坐下，然后——嗯……是因为十二岁的男孩太大了，没法坐在你的膝盖上——然后把他的头靠在你的肩膀上，然后……你用手紧紧抱着他，抱得很紧很紧，把你的脸贴在他的头上——对，就是这样子。噢，你都知道的，拉文达小姐。"

这时安妮走出石屋，看见了他们两人，拉文达小姐的脸上呈现出一副不容打扰的神情。

"恐怕我们得回家了，保罗，否则天黑之前回不了家的。拉文达小姐，我很快会来拜访回音蜗居，住上整整一个星期的。"

"如果你只打算来住一个星期，那我会留你在这里住两个星期的。"拉文达小姐"威胁"她说。

王子回到魔法宫殿

学校的最后一天到来了。这天顺利进行了期末考试，安妮的学生个个表现都很出色。考试结束后，学生们给她写了一封信，并且送她一张书桌。在场的所有女孩子和太太们都伤心地哭了，一些男孩子也加入了她们的队伍，跟着一起哭，不过事后他们都不愿意承认自己哭了，他们总是这样的。

哈蒙·安德鲁斯太太、彼得·斯劳尼太太、威廉·贝尔太太一起往家里走去，边走边交谈着。

"看起来孩子们都很喜欢安妮呀，可是她要走了，我觉得太遗憾了。"彼得·斯劳尼太太叹了口气，她对任何事情都有叹气的习惯，即使她刚讲完一个笑话，也会忍不住叹气，把幽默的气氛给破坏掉，"不过可以肯定的是，"她急促地补充道，"我们都知道明年同样会有这样的好老师的。"

"简会尽忠职守的，这点我很放心。"安德鲁斯太太很固执地说，"我想她不会给孩子们讲那么多奇奇怪怪的故事，也不会老是带他们在森林里闲逛的。她的名字也被列进督察员的荣誉报告里了，听说她要离开纽布瑞切，那里的人们还非常伤心呢。"

"安妮能去上大学了，我真心为她感到高兴。"贝尔太太说，"这是她长久以来的愿望，现在终于实现了。"

"唉，我就弄不懂了，"看来安德鲁斯太太今天决心把反调唱到底，对谁的观点都要反对，"我认为安妮没必要接受更多的教育了。如果吉尔伯特·布里兹一直都迷恋着安妮，并且这种感情能一直持续到读完大学，安妮大概就会嫁给他的。到了那个时候，学习的拉丁文和希腊语还有什么用呢？除非在大学里老师们教你如何征服男人，那倒还有点儿用处。"

哈蒙·安德鲁斯太太是安维利出了名的长舌妇，可是她从来不知道如何"征服"她的男人，她的家里总是吵吵闹闹，难见和睦。

"我知道，夏洛特敦要赶在长老教务评议会前聘请艾伦先生过去，"贝尔太太说，"我想这就意味着他很快就要离开我们了。"

"他们在九月份前是不会动身的。"彼得·斯劳尼太太说，"他们的离开对于安维利来说是个巨大的损失，不过我一直觉得，艾伦太太作为牧师的妻子，穿着太花哨了。不过我们没有谁是很完美的。你们今天注意到哈里森先生了吗？他打扮得整整齐齐，衣服搭配非常合身。我从来没有见过一个男人会发生如此大的变化。他每个星期天都会上教堂，并且还给牧师捐助薪水。"

"保罗·艾文已经长成一个大男孩了，"安德鲁斯太太说，"他刚来这里的时候还只是一个小不点儿呢。今天我差点儿没认出他来，他和他爸爸长得太像啦。"

"这个孩子很聪明。"贝尔太太说。

"他的确很聪明。不过，"安德鲁斯太太压低了声音说，"我知道他总爱胡言乱语。上星期的一天，格莱斯从学校回来告诉我，保罗给她讲了住在海滩上的石头人的故事，这简直是荒谬透顶。你们要知道，故事里没有一句话是真的。我告诫格莱斯不要相信这些鬼话，而她说，保罗本来就告诉她让她别相信，可是，既然这样，他为什么还要给她讲那些故事呢？"

"安妮称赞保罗是个天才呢。"斯劳尼太太说。

"他也许是吧。这些美国人想要干什么，你永远也猜不透。"安德鲁斯太太说。安德鲁斯太太对"天才"的理解仅仅来自人们的口头称呼，人们总是爱把一个行为怪异的人叫作"古怪的天才"。也许她和玛丽·乔一样，都觉得保罗是个脑子有毛病的人。

在空荡荡的教室里，安妮独自一人坐在教桌后面。一切就像两年前她第一天来学校时的情形。她双手托着脸颊，忧愁地看着窗外的阳光湖水，泪水模糊了她的视线。她就要和她的学生分别了，内心里难过极了，此时此刻，大学对她而言并不美好。她感觉到安妮塔·贝尔的手臂仍然紧紧抱着她的脖子，耳边还能听到她孩子气的号啕大哭："你永远是我最爱的老师，雪莉小姐，永远，永远！"

这两年来，安妮在工作上勤勤恳恳，积极热情，虽然犯过不少错误，但从中也学到了许多宝贵的东西。她已经得到回报了。她教给她的学生很多东西，可是她觉得她从他们那里学到了更多——温柔、自制、天真、智慧，纯真的儿童情感。或许她并没有成功地"激励"出学生们伟大的抱负和理想，但是她用她独特的个人魅力，而不是靠严格的清规戒律，深深影响了他们。在少年时代，她让孩子们学会诚实、礼貌、善良，远离虚伪、卑鄙和粗野，并潜移默化地影响孩子们的未来生活。也许他们还没有意识到自己已经拥有这些美好的品质，也许在很多年后，他们已经忘记了阿富汗的首都名称，也记不起俄罗斯玫瑰战争爆发的日期，但是他们仍然会牢记老师给予他们的人生教导，在生活中身体力行。"我的生活又结束了一章。"安妮一边锁上教桌，一边伤感地说道。她的心里有如刀割一般难受，不过想到自己竟然能说出如此浪漫的话语，"生活又结束了一章"，想到这里，她心里稍微宽慰了一点儿。

假期开始后，安妮去到回音蜗居打算住上两个星期，这里的每个人都过得很快活。

她带着拉文达小姐去镇上买东西，劝说她买了一匹崭新的蝉翼薄纱布料。回到家后，她们兴致勃勃地忙着裁剪和缝制，而夏洛塔四号也欢天喜地地缝里衬，打扫碎布。拉文达小姐曾经抱怨说，自己对任何事情都已经不能保持兴趣了，可是看到如此漂亮的衣服，她的眼睛里灵动的光芒又出现了。

"我真是个愚蠢、肤浅的人，"她感叹说，"想到这件新衣服我应该感到羞愧才对——哪怕它是带有勿忘我草图案的蝉翼薄纱布料——而我居然兴奋成了这个样子，一个有良心的人，一个会额外捐款给外国传教会的人是不应该这样的。"

就在安妮住在回音蜗居的时候，有一天她要回绿山墙一趟，去给双胞胎缝补袜子，并且帮助戴维解决他这些天积累下来的各种问题。傍晚她去海滨路看望保罗·艾文。透过艾文家起居室低矮的方窗，她瞥见保罗坐在什么人的膝盖上。可是一转眼，他就轻快地飞到走廊上来了。

"噢，雪莉小姐，"他兴奋地叫喊道，"你肯定猜不到发生什么事情啦！一件非常美妙的事情呀！我爸爸在家呢——你想想看！我爸爸在家呢！快点儿进来吧。爸爸，这就是我漂亮的老师，你是听说过的，爸爸。"

斯蒂芬·艾文微笑着走过来迎接安妮。他是位高大英俊的中年男士，银灰色的头发，深陷进去的眼眶里是深蓝色的眼眸，面庞刚毅，又略带着忧郁，下巴和额头的线条特别俊美。安妮感觉他的形象很完美，她激动地想，这正是爱情故事里的男主角啊。要是这位原本是男主角的人物出现在公众面前时，大家竟然发现他秃顶或是驼背，或者是缺乏了男性美，那就会让人失望透顶的。安妮心想，如果拉文达小姐曾经的这位恋人对那段浪漫史不屑一顾，那可就太糟糕了。

"这就是我小儿子的那位'漂亮老师'呀，我已经听过关于你的很多事情啦，"艾文先生热情地与安妮握手，"保罗在信中老是提到你，雪莉小姐，所以我对你已经很熟悉了。谢谢你为保罗所做的一切。我觉得你对他的影响正是他所需要的。我妈妈是个最善良、最慈祥的老太太，可是她带着牢不可破的苏格兰人思维方式，就事论事，一点儿也不会变通，所以她不可能完全理解保罗的想法。这是她的缺陷，而你正好弥补了这个方面。依靠你和我妈妈的共同努力，在过去的两年里，保罗这个没有妈妈的男孩得到了最好的呵护和教育。"

任何人都喜欢被称赞。听了艾文先生的赞美，安妮的脸原本就像花儿一样红，现在变得像烧红了的炭。这位繁忙而又倦怠的中年人打量着安妮，心里想，这位红头发、眼睛明亮的女教师太漂亮了，自己在美国的新英格兰州从来没有见过比她更漂亮、更甜美的姑娘。

保罗幸福地在爸爸和老师中间坐了下来，高兴得乐开了花。

"我做梦都没想到爸爸会回来。"他欣喜若狂地说，"甚至奶奶都不知道。这真是个大大的惊喜，通常情况下，"保罗认真

294.

地摇了摇鬈发的小脑袋，"我不太喜欢惊喜。你得到了惊喜，但是就会失去期待时的那份乐趣。可是这一次的惊喜来得太好了。昨天晚上爸爸回来的时候，我已经睡下了。等奶奶和玛丽·乔的惊喜慢慢平息下来后，爸爸和奶奶上楼来看我，他们本来不打算叫醒我的，想让我睡到天亮，可是我正好醒了，看到了爸爸在眼前，我就跳了起来，一下扑进他的怀里。"

"当时他就像头熊一样抱住了我，"艾文先生微笑着搂住保罗的肩膀，"我都快认不出他了，他长高了，皮肤黝黑，身体壮实。"

"我不知道我和奶奶，谁见到爸爸更高兴。"保罗接着说，"奶奶在厨房里忙了一整天了，她要亲自做爸爸喜欢吃的东西。她说，她不放心把这种活交给玛丽·乔来做，这是奶奶表现高兴的方式。而我最喜欢坐在爸爸旁边和他聊天。不过现在如果你准许的话，我要离开一会儿，我必须去帮玛丽·乔把奶牛赶回家。那是我每天都必须履行的职责。"

保罗蹦蹦跳跳地去履行他"每天的职责"，艾文先生和安妮谈论着各种事情。可是安妮总有一种感觉，就是艾文先生在说这些形形色色的事情时，其实心不在焉，一直在想着别的什么事情，很快这个猜想得到了证实。

"在保罗上次给我写的信中，他提到说你们一起去格拉夫顿的石屋拜访了……我的老朋友……嗯，刘易斯小姐，你和她很熟吗？"

"是的，确实是这样，我们是非常亲密的朋友。"安妮很庄重地回答说。艾文先生的这个问题，让她的内心突然激荡起来，并且像一股电流迅速传遍了全身。安妮本能地感觉到，就在她身边的某个角落，一场浪漫的爱情故事即将上演。

艾文先生站了起来，走到窗前向外凝视，窗外是波涛汹涌的辽阔海面，夕阳的霞辉给海面洒下一片金黄，一阵强劲的风呼啸着刮过大海，就像是竖琴演奏一样发出声响。小屋里光线昏暗，很长一段时间里都没有谁开口说话。然后艾文先生转过身来，脸上带着笑容，笑容中一半透着神秘，一半显示着温柔，他看到了安妮那带着同情的面容。

"关于她的事情，你知道多少？"他问。

"我都知道，"安妮急促地回答，"你明白的，"她匆忙解释道，"拉文达小姐和我关系十分密切。她不会把这种神圣的事情随便告诉别人的。我们之间心灵相通，志趣相投。"

"我相信你。嗯，我想请你帮个忙。如果拉文达小姐愿意的话，我想去拜访她。你能帮我问问她吗？"

她会不愿意吗？噢，她一定愿意的！是啊，这正是个浪漫的爱情故事，一切都是真实的！这是个带着诗韵、小说和梦想的爱情故事，也许它发生得有点儿迟，本来该在六月盛开的玫瑰花，却延迟到了十月才绚丽绽放，不过现在已经含苞待放，而且还从花蕊里散发出甜美和芳香，闪着金黄的光芒。

第二天早晨，安妮一早就穿过山毛榉树林，赶往格拉夫顿去。她带着如此神圣而重大的使命，压得她的脚都快承受不了了。她看到拉文达小姐在花园里。安妮这时激动得都快控制不住自己了，手脚冰冷，话音发颤。

"拉文达小姐，我有件事要给你说——非常重要的事情。你猜猜是什么事？"

安妮从来不期待拉文达小姐能猜出来，可是拉文达小姐的脸顿时变得煞白，声音低沉，但是她的话让安妮心中所有的色彩和光芒都消退了下去。

"斯蒂芬·艾文回来了？"

"你怎么知道的？谁告诉你的？"安妮失望地喊道，甚至有些恼怒，因为如此重大的消息居然已经被她知晓了。

"没有谁告诉我。我知道一定是这样，我从你说话的方式里听出来的。"

"他想来见你，"安妮说，"那我就捎话让他过来？"

"好吧……当然，"拉文达小姐的心在怦怦跳，"没有理由不让他来呀。他就是一个老朋友，想来就来吧。"

安妮得到了这个准确的回应，急忙冲进屋子里，在拉文达小姐的桌子上写了一张便条。

"噢，生活在这样一本故事书里，真是件让人高兴的事情，"她高兴地想，"结果一定是很美好的……一定是这样的……保罗一定会有一个很贴心的母亲，每个人都会很快活。可是，艾文先生会带着拉文达小姐离开的，谁知道这个小石屋会变成什么样子。事情总有两面性，世界上的事情都这样。"把重要的便条写好后，安妮亲自跑到格拉夫顿邮局，把邮差拦了下来，请他把便条送到安维利邮局。

"这张便条非常重要！"安妮焦急地声明道。邮差是个脾气暴躁的老头，根本就不像丘比特的信使，安妮又担心他的记忆力会出问题。可是邮差承诺说自己会尽力记清楚的，安妮只有同意了。

这天下午，夏洛塔四号感觉到石屋里弥漫着一种神秘的气氛——而她却被排除在外了。拉文达小姐在花园里心烦意乱地徘徊着，而安妮也像是被魔鬼控制了一样，不安地在屋子里来来回回地走着，心神不定地楼上楼下踱步。开始夏洛塔四号还耐心地忍着，后来她终于觉得，保持这种美德没有任何用处，于是等那个浪漫的女孩第三次漫无目的地游荡进厨房时，她鼓足勇气，把她拦住了。

"求求你了，雪莉小姐，"夏洛塔四号说，她头上深蓝色的蝴蝶结也跟着愤怒地摇晃着，"很明显，你和拉文达小姐有什么事情瞒着我。请你原谅我的冒昧，我很想知道，雪莉小姐，既然我们都是好朋友，那你为什么不愿意告诉我呢？"

"噢，亲爱的夏洛塔，如果那是我的秘密，我早就告诉你了，可是你要知道，那是拉文达小姐的秘密。不管怎样，我还是给你透露一点儿吧……如果没有什么事情发生的话，你必须守口如瓶，不能对任何人吐露一个字。你要知道，英俊的王子今晚就要光临这儿啦。他以前来过这里，但他一时糊涂就离开了，去了很远的地方流浪，并且忘记了通往魔法城堡的道路，而城堡里的那个公主终日以泪洗面、翘首等待，期盼着王子有朝一日归来。终于，王子又记起了城堡的秘密，公主仍然在等待着他——因为只有她那亲爱的王子才能把她带出城堡。"

"噢，雪莉小姐，你到底在讲什么呀？太玄乎啦！"夏洛塔四号喘着气，觉得莫名其妙。

安妮大笑起来。

"我是说，拉文达小姐的一个老朋友今晚要来看她。"

"你是指她以前的情郎？"这位缺乏想象力的夏洛塔四号继续追问道。

"那可能就是我想说的意思吧……就是这样，"安妮很严肃地说，"就是保罗的爸爸，斯蒂芬·艾文。只有老天知道会是个什么结果。让我们期待着完美的结果吧，夏洛塔。"

"我希望他会娶拉文达小姐，"夏洛塔很明确地说，"有些女人一开始就打算要当老姑娘的，我担心我自己就是这样，雪莉小姐，因为我对男人一点儿耐心都没有，而拉文达小姐从来不是这样的。我还有一个担心，等我长大了后就不得不去波士顿了，那么她到底该怎么办呢？我们家已经没有更小的姑娘了，亲爱的你知道，要是她再去找一个陌生人来家里帮佣，这个人可能会嘲笑她的不切实际的幻想和假模假样，把家里的东西弄得乱七八糟，她也不愿意被叫作夏洛塔五号。也许她找回来的人不像我这么粗心大意，老是打碎盘子，可是她再也找不到像我这样对她忠心耿耿的人了。"

这个忠实的小女仆深深地嗅了嗅味道，飞快地跑过去打开烤箱门。

这天晚上，她们生活的程序跟往日一样，在回音蜗居里吃着茶点。可是没有人有心思吃东西。吃过茶点，拉文达小姐回到她的房间去了，穿上她崭新的勿忘我蝉翼薄纱衣服，安妮帮她梳理头发。两个人都心情舒畅，可是拉文达小姐努力装出一副平静淡漠的样子来。

"我明天必须好好修补窗帘上的破洞了。"她仔细察看了窗帘，焦虑地说道，仿佛这是眼下唯一最重要的事情，"窗帘还不算破旧，想想我付的价钱，我们应该修补好继续使用。老天，夏洛塔又忘记给楼梯扶手掸灰啦。我必须要提醒她。"

安妮正坐在门廊的台阶上，这时斯蒂芬·艾文从那条小路走了过来，穿过了花园。

"只有在这里，时间是完全静止的，"他欣喜地打量着周围，说道，"自从二十五年前我来这里后，石屋和花园一点儿变化也没有，这让我感觉又回到了年轻时代。"

"你要知道，在施加了魔法的城堡里，时间总是静止不动的，"安妮认真地说，"只有王子来到这里后，所有的事物才会发生神奇的变化。"

艾文先生微微扬起脸，微笑中夹杂着一丝难过，这里的一切都记录着当年的青春和承诺。

"有时候，王子来得太晚了。"他说。他没有请安妮把她的评论转换为口语，仿佛他与她也是心灵相通的，明白她在说什么。

"噢，不，只要他是真正的王子，找到了真正的公主，一切都不晚。"安妮摇着她的红脑袋，坚定地说。这时她打开了客厅的门，等艾文走进去后，她把门又紧紧关上。她转身过来，发现夏洛塔四号站在走廊上，不住地对她点头挥手，脸上堆满了笑容。

"噢，雪莉小姐，"她急促地说，"我从厨房的窗户偷偷看到了，他好英俊呀，而且年龄和拉文达小姐也很般配。噢，还有，雪莉小姐，我站在门外边听一听，这没什么影响吧？"

"这种做法很糟糕，夏洛塔，"安妮坚决地说，"所以你必须跟着我走远些，摆脱自己的好奇心。"

"我没什么事情可做，在这里眼巴巴地等着真是太难受了，"夏洛塔叹了口气，"要是他始终不求婚该怎么办，雪莉小姐？你不能完全相信他们男人。我的大姐，夏洛塔一号，以前认为她会和男朋友订婚的，可是后来对方突然改变了主意，她说她再也不会相信任何一个男人了。我还听到其他一些类似的事情。某个男人向一个女人表达爱意，其实他心里是想追求这个女孩的姐姐，这才是他最终的目标。当一个男人都不清楚自己的想法时，那么可怜的女人怎么能相信他呢，雪莉小姐？"

"我们去厨房擦洗银匙吧，"安妮说，"那是个不用动脑筋的活儿——我今晚不能思考。这样，我们可以很快就把时间打发过去了。"

一小时过去了，当安妮把最后一把银匙擦亮放好时，她们听到了前面关门的声音。两人忐忑不安地相互望着。

"噢，雪莉小姐，"夏洛塔喘着气说，"要是他这么快就走了，这样就不会有什么好事发生了，将来也不会有了。"她们飞快地跑到窗边，发现艾文先生没有要离开的意思。他和拉文达小姐漫步走在小路上，往石凳方向去了。

"噢，雪莉小姐，他搂着她的腰呀，"夏洛塔四号兴奋地悄声说道，"他一定向她求过婚了，否则拉文达小姐是不会允许他这样做的。"

安妮高兴地搂着夏洛塔四号粗壮的腰，带着她在厨房里欢快地转着圈跳起舞来，一直跳到她们都喘不过气来为止。

"噢，夏洛塔，"安妮快活地喊着，"我既不是一个女预言家，也不是预言家的女儿，可是我现在就要做出一个预言。在枫叶变红之前，这个石屋会举行一场婚礼。我的这些话不玄乎吧，夏洛塔，你听得懂吗？"

"我听得懂，"夏洛塔说，"婚礼不是诗歌，根本不玄乎。咦，雪莉小姐，你在哭啊，怎么啦？"

"噢，这一切实在是太美好了——就像故事书上讲的那样——非常浪漫，也让人伤感呀。"安妮说着，眨巴着眼睛，泪珠止不住地往外涌，"这是最完美的爱……可是，不知怎么的，总觉得里面混合着一丝的哀伤。"

"噢，当然啦，跟任何人结婚都是下赌注。"夏洛塔四号接着说，"不过，雪莉小姐，很多事情都是下赌注呢，到头来，你会发现，选择一个丈夫可能不是最糟糕的。"

诗歌与大白话

在随后的一个月里，安妮过着一种激情澎湃的生活。她要为自己缝制去雷德蒙的全套服装，但这还是其次。拉文达小姐正在筹备婚礼，小石屋里一派繁忙的景象，不断地进行磋商、计划和讨论，夏洛塔四号高兴得晕头转向，什么事情都想知道，可什么都插不上手，急得团团转。裁缝来了，大家在选择样式和确定大小上争得不亦乐乎，享受着这份难得的幸福。安妮和戴安娜有一半的时间都在回音蜗居里忙碌。有好几个晚上安妮都睡不着觉，因为她建议拉文达小姐的旅行服装选择棕色而不是海军蓝，还有那件穿起来像公主的灰色丝质衣服，不过，她也不知道这到底合不合适。

每一个知道拉文达小姐故事的人都由衷地替她高兴。保罗·艾文一听到爸爸告诉他这个决定，他就以最快的速度冲到绿山墙农庄，把这个消息告诉了安妮。

"我早就知道，我爸爸会给我找一个很棒的妈妈的。"他骄傲地说，"有一个可以信赖的爸爸真是很幸福的事情啊，老师。我很喜欢拉文达小姐，奶奶也很高兴，她说，爸爸没有再找个美国人做第二任妻子，她真的很高兴呢。虽然他找的第一任美国妻

303.

子很不错，但是好事情不会再发生一次的。林德太太说她非常赞成这桩婚事，她认为拉文达小姐结婚后很可能会放弃她那些古怪的念头，变得跟正常人一样。不过我倒希望她不要放弃那些古怪的念头，老师，因为我很喜欢这些想法。我不想让她变得跟别人一模一样，我们周围这种人多的是。你知道的，老师。"

夏洛塔四号是另外一个欣喜若狂的人。

"噢，雪莉小姐，这种结果真是太美好啦。当艾文先生和拉文达小姐度完蜜月旅行回来，我就要和他们一起去波士顿生活了。我只有十五岁，而我的姐姐们都必须等到十六岁才能出门的。艾文先生真是个好人，对吧？他十分崇敬拉文达小姐生活的这片土地。当他看着拉文达的时候，他的眼神让我感觉很奇妙，那是很难说清楚的感觉，雪莉小姐。他们相互深爱着对方，真是谢天谢地啊。婚姻就是一场赌注，十赌九输，很多夫妻输得都很惨，一辈子都吵吵闹闹，不得安宁，而拉文达小姐是最幸运的，她成了婚姻的大赢家。我有一个婶婶，她结过三次婚，她第一次结婚时说这是为了爱，而后面两次结婚则说只是为了生计，除了在丈夫的葬礼上她感到有些难过外，平日里她都过得很开心。但是我觉得她在下赌注，雪莉小姐。"

"噢，这太浪漫了。"这天晚上，安妮对玛莉拉说，"如果那天我和戴安娜去金博尔家时没有走错路，我们就不会认识拉文达小姐了，如果我们没有认识她，我们就不会带着保罗去看她了……保罗也就不会给他爸爸写信说拜访拉文达小姐的事情，而且还正巧赶在艾文先生动身去旧金山之前。艾文先生说，当他一收到那封信，他就决定让他的合伙人去旧金山，而自己则赶回家来。他已经有十五年没有听到关于拉文达小姐的消息了。有人曾经告诉过他说拉文达小姐已经结婚，从那以后，他虽然仍旧思念她，但再也不向别人打听她的情况了。而现在，一切都很顺利，而且我为这件事情的发展助了一臂之力。或许正如林德太太说的那样，万事万物都是命中注定的，该发生的事情不管用什么方式，都迟早会发生。不过即便如此，想想自己成为命运之神的一个推动者，也是很不错的感觉呀。的确是这样，真是太浪漫啦！"

"我觉得这一点儿也不浪漫。"玛莉拉很直接地打碎了安妮的梦幻，她认为安妮对这事太过热心了，她自己上大学还有很多事情要准备，可现在总是三天两头地去回音蜗居帮拉文达小姐，供她差遣，"在我看来，事情很简单。起初这两个年轻人很愚蠢地吵了一架，然后就闹翻了，接着斯蒂芬·艾文就跑到美国去了，不久就在那边结了婚，从所有的讲述来看，他在那边过得很开心，然后他的妻子就死掉了，隔了一段时间以后，他想回来看看，自己喜欢的第一位女人是不是有别的男人了。而同时，这个女人还是个老姑娘，也许是因为没有人愿意和她一起生活。然后两个人见了面，愿意结婚，事情就是这样。你瞧瞧，这哪里有什么浪漫的？"

"唉，照你这么说，这就一点儿也不浪漫了。"安妮焦急地说，就好像有人当头给她泼了一桶冷水，"我想，你用大白话的方式来描述这个事情，确实就是这个样子的。可是，如果你用诗歌的眼光看待它，将会是完全不同的感受，我觉得它是很美的——"安妮从打击中找回了自我，眼睛再次绽放出光芒，脸颊浮现出了红晕，"——只要你用诗歌的眼光去看待它。"

玛莉拉本来还想再说些讽刺她的话，可她看到安妮容光焕发的年轻脸庞时，她就打消了这个念头。也许她也意识到了，用安妮的这种方法去看待事物毕竟是不错的，她有着"上帝赐予的洞察力和想象力"——换一个角度来看待人生，或者叫揭示事物本质，这种天分是不能赐予或剥夺的——这是对人生的艺术表现形式，用这种眼光看待事物，使得世界的一切事情都沐浴着神圣的光芒，显得清新而自然。而像玛莉拉和夏洛塔四号这样的人，没有具备从"诗歌的眼光"去看待事物的能力，而是用大白话来描绘事物。

"婚礼什么时候举行？"短暂的沉默了一会儿后，玛莉拉问道。

"八月的最后一个星期三。他们会在花园里的忍冬花拱架下举行结婚仪式——二十五年前，艾文先生正是在这儿向拉文达小姐求婚的。玛莉拉，就算从大白话的角度看，这也是很浪漫的。婚姻没有别的人，只有艾文老太太、保罗、吉尔伯特、戴安娜和我，还有拉文达小姐的几个表亲。然后这对新人会搭乘六点钟的火车离开这里，去太平洋海岸做蜜月旅行。等他们秋天回来后，保罗和夏洛塔四号会跟随他们一同前往波士顿。回音蜗居会原封不动地保留在那里——当然他们会把母鸡和奶牛等家禽卖掉，还会把窗户——钉起来的——以后每年夏天他们一家人会回这儿来住上一段时间。我真是乐不可支啊，这样我今年冬天在雷德蒙读书的时候，就不会担心可爱的石屋油漆剥落，荒无人烟，只剩下空荡荡的房间了，更为糟糕的是有别的什么人搬进去住啊。不过现在这一切担心都烟消云散了，石屋里的一切都会保持原貌，就像我一直看到的那个样子，它快乐地等待着每年夏天的到来，到时候，生命和欢笑又将回到这里。"

在这个世界上，坠入爱河的不仅仅是石屋的这两位中年人，还有更多的人在享受爱情带来的甜蜜与幸福。一天傍晚，安妮要去果园坡，她抄近路穿过树林，走进巴里家的花园时，她与一桩爱情故事不期而遇。戴安娜·巴里和弗雷德·莱特两个人正站在大柳树下。戴安娜斜倚在灰色的树干上，眼帘低垂了下来，脸颊通红。弗雷德站在她的面前，紧握着她的一只手，俯过身子，用急切低沉的声音结结巴巴地说着什么。在这个神奇的时刻，他们的眼中只有彼此，仿佛世界上再也没有别的人了。他们沉浸在爱河之中，没有谁注意到安妮。安妮只是匆匆看了一眼，就已经了然于胸了。她转过身，悄无声息地飞快穿过云杉树林，一直跑进她的绿山墙东屋才停住脚步。她跑得都快喘不过气来了，靠着窗户坐下来调整呼吸，竭力想理清混乱不堪的思绪。

"戴安娜和弗雷德真的恋爱了，"她喘息着想，"噢，这一切看起来太……太……太难以置信了，他们都不可避免地长大成人了。"

最近一段时间里，安妮其实已经有所察觉，戴安娜似乎已经放弃了她早期梦想中那种拜伦式忧郁的英雄了。她以前只是有些怀疑，"耳听为虚，眼见为实"，而现在，事实突然来临，给她带来的震撼不亚于八级地震。安妮突然产生一种怪怪的、有点儿孤独的感觉，就好像戴安娜不知怎么的，独自一个人走向新的世界，顺手关上了身后的门，把安妮一个人丢在了外面。

"事情变化得太快，简直把我吓坏了，"安妮有点儿伤感地想，"我担心这会让我和戴安娜渐行渐远。从此以后，我肯定不能把我所有的秘密都告诉给她了——她有可能会告诉弗雷德的。她到底看中弗雷德的哪个方面呢？他确实非常和善，很快乐，但是，他仅仅就是弗雷德·莱特呀。"

这永远都是个让人困惑不解的问题。一个人究竟会看中另外一个人身上的什么东西呢？真是千差万别找不出统一答案啊，或许正是如此，相爱的两个人才会显得那么幸运。如果大家看中的东西都类似——嗯，如果这样，就会如同印第安谚语所说的那样："每个人都想得到我的妻子。"很明显，戴安娜看中了弗雷德的某一个方面，可安妮是不可能看到的。

　　第二天傍晚，戴安娜来到绿山墙，就像个多愁善感的少妇。在昏暗僻静的东屋里，戴安娜把事情的经过都告诉了安妮。两个姑娘一起哭泣，一起吻着对方，一起大笑。

　　"我感到很快活。"戴安娜说，"可是一想到自己就要订婚了，就觉得太荒谬啦。"

　　"订婚到底是一种什么样的感觉？"安妮好奇地问。

　　"呃，那要看你和谁订婚了。"戴安娜摆出一副智者的样子，显示出订婚过来人的优越感，这真让安妮有点儿恼火，"和弗雷德订婚会是甜蜜美好的。不过我想，如果和别的什么人订婚，那肯定会是非常恐怖的。"

　　"可是世界上只有一个弗雷德呀，那么像我们这些人岂不是太糟糕了吗？"安妮笑着说。

　　"噢，安妮，你不懂。"戴安娜有些恼怒了，"我可不是那个意思……这太难解释清楚了。不要紧的，等你订婚的时候到来了，你就会明白的。"

　　"祝福你，亲爱的戴安娜，我现在明白了。想象力是能够通过别人的眼睛去窥视人生奥妙的，这就是想象力的作用。"

　　"你一定要来当我的伴娘，你是理解我的，安妮。答应我，当我结婚的时候，不管你在哪儿，你都要来。"

"即使我在天边，只要你结婚，我都会赶回来的。"安妮郑重地承诺道。

　　"当然，这不会等很久的，"戴安娜说着，脸都红透了，"不过至少要三年以后，因为我妈妈说，她不允许自己的女儿在二十一岁前就出嫁，而我现在才刚刚满十八岁。另外，弗雷德的爸爸准备把亚伯拉罕·弗雷奇的农场买下来送给他，弗雷德说，如果这笔产业要正式划归到他的名下，他得先付三分之二的钱，而且，要为操持家务作准备。三年时间并不宽裕，因为我一点儿刺绣活都不会干。我准备从明天开始学钩桌巾。迈拉·格丽丝出嫁的时候有三十七块桌巾，我决心要跟她做一样多。"

　　"我认为，操持家务不可能只靠桌巾。如果你做三十六块桌布，也没人说你不行啊。操持家务，可比做桌布要复杂得多。"安妮一脸的严肃，可是目光里却透出几分顽皮。

　　戴安娜听着有点儿不高兴。

　　"没想到你也来取笑我，安妮。"她责备道。

　　"亲爱的，我没有取笑你，"安妮很愧疚地说，"我只是想和你开个小小的玩笑。我想你将是这个世上最可爱的小主妇，你现在已经在为你理想的小家勾画一幅美丽的蓝图，这也正是你最可爱的地方。"

　　安妮刚一说到"理想的小家"这个词语时，自己就马上被它给迷住了，并且开始发挥想象力，为自己也建造了一个"理想的小家"。当然，这个家庭必须有一个完美的男主人，皮肤黝黑，神色骄傲，略带着些忧郁。不过很奇怪的是，吉尔伯特·布里兹老是赖着不走，在她眼前晃来晃去，他帮着挂画，修剪花园。面对各种各样棘手的问题，那位骄傲、忧郁的男主人却束手无策，他的自尊心受到了伤害。安妮努力想把吉尔伯特的形象从她的西班牙式城堡中驱逐出去，可是不知怎么的，他仍然还停留在这里。于是安妮放弃了驱逐他的打算，加快她"空中楼阁"的建造进度，并成功地赶在戴安娜再次开口说话前，把"理想的小家"搭建完成，装饰一新。

"安妮，我如此地喜欢弗雷德，你一定觉得很好笑吧。因为我以前总是给你说，我要嫁一个……瘦高个子的男人，可是弗雷德和我当初梦想的那种形象完全不一样。可是，不知怎么的，我并不想弗雷德变成瘦高个子的人……因为，那样的话他就不是弗雷德了，你不会明白的。当然，"戴安娜很伤感地补充道，"我们将来肯定会变成一对难看的矮胖夫妻，但这终究不算最糟糕的。如果我们中一个又矮又胖，一个又高又瘦，就像摩根·斯劳尼和他的妻子那样，那才糟糕呢。林德太太说，她每次看到他们在一起的时候，就总会觉得他们不般配。"

这天晚上，安妮坐在镀金框的镜子前梳头发时，对自己说道："嗯，戴安娜是如此的快乐和满意，我应该为她感到高兴才对。可是，等将来轮到我订婚的时候——如果真的来临了——我真希望会有更让我激动人心的东西。可是，戴安娜曾经也对心中的白马王子满怀期待啊。她曾经不止一次地对我说，她绝对不会和一个很普通的人订婚的，那个人必须要做出惊天动地的壮举才能赢得她的芳心，可是现在她变了。也许我也应该改变我的想法了。可是，我不愿意……我下定决心不改变。噢，当订婚这种事情发生在你的好友身上，真是让人心烦意乱的。"

石屋里的婚礼

八月的最后一个星期终于到来了。拉文达小姐将在这个星期完成自己的婚礼。两个星期之后，安妮和吉尔伯特就要动身去雷德蒙学院了。一周后，雷切尔·林德太太将会搬到绿山墙农庄来，把家什都搬进早已为她准备好的客房里。她已经把多余的物件拍卖掉，现在正在愉快地帮艾伦夫妇收拾行李，艾伦先生将在下个星期天进行告别布道。旧的生活秩序正逐渐远去，新的生活即将开始。安妮满心的兴奋与幸福，但也夹杂着丝丝的伤感。

"这些变化虽然不都是让人愉快的事情，但它们终归是好事。"哈里森先生很乐观地说，"许多事情一成不变地持续了两年，这实在太漫长了。如果它们再这样下去，简直都会长出青苔来的。"

哈里森先生正坐在走廊上抽烟，他的妻子很富有自我牺牲精神，告诉他可以在家里抽烟，不过他一定要坐在打开的窗户前。哈里森先生为了回报他妻子对他的大恩大德，他会在天气不错的时候，主动到屋外去抽烟，共同维护家庭的和睦。

安妮来的目的，是想找哈里森太太讨要一些黄色的大丽花。她和戴安娜今天傍晚将去回音蜗居，帮拉文达小姐和夏洛塔四号为明天的婚礼作最后的准备。拉文达小姐自己没有种植大丽花，她不喜欢这种花，而且这种花与她那老式花园的休闲风格不搭配。可是在安维利以及附近的乡镇，这个夏天里各种花都很稀少，这全是亚伯老叔那场大风暴所惹下的祸。安妮和戴安娜一致认为，在光线暗淡的石屋里，墙上贴满了暗红色壁纸，如果能在阴暗的楼梯角落处，放置一口泛着乳黄色的老式石头罐子，就是通常用来装油炸圈饼的那种罐子，在罐口插满黄色的大丽花，石屋看起来一定会更加明亮。

"我记得两个星期后你就要上大学去了，是吧？"哈里森先生继续说道，"唉，我和埃米丽会非常想念你的。当然啦，林德太太会接替你住在那里，可是她除了在绿山墙充当你的一个替身外，恐怕就没有什么用处啦。"

哈里森先生的这种讽刺意味简直没办法描写出来。尽管他的妻子和林德太太关系密切，可他和林德太太的关系，即使在最好的状态下，也仅仅是保持彼此克制，互不侵犯，根本没有和解的可能。

"是的，我就要离开这里了，"安妮说，"我觉得非常开心，但又从心底里感到难过。"

"我认为你一定会包揽雷德蒙所有的奖学金和荣誉，这些对你来说简直是探囊取物。"

"我会尽力拿到其中的一两个奖学金，"安妮坦诚地说，"可是我现在不像两年前那样特别在乎这些东西了。我更想从大学的课程里学习到人生的哲理，探寻让自己人生更加完美的途径，并尽最大努力去实践，让自己的未来更加丰富和美好。我希望学会理解别人，帮助别人，同时也学会理解自己，帮助自己。"

哈里森点点头。

"这些想法非常好。这就是在大学应该追求的目标，而不是仅仅为了一个学位，如果满脑子塞满了书本知识和虚荣心，就没有空间来思考别的事情了。你是对的。我认为，大学一定会让你受益匪浅的。"

戴安娜和安妮把自己和邻居家们花园里的各种鲜花搜刮一空，她们吃过茶点后，带着"战利品"，驾着车赶往回音蜗居。她们发现石屋里热闹非凡。夏洛塔四号正精力旺盛地四处飞奔，脚步轻快，她头上的蓝色蝴蝶结好像拥有了魔力，能够眨眼间飞到任何地方去。她的蝴蝶结就像是瓦尔战士的头盔，总是在人群最密集的地方晃动。

"谢天谢地！你们终于来啦！"夏洛塔四号衷心地说，"这里有成堆的事情等着要做呀：蛋糕上的霜糖还没有凝固，所有的银具都需要擦亮，马鬃旅行箱需要收拾好，做凉拌鸡肉色拉的公鸡们还在鸡棚外活蹦乱跳。噢，雪莉小姐，还要照看着拉文达小姐，她做事没法让人放心。幸好艾文先生一分钟前赶到这里，他带着拉文达小姐到树林散步去了。现在正是大献殷勤的时候。雪莉小姐，请不要把烹调和擦拭银具放在一起，那样只会把事情弄得更糟糕，这是我切身的体会呀，雪莉小姐。"

安妮和戴安娜热情洋溢地投入工作中。到了晚上十点钟时，夏洛塔四号终于满意了。她把头发编成了无数根小辫子，拖着累得快要散架的身子，上床睡觉去了。

"可是，我肯定睡不着，根本不敢合眼啊，雪莉小姐，我真担心会在最后几分钟里出什么岔子，奶油可能搅拌不出来，或者是艾文先生突然晕倒，然后就来不了了。"

"他应该没有动不动就晕倒的毛病，对吧？"戴安娜问道，微笑的嘴角旁各浮现出一个小酒窝来。在戴安娜看来，夏洛塔四号虽然不算漂亮，但却很招人喜欢。

　　"这不是有没有毛病的问题，"夏洛塔四号严肃地说，"这种事情总会突然发生——事情就是这个样子的。任何人都可能晕倒，不用学习就会的。艾文先生看起来有点儿像我的一个舅舅，有一天他正要坐下来吃饭的时候，突然就晕倒了。不过，也许会一帆风顺的。在这个世界上，你应该抱最好的希望，作最坏的准备，然后等待上帝来安排。"

　　"我唯一担心的是明天的天气会不太好，"戴安娜说，"亚伯老叔预言说这个星期的中间几天会下雨的，自从那次大风暴以后，我总是不由自主地相信亚伯老叔说的很多预言了。"

　　对于亚伯老叔和那场大风暴到底是怎么回事，安妮比戴安娜清楚得多，所以她一点儿也不为这件事情担心。因为已经到了入睡时间，再加上劳累过度，安妮躺在床上很快就睡着了。不知是什么时候，夏洛塔四号把沉睡的安妮叫醒了。

　　"噢，雪莉小姐，这么早把你吵醒了真是对不起，"从房门的钥匙孔里传来了她的哭腔，"可是我们要做的事情实在太多了。噢，雪莉小姐，我真害怕今天要下雨呀，我希望你起来看看天气，告诉我说不会这样的。"

　　安妮冲到了窗前，满以为夏洛塔四号是为了把她哄起来才这么说的，可是，哎呀，外面的天气看起来的确不是个好兆头呀。窗户下面是拉文达小姐的花园，本该是纯净无瑕的美丽朝晖，可现在光线却十分昏暗，没有一丝晨风，黑黑的天空低垂着，阴沉沉的乌云压在云杉树尖上。

"真是太糟糕了。"戴安娜说。

"我们应该把事情往好的方面想，"安妮坚定地说，"只要没下雨，有这样一个凉爽的天气也挺不错啊。天空呈现出珍珠般的银白色，这远比酷热的夏日好哇。"

"可是会下雨的，"夏洛塔神色黯然地说，缓缓地走进屋子，她满头都是小辫子，用白线扎起来的辫梢向四面八方伸展着，显得滑稽可笑，"它会拖到婚礼的那个时刻，然后下起瓢泼大雨，把所有的人都浇成落汤鸡。屋里屋外都会乱成一团糟，他们就不可能在忍冬花拱架下举行婚礼了，没有受到阳光照耀的新娘子会很不幸福的。到那时你该怎么办呢，雪莉小姐？我确实希望一切都能顺利进行呀。"

看起来，夏洛塔四号的悲观跟伊丽莎·安德鲁斯如出一辙。

老天并没有下雨，可是它一直保持着即将下起倾盆大雨的模样来。到了中午，房间装扮好了，餐桌也布置得非常漂亮。楼上的新娘子精心打扮起来，在等待着新郎的到来。

"你看上去可爱极了。"安妮快活地说。

"是啊，漂亮得简直没法形容。"戴安娜附和道。

"一切都准备就绪了，雪莉小姐，而且到目前为止，还没有发生什么糟糕的事情。"夏洛塔一边高兴地说着，一边回到她的小房间里去换新衣服。她把所有的辫子都解开来，把那些张牙舞爪的头发辫成两个马尾辫，把辫梢扎起来，这次她并没有在两根辫子上各扎一个蝴蝶结，而是分别系上了两根崭新的亮蓝色缎带。那两个缎带就仿佛是从夏洛塔的脖子左右生长出来的翅膀，模样有点儿像小天使的翅膀。夏洛塔四号认为这样漂亮极了。她迅速把一件白色的衣服套在身上，这件衣服浆洗时把糨糊加得太

315.

多，衣服僵硬得都快自个儿立起来了。她非常满意自己的这身打扮，站在镜子前仔细欣赏着。不过她的满意只持续了一会儿，走进大厅的时候，她从客房门往里看了一眼，这种满意一下烟消云散。她看见一个身材高挑的姑娘，身着轻柔紧身的礼装，在柔顺得像波浪的红头发上，别着像星星一样的洁白花朵。

"唉，我永远都不可能像雪莉小姐那样美丽。"可怜的夏洛塔四号沮丧地想着，"我觉得，除非我生下来就是这个样子，否则不管怎么练习，我都不可能拥有她的那种气质。"

到了一点钟的时候，客人们都到齐了，艾伦夫妇也来了。由于格拉夫顿的牧师度假去了，所以由艾伦先生来主持这次的结婚典礼。这次的婚礼比较随意，没有拘泥于传统的礼节形式。拉文达小姐走下楼梯，她的新郎站在楼下迎接她。艾文先生牵着她的小手，她抬头用棕色的大眼睛看着艾文先生，她的神情被一旁的夏洛塔四号注意到了，夏洛塔四号觉得她的神情比以往更加古怪。

他们走到了忍冬花拱架下，艾伦先生正在那里等候他们。客人们三三两两地随意聚在一起看着这一切。安妮和戴安娜站在旧石凳旁，夏洛塔四号挤到她们中间去，用冰冷颤抖的小手拼命紧握住她们的手。

艾伦先生打开他的蓝皮书，典礼开始了。就在宣布拉文达小姐和斯蒂芬·艾文结为夫妻时，一个美丽的好兆头突然出现了。太阳光穿透过灰色的云层，在幸福的新娘身上倾泻下耀眼的光芒。闪烁的光芒和跳动的光斑洒满整个花园，花园里顿时一片生机勃勃。

"真是个好兆头呀！"安妮想着，忍不住跑上前去亲吻着新娘。当其他的宾客都围着这对新人说说笑笑时，这三位姑娘却丢

316.

下他们，飞快地跑进屋里，去察看婚宴的准备工作是否已经全部就绪。

"真是感谢老天爷呀，终于结束了，雪莉小姐。"夏洛塔四号舒了口气，"现在他们安然无恙地结婚了，到目前为止，也没有发生什么意外。米袋子都在储藏室里，旧鞋子也放在门后了，奶油也正在搅拌的过程中。"

到了两点半，艾文夫妇准备离开，出发去旅行，大家都去布莱特河车站送行，他们将乘坐下午的那趟火车出发。当拉文达小姐——对不起，应该是艾文太太——走出她的老屋时，吉尔伯特和姑娘们一齐向她抛撒大米，夏洛塔四号使劲扔出一只旧鞋子，她扔得太准了，不偏不倚地打在了艾伦先生的脑门上。

不过，还是要算保罗的欢送方式最别致。他冲出屋子，跑到走廊上，把本来是用来装饰餐厅壁炉的一只陈旧的铜制大餐铃拿出来，拼命摇晃起来。保罗的动机很简单，他只是想增加点儿欢乐的气氛。叮叮当当的铃声远逝以后，河对岸的山峰、沟壑和缓坡传来了它的阵阵回声，就像是"神圣的婚礼钟声"，声音那么清晰、美妙，令人沉醉其中，就像是拉文达小姐所钟爱的回声正在向她祝贺和道别。于是，在这片美妙的回声的祝福中，拉文达小姐乘坐着马车，离开了往昔做梦的生活，走向远方那忙碌的现实世界，开始一段崭新的人生旅程。

两个小时后，大家在车站和艾文夫妇道别。安妮和夏洛塔四号再次走上回音蜗居的那条小路。吉尔伯特有件差事要到西格拉夫顿去一趟，戴安娜也要遵守约定早点儿赶回家去。安妮和夏洛塔回到石屋，她们准备把东西收拾妥当，再锁上小石屋。花园就像是一个池塘，盛满了迟来的金色阳光，蝴蝶在翩翩起舞，蜜蜂嗡嗡采蜜。在小石屋热闹喧哗的庆典之后，现在这儿却弥漫着一种难以描述的孤寂气氛。

"唉，亲爱的，这里看起来有点儿孤独啊，是不是？"夏洛塔四号抽了抽鼻子，她是从车站一路哭哭啼啼走回家的，"不管怎么样，在婚礼结束以后，它并不比葬礼更快乐呀，雪莉小姐。"

接下来又是个忙碌的夜晚。所有的装饰品都取了下来，碗碟都清洗干净了。没吃完的精美食物都装进篮子里，让夏洛塔四号带回家去给她的弟弟们享用。直到一切都收拾妥当，安妮才有时间休息一下。夏洛塔带着她的"战利品"回家去了。安妮走遍了那些静谧的房间，感觉就像是一个人闭上眼睛，独自走进空无一人的宴会厅，然后她锁上了门，坐在白杨树下等吉尔伯特来接她。她感觉到了前所未有的疲惫，可是脑子里却仍在不知疲倦地闪过许多念头，进行着长长的、悠远的思考。

"在想什么呢，安妮？"吉尔伯特驾车过来了，他把马匹和车都留在了大路上，自己走了过来。

"我在想着拉文达小姐和艾文先生，"安妮梦呓般地回答说，"在经过了这么多年的分离和误解后，现在，他们又重新走到了一起，想想看，一切终于有了圆满的结果，这是多么美好啊！"

"是啊，的确很美。"吉尔伯特说着，他低下头，目不转睛地看着安妮扬起的脸，"可是，如果他们没有分离和误解，而是携手并肩地走过完整的人生旅程，在他们身后留下的只有属于彼此的回忆，安妮，你不觉得这样更美好吗？"

就在那一瞬间，安妮的心突然奇怪地颤动起来，她的目光第一次在吉尔伯特的凝视下有些游离了，她的面颊上泛出淡淡的红晕，仿佛遮挡住她内心世界的那一层薄纱已经被人掀开了，让

318.

她有些措手不及。也许，浪漫并不像一个纵马奔驰的骑士，它不是轰轰烈烈地闯入某个人的生命中。也许，它就像一个老朋友，悄无声息地来到你的身边，也许，它看起来就像是平淡无奇的大白话，直到某一天，一道绚丽夺目的亮光照耀在它的身上，它这才显露出深厚的诗歌韵律和曲调，也许……也许……爱情就是这样，自然而然地从一段美好的友谊中萌发出来，然后从它绿色的花萼里偷偷盛开，绽放出金灿灿的花蕊。

然后，那层薄纱慢慢落下来，再次覆盖住了她的心。现在的安妮，静静地走在夜色中的小路上，她已经不再是以往那个安妮了，曾经的她会在傍晚驾着车欢快地冲上小路。她还来不及品遍少女时代的欢乐和痛苦，还来不及慢慢绽放妙龄少女的独特魅力，少女时代的篇章便被无形的手指轻轻翻过，在猝不及防间，时间轻轻地为她掀开了成熟女性时代的篇章。

吉尔伯特十分明智，他不再开口说话了。但就在这沉默中，吉尔伯特细细品味着刚才安妮脸上那难以忘怀的红晕，他从中看到了今后四年的奋斗方向。在这四年里，他不光要刻苦学习，争取赢得更多的荣誉，还要去努力赢得一颗芳心。

在他们身后，花园里的小石屋在夜幕中陷入了沉思。它很孤单，但并没有被抛弃。在未来，这儿还有很多的梦想、笑声和欢乐。还有很多的夏天在等待着小石屋，它要做的，就是等待，它有足够的耐心等下去。紫色的河流缓缓地向前流淌，河对岸的回声壁在静静地等待，等待属于它们的时机，等待这儿上演一次次激情碰撞，回音缭绕，经久不息……

安 维 利 镇 的 安 妮